叢書・ウニベルシタス　1079

ボーヴォワール

ジュリア・クリステヴァ
栗脇永翔・中村 彩 訳

法政大学出版局

ボーヴォワール◉目次

人類学的＝人間学的革命……3
「人は女に生まれるのではない、女になるのだ。」 5
告白と本当の嘘 7
ボーヴォワールによるシモーヌ 10
基礎となった体験＝実験 13
ボーヴォワールは、いま……17
性の平等と普遍主義という神話 18
男－女というカップルの見直し 41
小説は何のために？ 50
六十年後の『第二の性』……57
主体と条件――どんな幸福か？ 67

生物学的運命と自由な実現　71
超越への道　79
夢見るボーヴォワール……89
『決算のとき』における夢　94
息切れしそうな興奮の迷宮の中で　99
母が逃れる、母から逃れる　101
父の変身　104
親密なものから政治的なものへ　108
ヒトは女に生まれる、しかし私は女になる……113
自由が可能になった――どのような代価で？　シモーヌ・ド・ボーヴォワール賞……141
中国における女性の権利――艾暁明と郭建梅……143
中国のボーヴォワール　143

長い歩み　144
中国の女たち　152
中国的思考＝体験　155

パキスタンにおける原理主義に抗して――マララ・ユスフザイ……165

女性性と聖性について……173
新しい全体主義　174
エルザ・カヤト――ある自由な女性　177
遭遇しあうこと　179

初出一覧　185
解　題　革命の継承――クリステヴァによるボーヴォワール（中村 彩）　187
著者紹介　模作と反抗――ジュリア・クリステヴァとともに（栗脇永翔）　223
人名索引　巻末

凡　例

一　本書はJulia Kristeva, *Beauvoir présente*, Paris, Librairie Arthème Fayard, 2016の全訳である。
二　『　』は原書の書名イタリック。
三　傍点は原書の強調イタリック。
三　「　」は原書の引用符。
四　（　）［　］は原書に準じる。
五　〔　〕は訳者による補足。
六　原注および訳注は行間に通し番号（1、2、3……）を付して側注とし、訳注は冒頭に〔訳注〕と記した。

ボーヴォワール

人類学的＝人間学的革命

シモーヌ・ド・ボーヴォワールは、「〔彼女の〕人生の重大事であり続けている」[1]ところの書くという行為によって、自分が女であることを発見する。すなわち女は「神秘的で今や消滅しかけている現実」[2]であり歴史的に虐げられてきたが、男と「兄弟として友好関係を結ぶ〔fraterniser〕」こともできるということを。しかし『第二の性』においてボーヴォワールは、いきり立った明敏さをもって女の苦しみと生命力、苦境と幸運を追究しているだけではない。彼女はこの女の条件の個人的な解明作業を、政治的な急務へと引き上げるにいたる。ボーヴォワール以

（1）〔訳注〕シモーヌ・ド・ボーヴォワール『決算のとき』上巻、朝吹三吉・二宮フサ訳、紀伊國屋書店、一九七三年、一一〇頁。

（2）〔訳注〕シモーヌ・ド・ボーヴォワール『第二の性』I巻、『第二の性』を原文で読み直す会訳、新潮社、二〇〇一年、一〇頁。

前、歴史は女性抜きで作られ、書かれてきた。ボーヴォワール以後、女性のいない歴史はもはや存在しえない。女性は政治的領域において重要な行為者——必要性があれば男性と同数・同等の〔en parité〕[3]——であり、すべての権利を求める権利のために積極的に戦う闘士である。たとえ様々な無法者や伝統主義者が彼女らに身体の保全や平等、教育、自由を拒むことで自分たちの圧制を維持しようとしたとしても。そして私はこの特異な出来事を形容するのに「人類学的＝人間学的革命〔révolution anthropologique〕」という誇張表現を存分に用いたいと思う。その出来事とはすなわち、今、ここにボーヴォワールが存在するということである。

人間の歴史において、表象する、あるいは自らを表象する能力は文化を基礎づけるものであり、それは人類学的＝人間学的革命と言うべき前代未聞の諸行為を通じて異彩を放っている。その諸行為とはすなわち、埋葬の技芸、ショーヴェやラスコーの洞窟壁画、「野生の思考」における神話、壮大な叙事詩的・宗教的物語といった集団の社会的秩序、およびその構成員ひとりひとりの存在を誕生から死まで統制し正当化する行為、そして文字の発明である。より私たちに近いところでは、地動説、重力、相対性理論、量子論、宇宙の膨張、DNA、ミラーニューロン……といった科学的発見が挙げられる。しかし、無限大や無限小の探究が続けられ、戦争のたびに技術的革新が世界を変え、人間の運命を変え続けているにもかかわらず、科学や技術が思考様式やしきたりを変革するのは難しい。各人の親密な領域を測量する技芸自体は、性的差異に関わる太古的な表象から逃れることができないでいる。

「人は女に生まれるのではない、女になるのだ。」

シモーヌ・ド・ボーヴォワール（一九〇八―一九八六年）の生涯と作品は、ある重大な人類学的＝人間学的革命を結晶化したものである。それはずっと以前から男女両性が共同で準備してきた革命であり、私たちの個人的な運命および地球の政治の未来に、予測不可能な効果を生み続けている革命である。エリートで実存主義の哲学者であり、自由で反抗的で、恋愛においても書くことにおいても危険を冒しつつも「甘んじて受け入れること〔consentir〕」を拒み続けたこの女性は、自分に先立つ女性たちや周囲にいる女性たちの、拡散していく抑制不可能な解放運動を、一点に集め統合することができた。最終的には自ら体現することとなったこの人類学的＝人間学的革命を、彼女は明快なものにし、徹底させ、引き受けることができた。このフランスの知識人は、自分の階級と教育に対して――真正面から――反抗し、歴史全体を通じて女

（3）〔訳注〕parité については訳注（4）を参照されたい。

性に与えられてきた条件を分析することによって、何千年も続いた家父長制や男性による支配からの「第二の性」の解放を他の誰よりもうまく促進することができたのである。彼女の書いたものは、女性の権利のための大規模な国際的な運動を結集させた。その権利とは、女性が出産を管理し職業の世界や政治的な統治の場に自由に入っていくことによって、自分の身体を自分でコントロールし、考える想像力を発揮する権利である。さらにこの歴史的な快挙は、一世代の間に男女間の感情的、実存的な関係を転覆し、家族という社会契約の核心を変容させた。この前例のない人類学的＝人間学的革命の結果は、現代のバイオテクノロジーの目覚ましい進歩とともに、人類の運命を再構成している。

　自由主義者にもてはやされ保守主義者にスティグマ化されつつも、厳密にはフェミニズムの活動家になることはなく、しかしあらゆる女性の闘いを共にし刺激したボーヴォワールは、書くことによって自らの時代に痕跡を残し、おかげでその思想は今日かつてないほど意義をもつものとなっている。というのも二十一世紀における極端な自由主義による危機や紛争の危険性は、自由主義の高揚に反して計算ずくの思考や安全保障／アイデンティティの面での自閉を強めており、また自由はボーヴォワールによれば「超越」を必要とするものだが女性たち自身がその自由を諦めてしまう傾向にある、ということは認めざるをえないからである。彼女たちは、資本主義的「システム」に可能な限り「同等に[4]〔à parité〕」「同化」するために、あるいは

「人種的」・民族的・宗教的・同性愛者の／トランスジェンダーのコミュニティに属することを「選択する」ために――この選択は個人的なものと思われている――、社会に対する順応主義を選ぶ。それはあらゆるイデオロギーが混じり合い、死に至らせしめる原理主義の熱狂へと変質しうる、共同体主義〔communautarisme〕である。

告白と本当の嘘

本書に収められたテクストは、恒常的に危機に見舞われるグローバル化した世界という文脈のなかで、ボーヴォワールの著作と彼女が女性の闘いに与えた多大な影響にささげられた様々

（4）〔訳注〕パリテ（parité）はフランス語で「同等、等価性」を意味する言葉。様々な組織・団体・制度において、性・人種・宗教・言語などの異なる者同士の格差・不均衡を是正しようとするのがパリテの精神である。フランスでは選挙人名簿の候補者を男女同数にすることを課した二〇〇〇年の「公選職への女性と男性の平等なアクセスを促進する法律」、通称パリテ法の成立によってこの語が広く知られるようになったため、特に政治領域における男女比率について論じる際に使われる言葉である。なお、この法の是非をめぐる議論はフランスのフェミニストたちを二分することとなったが、クリステヴァ自身は賛成の立場をとっている。

な催しの際に発表されたものである。ここで私が提示するのはこの哲学者の複雑な仕事の網羅的な研究ではないし、また私は実存主義の潮流における彼女の位置づけにこれまで非常に関心をもってきたとはいえ、ここで示すのはその位置づけの評価でもない。またこれは強い感受性を持ったひとりの恋する女の肖像でもなく、ましてや彼女のフェミニズムや彼女が勝ち得たもののまとめではない。そのような総合的なまとめは、彼女に忠実なあるいは彼女と意見を異にする弟子や専門家によって、いくらでも書かれている。ここにあるのは、ひとつの基礎的な体験＝実験〔expérience〕が私の中に呼び起こす個人的な読解や称賛あるいは批判のコメントである。その体験＝実験の機微とそこに含まれる現代性は、私たちに呼びかけ私たちを不意にとらえることをまだやめてはいない。

『ボーヴォワール』は、この作家の書いたものを、（いま一度）読むよう誘うものである。本来の意味での思考というのは両性間の対話でしかありえないということを、彼女は初めて分析的な明晰さと政治的な情熱をもって示した。その対話は危険で苦しく非神聖化されているが実現可能な喜びであり、人生に意味を与えることのできる唯一の喜びである。そこに見出されるのは消えることのない彼女の「使命」、彼女の「愛しい哲学者」――むろんジャン＝ポール・サルトルのことである――や、パリという手厳しくも特別なフランス語の実験の場、ボーヴォワールの真の故郷であり「世界で唯一、［彼女の］本と仕事が意味を持っている場所」(5)への変わらぬ情熱である。そして忘れてはならないのが、彼女があらゆるものに興味をもつ旅行者、疲れを知らない健脚家であったことや、シカゴではぞくぞくするような快楽の探求をしていたことである。その探求が開花したのはネルソン・オルグレン[6]という「愛する人」の「本当の温かい居場所」[7]においてだったが、彼女は心ならずもこの「無愛想な若者」[8]には別れを告げることになる……。そうしながら彼女は、宗教者にとっての最後の救いである「カップル」を脱神話化しつつも、それを別のものへと作り替える。ふたりの自律的な個人が他者の完全さ〔intégrité〕を傷つけないように配慮しつつ、寛大でかつ飾らない礼儀をもって議論する場とし

（5）〔訳注〕Simone de Beauvoir, *Lettres à Nelson Algren*, Gallimard, 1997, p. 69.

（6）〔訳注〕ネルソン・オルグレン（一九〇九―一九八一年）：アメリカの作家。小説『黄金の腕』（一九四九年）などシカゴの貧しい労働者階級や犯罪者を描いた作品で知られる。ボーヴォワールは一九四七年に初めて渡米した際にオルグレンと出会いふたりは愛人となるが、オルグレンはボーヴォワールに妻となることを求め、ボーヴォワールはサルトルのいるパリに残ることを望んだため、数年後には破局している。オルグレンはボーヴォワールの小説『レ・マンダラン』（一九五四年）における主人公アンヌの愛人ルウィス・ブローガンのモデルでもある。ボーヴォワールが一九四七年から一九六四年までのあいだにオルグレンに宛てた手紙が一九九七年に出版されている。

（7）〔訳注〕Simone de Beauvoir, *Lettres à Nelson Algren*, *op. cit.*, p. 18.

（8）〔訳注〕*Ibid.*, p. 16.

てのカップル（サルトルと）。近親相姦的で肉体的な共犯関係としてのカップル（クロード・ランズマンと）[9]。数々の「偶然の愛」がそこから逃避し、エクリチュールがそこへと避難していく必要不可欠な核心、「騙された女[10]〔femme flouée〕」に束の間の癒しを与えることのできる唯一の場所としてのカップル。伝記とオートフィクションの間で（『娘時代』、『レ・マンダラン』、『おだやかな死』、『別れの儀式』）、告白と本当の嘘[11]の間で、良心的な誠実さを備えたこの探究者は自らの自由主義的な実存主義の立論に小説的なエクリチュールを加え、それによってフランス文学の殿堂やその番人たちを誘惑しようとするのではなく、自分自身を再構築しているのである。

ボーヴォワールによるシモーヌ

ボーヴォワールは残酷だろうか。たしかにそうだ。彼女は嫉妬に心を奪われ、鬱に翻弄され、「生物学的運命」に憤り、長いハイキングで盲進するだけでなく[12]、共犯関係にある女友達とのやはり偽りではない連帯にも惜しみなく力を尽くす[13]。ヘーゲル、カント、フッサールだけでなく、サド侯爵も読んでいる。またフロイトを読んで「今世紀の人間のなかで」彼女が「最も熱烈に賛美するひとり[14]」であるとし、（『第二の性』では）性〔*sexe*〕は「主体によって生きられる

(9)〔訳注〕クロード・ランズマン（一九二五年―）：フランスの作家、映画監督。ナチスによるユダヤ人虐殺を扱ったドキュメンタリー『ショア』（一九八五年）のほか、最近では回想録『パタゴニアの野兎』（中原毅志訳、人文書院、二〇一六年）などで知られる。若い頃からサルトルやボーヴォワールと親しく、一九五〇年代のボーヴォワールのパートナーであり、八六年にボーヴォワールが死去した後に『レ・タン・モデルヌ』の編集長を引き継いだ人物である。

(10)〔訳注〕クリステヴァのこの表現は、ボーヴォワールが一九六三年に刊行した三作目の回想録『或る戦後』の最後の一文から取ったものと考えられる。ここでボーヴォワールは自分の半生を振り返りながら次のように締めくくっている。「懐疑的な眼をあの信じ易い心の少女に向ける時、私は茫然として、私がどれほど欺かれたかを思い知るのである〔tournant un regard incrédule vers cette crédule adolescente, je mesure avec stupeur à quel point j'ai été *flouée*〕」（シモーヌ・ド・ボーヴォワール『或る戦後』下巻、朝吹登水子・二宮フサ訳、紀伊國屋書店、一九六五年、三八八頁、強調は引用者。Simone de Beauvoir, *La Force des choses*, Gallimard, 1963, p. 686.）。このflouéeは「騙された、欺かれた、くすねられた」といった意味を持つ言葉である。この締めくくりの一文は物議を醸したが、彼女がこのように書いた背景にはアルジェリア戦争による政治的孤立や無力感や、自らの老いに対する不安があったと考えられる。

(11)〔訳注〕本当の嘘（le mentir-vrai）：フランスの作家ルイ・アラゴン（一八九七―一九八二年）が自らの美学を説明するために用いた言葉。物事をより多くの人に率直に伝えようとすればするほど逆に、わかりにくく偽装し、芝居がかったものにしようという抑えがたい衝動にかられる、という二重の動きを指す。

(12)〔訳注〕たとえば回想録『女ざかり』でボーヴォワールは二十代の頃に妹と南仏でハイキングをした際に途中で体調を崩した妹を置きざりにしてひとりで歩き続けたと述べ、「今日になって考えてみると、殺風景な食堂にがたがたふるえている妹をどうして置きざりにして来られたか、と思う」と書いている。（シモーヌ・ド・ボーヴォワール『女ざかり』上巻、朝吹登水子・二宮フサ訳、紀伊國屋書店、一九六三年、八四頁。）

身体である」[15]とするフロイトの定義を借用しつつも、フロイトを批判する。彼女がついに決心して私たちに明かしてくれるのは……彼女が見た夢である。〔『決算のとき』では〕およそ二〇ページにわたって夢の話を続けている。夢は「気晴らし」[16]であると言うが、距離や「ブレーキ」に注意しながら、つねに変わらぬ明晰な残酷さをもって語られる。

自分の恐怖や夢とともに、そしてそれらに抗して、自分を構築しつつ打ち明けたいというこの飽くなき欲動は、彼女の弱点ではない。私はそこにボーヴォワールが多かれ少なかれ無意識的に成し遂げている人類学的＝人間学的革命のひとつの策略を見る。ボーヴォワールはそうすることによって他の人が彼女をそう仕立てようとする、あるいは彼女に代わって引き受けようとする、フェミニズムの指導者（あるいは崇拝対象）という立場を突き崩し、ボーヴォワールという見事な神話を覆していくのだ。裸の自分をさらしながら書いて考えることにより、各人の親密さ〔intimité〕のうちで、『第二の性』のもつ普遍性が無限に息を吹き込まれる。「政治的なもの」を扱う人たちは素人であれ玄人であれ今日では息も絶え絶えになっているが、ボーヴォワールは彼らに政治的なものを個別化し、個別的なものを政治化するよう誘うのである。

基礎となった体験＝実験

このエクリチュールによる錬金術は、ジャン・ジュネが彼女に言うところの善意〔*bonté*〕、私たちを世界から分離する仮象の抗し難い力を捨て去ることによって不意に現れる善意を生み出すとき、頂点に達する。これはまさしくシモーヌ・ド・ボーヴォワールが成し遂げることのできたことである。以来『第二の性』は専門家にとっては古典的作品となり、フェミニズムは過去のものとして保管される綱領のひとつになろうとしているが、同時にこの小説家が休むことなく作り直してきた特異な親密性において、フェミニズムは世界の至るところで私たちひとりひとりによって再発見されている。逆説的なことに、エクリチュールによって自らを与え、フェミニストたちによって好かれ／嫌われ、解消され／吸収されるに任せることによって、それ

(13)〔訳注〕ボーヴォワールは生前、自分と女性たちとの親密な肉体関係について公には認めなかったが、死後刊行された書簡やその後の周囲の人物の証言によれば複数の女性と親密な関係にあった。

(14)〔訳注〕『決算のとき』上巻、前掲書、一五六頁。ボーヴォワールはフロイトについて、「私は彼の理論のうちのいくつか——特に女性に関するもの——を認容しないけれど、彼は今世紀の人間で私が最も熱烈に賛美する一人である」と述べている。

(15)〔訳注〕シモーヌ・ド・ボーヴォワール『第二の性』Ⅰ巻、前掲書、九三頁。

(16)〔訳注〕『決算のとき』上巻、前掲書、一〇三頁。

もフェミニストであると自覚していない女性たちやフェミニストにはなりたくない女性たちにそうされるがままにすることによって、ボーヴォワールは文学や哲学や政治活動において「作品」を打ち立てたというよりは、人類学的＝人間学的な革命を開始したのである。

この豊かな善意は、テクストを脱所有化されるがままにし、それらを自由に解釈し、適合させ実現していくことを容認するものである。それは自由の精神において、だがしかし各々の闘いや活動、すなわち世界のあちこちでボーヴォワールを引き継ぐ女性たちやフェミニストたちの闘いや活動に応じてなされる。シモーヌ・ド・ボーヴォワール賞を授与した女性だけを挙げるならば、インド亜大陸の悪党原理主義者に対する多くのマララたちやタスリマ・ナスリンたち、中国の艾曉明と郭建梅たち、チュニジアなどの民主主義者の法学者たち、ロシアの小説の名手であるウリツカヤたちがいる……。あるいは『シャルリ・エブド』のエルザ・カヤト（とデルフィーヌ・オルヴィユール）たち、そしてその他数多くの、ボーヴォワールなどほとんどあるいはまったく読んでいないけれども彼女のエクリチュールによって貫かれた思想の足跡に生き、女性の個人的あるいは集団的な解放において自らの足跡を残していく女性たち。ボーヴォワールの「吉報」は私たちに届いた。バイオテクノロジーとトランスヒューマニズムがますます発達するこの世界に、それでもかつてないほど信じることを必要とし、知ることを欲しているこの世界に。「ヒトは女に生まれる、しかし私は女になる」とボーヴォワールの娘たち、孫娘たちは抗弁する。そして「自由な女性はこれから来たるべき」ものであるのだから、ボーヴォワールが私たちがまだ完全に勝ち取ることができていないことを予告していた自由、その自由をよりよく理解し刷新していくために、本書『ボーヴォワール』は彼女を（再び）読むようにと誘うのである。

ジュリア・クリステヴァ
二〇一五年一〇月二二日

ボーヴォワールは、いま

スキャンダルを巻き起こし私たちのうちの多くの運命に影響を与えたシモーヌ・ド・ボーヴォワールがたどった道に対し、私は女性として、市民として、精神分析家として、作家として──しかし決して専門家としてではなく──、衰えることのない関心を抱き続けてきた。『第二の性』は時代遅れだろうか。そう主張する人もいる。しかし私はそうは思わない。この多元的な時代にあって、つまり一見するとグローバル化されたかのように思われるこの世界において、雑多でかつ一触即発の状態にある個別性同士が結晶化し数多の断片として粉々になっている時代にあって、ボーヴォワールはたしかな存在感を放っているということを私は証明してみたいと思う。

この哲学者が扱った重要な主題のうち私がたどるのは、まずボーヴォワールによる性の平等と普遍主義の神話という主題、次に彼女が見直し修正した男／女のカップルという主題、そして最後に小説とエクリチュールという主題である。

性の平等と普遍主義という神話

女性の解放のために女性によって組織された闘いは、近代においては次の三つの段階を経てきた。

- 婦人参政権論者による政治的権利の要求。
- 男性との(「差異における平等」ではなく)存在論的平等の表明。これによってボーヴォワールは『第二の性』(一九四九年)のなかで、男女がその自然の特異性を乗り越えて「友愛〔fraternité〕」を実現する可能性を示し予言するにいたった。避妊と自由意志による妊娠中絶の権利の獲得。
- そして一九六八年五月と精神分析の足跡にしたがった、両性間の差異の探求。これはセクシュアリティの経験から社会的実践の広がりにまで、また政治からエクリチュールにまで、女性たち自身の独自の創造力をもたらすこととなった。

これらすべての段階において、目指されていたのは女性全体の解放である。その意味においてフェミニストたちは、啓蒙主義の哲学から生まれた自由主義運動における全体化への野望に反しているわけではないし、さらに遡れば、それらの運動が反抗的な否定性や楽園的な目的論をもってしてこの世で実現しようとした、大陸における宗教の解体への野望に反しているわけでもない。今日において私たちは、これらの全体的なあるいは全体主義的な約束が含んでいる袋小路を十分すぎるくらい知っている。フェミニズム自体も、ヨーロッパやアメリカや新興諸国においていかに多様な潮流があろうとも（ブラック・フェミニズム、イスラム・フェミニズム、中国における女性の権利など）、これらの限界をまぬかれたわけではない。この傾向は最終的にはフェミニズムを束の間の戦闘的態度へと硬直化させ、主体の特異性を無視し、すべてのプロレタリアや第三世界全体と同様にすべての女性を、激しくも絶望的な権利要求の中に閉じこめることができると思い込んでいる。

しかしフェミニズムのもっとも著名な模範であるシモーヌ・ド・ボーヴォワールは、「自分を超越しようとする無限の欲求」(17)を感じる女性のなかにある「主体」や「個人」を、過小評価

（17）〔訳注〕ボーヴォワール『第二の性』I巻、前掲書、三七頁。

しているのではまったくないということを認めざるをえない。この哲学者は実存主義のモラルに発するこの視点に忠実に、独自の仕方でマルクス主義を自分のものとしながら、女性が男性の他者であることを強いられ、女性が他者として逆に自らを構築する権利や機会を与えられずにいるというその二流の地位から、女性を解放しようと力を尽くした。

たしかにこれこそが『第二の性』のメッセージである。

投企や超越の可能性を奪われ、家父長制と男性によって支配された社会の歴史によって構成された女性は、内在へと運命づけられものとして固定化される。「なぜなら女の超越は、本質的で絶対的な〔souveraine〕別の意識によってたえず超越されるからである」[18]。ボーヴォワールは女性を生物学へと還元することに対して戦ったが――「人は女に生まれるのではない、女になるのだ」[19]（*LDS*, II, 13）――、実際に彼女が怒りを鎮めることがなかったのは形而上学に対してである。というのも女性を事実性と内在のなかに置き、女性が自律と自由という本当の人間性へと到達することを拒むために女性を他者のなかに閉じこめているのは、形而上学だからである。

しかし平等の問題に利するために差異の問題を遠ざけることによってボーヴォワールは、自分が告げた実存主義の計画を推し進めることを自らに禁じた。この計画は、複数の女性たちの条件を考えることによって、その女性たちひとりひとりの個々の人間としての自由の可能性について考察するよう導くはずであった。「女のドラマとは、つねに自分を本質的なものとして主張しようとする主体の基本的な要求と、女を非本質的なものにしようとする状況の要請とのあいだで繰り広げられる葛藤なのだ。こうした女の条件のもとで、どうすれば女は一人の人間として自己実現できるのだろうか。〔…〕つまり、個々の人間の可能性を問題にしつつ、それを幸福という観点からではなく自由という観点から定義していくつもりだ」[20]（*LDS*, I, 31-32）。[21] 実際にはボーヴォワールの考察は「主体」や「個人」である女性たち、すなわち聖女テレサからグルネー嬢[22]やテロワーニュ・ド・メリクール[23]を経由しながらコレット[24]に至るまでの、その才能

(18) Simone de Beauvoir, *Le Deuxième Sexe*, tome 1, Gallimard, 1949, coll. « Folio Essais », 1986, p. 31.〔ボーヴォワール『第二の性』I巻、前掲書、三八頁。〕『第二の性』への参照はテクスト中に挙げていくこととし、その際は*LDS*と省略し、その後に第一巻の場合はI、第二巻の場合はIIと記すこととする。

(19)〔訳注〕シモーヌ・ド・ボーヴォワール『第二の性』II巻（上）、『第二の性』を原文で読み直す会訳、新潮社、二〇〇一年、一二頁。

(20) 強調はジュリア・クリステヴァによる。

(21)〔訳注〕ボーヴォワール『第二の性』I巻、前掲書、三八頁。

(22)〔訳注〕グルネー嬢：マリー・ド・グルネー（一五六五―一六四五年）、フランスの女性作家。モンテーニュを慕い、彼の「義理の娘」として交流を持ち、モンテーニュの死後、一五九五年に『エセー』の改訂版を出版したことでよく知られているが、自身も詩や翻訳や論考を出版した。フェミニズムの文脈では「男女平等論」（一六二二年）などが重要である。

によって模範となったような女性たちの成果から多くを得ているものの、『第二の性』が力を注いでいるのは「人間」や「個々の人間の可能性」というよりは「女の条件」全体である。なぜならその条件の変革にこそこの作家は個人の自律の可能性と女性の創造力、個的な存在の「可能性」を期待していたのであり、彼女によればその個的な存在の解放こそが主たる歴史的目標であったはずだからだ。

多くの性的・経済的な「条件」が女性の解放を妨げていた時代にあって、女性の特異性を擁護するには、『第二の性』の著者の登場はあまりに早すぎたのかもしれない。彼女の哲学的なジャーナリズムは強いアンガージュマンの文体で綴られ、教育的な豊かな学識を含み、深い洞察力をともなった洗練されたアイロニーを帯びており、私たちの知っている、この本の決して乗り超えられることのない成功を約束するはずであった。だが彼女が問題にした事柄は今でもアクチュアリティをもっているとはいえ、現代(25)〔*les temps modernes*〕の後に広がるグローバルな時代〔*l'ère planétaire*〕はあまりにも保守主義と時代遅れの主義主張に満ちているため、すべての女性の条件と女性ひとりひとりの自由な自己実現とのあいだの「葛藤」——この哲学者によれば、女性の苦しみの基礎にある葛藤——は、「主体」を過小評価し「条件」のみを考えていたのでは解決できるか定かではない。ボーヴォワールの考察では女性の「条件」の変革が優先されるため、ボーヴォワール自身は個人のイニシアチブという本質的な問題を遠ざけ、ドゥンス・スコトゥスにとって重要だったこのもの性〔haecceitas〕の決定不可能な可能性を暗闇に追いやるのに貢献してしまっている。[26] この可能性は、ある哲学者と精神分析家と作家がそれぞれ力強く主張し実現したものだ。私はアーレント、[27] クライン、[28] コレット――そしてその他多くの女

(23)〔訳注〕テロワーニュ・ド・メリクール（一七六二―一八一七年）：フランス革命期のフェミニスト、革命家。アマゾネス軍の結成を試みるなど活躍したが、一七九三年のジャコバン派によるジロンド派の追放とともに失墜、晩年は発狂し精神病院で過ごした。その生涯はミシュレ、ラマルチーヌ、ゴンクール兄弟などによって語られている。

(24)〔訳注〕コレット：本名シドニー＝ガブリエル・コレット（一八七三―一九五四年）、フランスの女性作家。ブルゴーニュ地方サン＝ソヴールに生まれ育ち、二十歳で結婚を機にパリに移り住む。当初夫の名で出版した『クローディーヌ』シリーズのほか、『シェリ』（一九二〇年）、『青い麦』（一九二三年）など数多くの作品で知られる。晩年にはゴンクール賞の選考を行うアカデミー・ゴンクールの会長を務めている。

(25)〔訳注〕現代（*les temps modernes*）：サルトル、ボーヴォワールらが一九四五年に創刊した雑誌『現代（レ・タン・モデルヌ）』にかけている。

(26)〔訳注〕スコトゥスについては本書七〇頁および訳注（106）を参照されたい。

(27)〔訳注〕アーレント：ハンナ・アーレント（一九〇六―一九七五年）、ドイツ出身の女性哲学者、思想家。ユダヤ人。ドイツではフッサール、ハイデガーやヤスパースに師事するがナチスの台頭を受けてアメリカに亡命、市民権を取得し、アメリカ各地の大学で教鞭をとった。政治哲学におけるナチズムなど全体主義に関する考察で知られる。著書に『全体主義の起源』（一九五一年）、『人間の条件』（一九五八年）、『イエルサレムのアイヒマン』（一九六三年）など。

性たち——のことを念頭に置いている。彼女たちは自分の自由を実現するのに「女の条件」が成熟するのを待たなかった。「天才」というのはまさしく「状況」を突破し超えるような成功のことではないだろうか。

ひとりひとりの才能に訴えるというのは、歴史の重みを過小評価するということではない——この三人は他の数多の女性たちと同様に、他の者よりもうまくそして多分に、勇気をもって現実的な仕方で歴史に立ち向かい歴史を揺るがした。それは一般的な人間の条件や生物学的・社会的・運命的な制約といった女の条件を、これらの様々な諸条件によって課された課題の重みに対する主体の意識的あるいは無意識的なイニシアチブに価値を置きながら、乗り越えるのに貢献することである。

個々のイニシアチブとは結局のところ、あらゆる「条件」の脱構築が依拠しているところの、微細だが究極のこの親密な〔intime〕力ではないだろうか。この三人の女性の還元不可能な主体性や創造的な特異性を問うていくなかで私の探求の関心事となったのは、——ボーヴォワールの用語で言えば——彼女たちの「自由という観点から」の「個々の人間の可能性」である。したがって私は、ボーヴォワールと私との考えの相違を超えて、『第二の性』におけるひとつの本質的な見解を取り上げて展開することができると確信している。一方では歴史的な制約のために、そして他方では自分の実存主義的な選択のために、ボーヴォワールは次の問いを未解決のままにせざるをえなかった。すなわち、女性の存在〔être〕、幸福の現代的な意味であるところの自由という観点からの個人的な可能性に、いかにして女の条件を超えて到達できるのか、ということである。私の探求をこのように言い表すことによって、シモーヌ・ド・ボーヴォワールというあまりに頻繁に不当に批判されあるいは過小評価されている先駆者に対して私が恩義を表明し、『女の天才』三部作を彼女の記憶に捧げているということを理解してもらえるだろう(29)。

ボーヴォワールの言う性の平等は、社会的には男女の「友愛＝兄弟愛〔fraternité〕」（これが男

（28）クライン：メラニー・クライン（一八八二―一九六〇年）、オーストリア生まれの女性精神分析家。シャーンドル・フェレンツィ、カール・アブラハムなどに精神分析を受け、一九二六年からはロンドンに移住。特に児童の精神分析を中心に取り組み、対象関係学派の発展に大きく寄与した。同じく子どもの分析を行っていたアンナ・フロイトらウィーン学派と論争になり、イギリス精神分析協会を分裂させることとなった。

（29）Cf. Julia Kristeva, *Le Génie féminin* ; t. I. *Hannah Arendt (La Vie)*, Fayard, 1999 ; t. II. *Melanie Klein (La Folie)*, Fayard. 2000 ; t. III. *Colette (Les Mots)*, Fayard, 2002.〔クリステヴァはアーレント、クライン、コレットの三人をそれぞれ取り上げた『女の天才』三部作を書いている。『ハンナ・アーレント――〈生〉は一つのナラティヴである』松葉祥一・椎名亮輔・勝賀瀬恵子訳、作品社、二〇〇六年、『メラニー・クライン――苦痛と創造性の母親殺し』松葉祥一・井形美代子・植本雅治訳、作品社、二〇一二年。コレットを取り上げた第三巻は未邦訳。〕

性形の友愛であることに留意したい）(30)を標榜するものだが、哲学的には普遍的なものの一環をなすものである。その系譜はプラトンのイデア、プロティノスのヌース〔νους〕、フランスの啓蒙思想家にとって重要であった普遍的人間という共和主義的理想にさかのぼる。人権や近代文化の基礎であり続けている、普遍的なものの形而上学の歴史的な変奏をここで列挙することはできない。しかし精神分析の言うことに耳を傾ければ、それらが女性の身体の否認、女性の同性愛の否認、母になることの否認によって維持されていることがわかる。つまりファルスと偉大な男（サルトル）の崇拝によって維持されるのだが、これにはアンビヴァレンス（両価性）、攻撃性、依存がともなっている。

ボーヴォワールの『第二の性』には、初潮を迎えた身体の堕落、妊娠というくびき、女性が被る性的虐待の苦痛や、出産の恐ろしさに対する暴力がちりばめられていること――これらは恐怖によるものなのだろうか――を、私たちは十分すぎるほどに知っている。いくつかを引用しよう。「妊娠は重労働であり、女にとって個的な利益とはならず、逆に多大な犠牲を強いるのである。それは〔…〕嘔吐をともなう。これは〔…〕自分を占領している種に対する生物体の抵抗を示すものだ」(31)（*LDS*, I, 67）。「出産はそれ自体が苦痛であり、危険である。〔…〕授乳もまた、体力を消耗する仕事である。〔…〕よく、女は『病気を腹にしまっている』と言われるが、たしかに女は自分のなかに敵対要素、つまり女を侵食する種を抱えこんでいる」(32)（*LDS*, I,

68)。「女は、あらゆる哺乳類の雌のうちで、最も徹底的に疎外されていて、しかもこの疎外を最も激しく拒否している雌なのである」[33]（*LDS*, I, 70）。さらには、「女の身体――とりわけ娘の身体――は、いわば精神生活とその生理学的実現とのあいだに距離がないという意味で『ヒステリックな』身体なのである。娘は思春期の変調によっていらだつ」[34]（*LDS*, II, 95）。教育が若い娘に強制する「この自己抑制」は、「自発性を殺してしまう」。若い娘たちの寄宿学校では「倦怠は伝染しやすい」、なぜなら男の子への羨望が強い影響力をもつからである。「男の子の方がいい」、「このような確信はやる気をなくさせる」からである[35]（*LDS*, II, 98）。と、このように続いていくのだ。

（30）〔訳注〕『第二の性』を締めくくる一文の最後の語がこの fraternité（兄弟愛、友愛）である。クリステヴァも指摘しているように、ボーヴォワールが理想とするのはその後一九七〇年代にフランスのフェミニストたちがしばしば主張することとなる「姉妹愛（sororité：女性同士の友愛）」ではなく、あくまでも男性形の友愛であることには留意する必要があろう。
（31）〔訳注〕ボーヴォワール『第二の性』I巻、前掲書、八一頁。
（32）〔訳注〕ボーヴォワール『第二の性』I巻、前掲書、八二頁。
（33）〔訳注〕ボーヴォワール『第二の性』I巻、前掲書、八四頁。
（34）〔訳注〕ボーヴォワール『第二の性』II巻（上）、前掲書、一三二頁。
（35）〔訳注〕ボーヴォワール『第二の性』II巻（上）、前掲書、一三六頁。

初めて、そして模範的な勇気をもって「人は女に生まれるのではない、女になるのだ」と明記し、それによって女性の隷属を最終的に生み出している社会的・歴史的操作を告発しながらも、この『第二の性』の作者はきまって、月経、母性、閉経や女性同性愛といったものが示す性的差異に対して、無意識的にというよりは意識的にあるいは攻撃的に、拒絶をあらわにする。そしてたくましい男性の身体や「はるかに優位な」[36]男性の運命のもつファルス的権力に対する敬意さもなくば関心を、きまって肯定するのである。

ボーヴォワールの普遍主義、そして暗々裡にあらゆる普遍主義の内奥に含まれていると私が主張している、この女性的なものの否定について、補足のためいくつかの証拠を挙げよう。

サルトル自身は欲望、特に男性の欲望を「混濁〔trouble〕」と定義していて――「欲望的意識が混濁であるのは、それが、濁った水との類比を示しているからである」[37]――、性的なものは彼にとって「明晰」でも「判明」[38]でもなかったのに対し、ボーヴォワールは勃起したペニスを「指」のように「清潔で単純」[39](*LDS*, II, 166) であると思い描いており、膣の興奮を食虫植物や子供を飲み込む沼に例えている。トリル・モイ[40]が記すように、サルトルはペニスを道具と見なしているのに対し、ボーヴォワールは――すでにして彼女なりの仕方で、それと知らずにラカン的なのだろうか――男性器を超越の道具と見ることによって神聖化している。仮説を立ててみよう。どちらかというと女性的なサルトルを前にしてかなりファルス的なボーヴォワールは、この男の醜さや弱さを気に留めることなく、その代わりにこの哲学者の知的な優位性を兄弟のように仲良く〔fraternellement〕共有しているのだ。この回転構造〔tourniquet〕により、将来『第二の性』を書くこととなるこの作家は自分のパートナーの代わりにかつ女性として、彼の愛人たちの女性性を享受するためにそのパートナーの去勢と／あるいは女性性を「自然に」引き受けることができるのみならず、その愛人たちを支配することができるのである。彼女までもが男であるかのように、というより〔サルトルという〕思想家自身であるかのように！ 各人が自らの心的両性性を徹底的に動員し、彼ら二人と四角関係を結んだのだろうか。ということはつまりサルトルは、ボーヴォワールのように頭の切れる、象徴的ファルスと思想的指導者を尊重する女性を前にして、去勢を恐れることのなかった数少ない、ひょっとしたら唯一の男性だっ

(36)〔訳注〕ボーヴォワール『第二の性』I巻、前掲書、八五頁。
(37) Jean-Paul Sartre, *L'Être et le Néant*, Gallimard. coll. « Bibliothèque des idées », 1943, p. 437.〔ジャン＝ポール・サルトル『存在と無』II巻、松浪信三郎訳、筑摩書房、二〇〇七年、四二五頁。〕
(38) *Ibid.*〔同書、同頁。〕
(39)〔訳注〕ボーヴォワール『第二の性』II巻（上）、前掲書、二三三頁。
(40) Cf. Toril Moi, *The Making of an Intellectual Woman*, Oxford (UK) et Cambridge (Mass), Blackwell, 1994, p. 169. フランス語版はギュメット・ベルテスト〔Guillemette Belleteste〕による翻訳で、ピエール・ブルデューの序文とともに刊行された。*Simone de Beauvoir : conflits d'une intellectuelle*, Diderot éditeur, art et sciences, 1995.

たのだろうか。結局のところどれも面白い仮説だが、フェミニストとしてのボーヴォワールの驚くべきしなやかさを考慮するのであれば、それは肯定することも否定することもできる仮説である。最終的に時をおいて見ると、彼女はその見かけに反して、自分の矛盾から解放されているように私には思われる。

一例を挙げよう。メルロ＝ポンティの『知覚の現象学』では意識の身体的な受肉、および知覚やセクシュアリティを構成する両義性が強調されている。これについての一九四五年の書評でボーヴォワールは、この分析の「豊かさ」を評価しているが、実のところこの分析は「純粋な即自」としての実存に関するサルトルの主張と対照をなすものである。そして『第二の性』や彼女の小説における女性のセクシュアリティに関する彼女自身の見解において印象的なのはその両義性であり、つまるところそれはメルロ＝ポンティの見解により近いものであるにもかかわらず、この女性哲学者は『存在と無』の方を好むと公言することをはばからない。

より経験的なあるいは実存的な仕方で言うならば、思春期から女性との友情に対する感受性の強かったボーヴォワールは、少女期の最愛の人であり夭逝したザザを失ってしまったことから決して立ち直れないのである。(41)「この若い教師にはどこか男性的〔viril〕なところがある」と教授資格審査員のひとりであった監督官ダヴィは一九三五年二月、教授資格保持者ボーヴォワールの教え方について記している。今となっては、彼女が自分の生徒の何人かと結んでいた特権的な関係に関していくつかの異なる解釈が知られている。オルガ[42]は『招かれた女[43]』のグザヴィエールになり、サルトルの『分別ざかり[44]』のイヴィッチになった。『回想録』のリーズ・オブラノフ[45]や、ルイーズ・ヴェドリンと呼ばれたビアンカ・ビーネンフェルドもいる。ナタリ

（41）〔訳注〕ザザ：ボーヴォワールの親友エリザベート・ラコワン（一九〇七—一九二九年）のこと。一九二九年、ボーヴォワールが哲学教授資格を取得しサルトルと出会った年に、二一歳で急病により死去した。この友人の死はその後ボーヴォワールの作品において繰り返し描かれることとなる。自伝『娘時代』ではエリザベート・マビィユの名で登場している。

（42）〔訳注〕オルガ：ボーヴォワールの教え子で舞台女優になったオルガ・コサキエヴィッツ（一九一五—一九八三年）のこと。その後、サルトルの教え子でボーヴォワールの愛人でもあったジャック＝ローラン・ボストと結婚した。オルガの妹のワンダ（一九一七—一九八九年）もサルトル＝ボーヴォワールと親しく、数々のサルトルの舞台に女優として出演している。

（43）〔訳注〕Simone de Beauvoir, *L'Invitée*, Paris, Gallimard, 1943.（シモーヌ・ド・ボーヴォワール『招かれた女』川口篤・笹森猛正訳、人文書院、一九六七年。この小説に関しては訳注（70）を参照されたい。）

（44）〔訳注〕Jean-Paul Sartre, *Les Chemins de la liberté I : L'Âge de raison*, Paris, Gallimard, coll. « Folio », 1972 [1945].（ジャン＝ポール・サルトル『自由への道』第一部「分別ざかり」海老坂武・澤田直訳、岩波書店、二〇〇九年。）

（45）〔訳注〕リーズ・オブラノフ：次に出てくるナタリー・ソロキンのこと。ボーヴォワールの教え子のひとり。ボーヴォワールの『回想録』ではこの名で登場する。

ー・ソロキンの性格の一部は『他人の血』(46)のエレーヌに見出すことができる。中でも「ソロキン事件」はジルベール・ジョゼフの『あまりにも穏やかな占領時代――シモーヌ・ド・ボーヴォワールとジャン゠ポール・サルトル、一九四〇―一九四一年』(47)によって暴かれた。この著作はボーヴォワールを未成年者の淫行勧誘の罪で訴えた若いナタリーの母親の告訴をよりどころとしている。この告訴はボーヴォワールを国立教育制度から追放するに至った。(48)『サルトルへの手紙』(49)や『戦中日記』(50)(一九九〇年)、それにビアンカ・ランブランの著書『ボーヴォワールとサルトルに狂わされた娘時代』(51)(一九九三年)にも、様々な激しい議論を呼び起こす要素が含まれている。しかし自分の女友達やサルトルの愛人たちに対し支配者であり略奪者であったボーヴォワールの同性愛的傾向に関しては、疑いの余地はない。そして彼女はそうした傾向をヘーゲル的な論理の枠の中に隠蔽し、自分の痴情沙汰を正当化し抑圧すると同時に昇華させるために、主人と奴隷の普遍的な図式からそれらの痴情沙汰に関する合理的な説明を取り入れているのである。『招かれた女』(一九四三年)――サルトル゠ボーヴォワールというカップルの情事に焦点を当てた、この三角関係の「軽薄な恋物語」(52)――のときからすでにして、「各々の意識は他の意識の死をもとめる」というヘーゲルの格言(53)は、ひとつの犯罪の物語もしくは探偵小説を根拠づけるためにあるわけではなく、フランソワーズとグザヴィエール、別名ボーヴォワールとオルガ・コサキエヴィッツとのあいだの容赦ない情熱を明らかにすることのできる普遍主

（46）〔訳注〕Simone de Beauvoir, *Le Sang des autres*, Paris, Gallimard, 1945.（シモーヌ・ド・ボーヴォワール『他人の血』佐藤朔訳、人文書院、一九六七年。）

（47）Gilbert Joseph, *Une si douce Occupation : Simone de Beauvoir et Jean-Paul Sartre, 1940-1941*, Albin Michel, 1991.

（48）〔訳注〕ボーヴォワールは一九四三年に教職を追われているが、原因ははっきりしていない。親しかった元教え子のナタリー・ソロキンに対する未成年誘惑罪の疑いをもたれたことも一因とされるが、ヴィシー政権が風紀取り締まりを強化していた時期でもあり、フロイトをリセの女子学生に教えていたというだけで教師として不適格と見なされるに十分だったとも言われている。詳しくはクリステヴァの挙げているジョゼフの著作のほか、Ingrid Galster, *Beauvoir dans tous ses états*, Paris, Éditions Tallandier, 2007, p. 97-109などを参照されたい。

（49）〔訳注〕Simone de Beauvoir, *Lettres à Sartre*, Paris, Gallimard, 1990.

（50）〔訳注〕Simone de Beauvoir, *Journal de guerre : septembre 1939 – janvier 1941*, Paris, Gallimard, 1990.（シモーヌ・ド・ボーヴォワール『ボーヴォワール戦中日記』西陽子訳、人文書院、一九九三年。）

（51）〔訳注〕ビアンカ・ランブランは、先に言及されているビアンカ・ビーネンフェルド（一九二一―二〇一一年）のこと。ボーヴォワールの教え子のひとり。ボーヴォワールの死後に『サルトルへの手紙』が刊行されたことにより侮辱され傷つけられたとして、『ボーヴォワールとサルトルに狂わされた娘時代』で両者を告発している。(Bianca Lamblin, *Mémoires d'une jeune fille dérangée*, Paris, Éditions Balland, 1993.〔ビアンカ・ランブラン『ボーヴォワールとサルトルに狂わされた娘時代』阪田由美子訳、草思社、一九九五年。〕)

（52）〔訳注〕Simone de Beauvoir, *La Force de l'âge*, Paris, Gallimard, 1960 ; coll. « Folio », 1986 (2012), p. 720. シモーヌ・ド・ボーヴォワール『女ざかり』上巻、前掲書、一七九頁。

（53）〔訳注〕『招かれた女』のエピグラフに採用されている。

義的な形而上学を導いているのである。登場人物（アンヌ）の視点から見た精神分析が登場するには『レ・マンダラン』（一九五四年）を待たなければならないが、そこにおいても内奥の情熱に対する臨床的アプローチへと開かれることはない。ボーヴォワールがその生涯を通してお気に入りの仲間としていたのはフロイトよりもハイデガーとキルケゴール――現存在あるいは自己の気遣い――であり、それゆえにこの実存主義者が、形而上学とフロイト的発見とを切り離している境界線を本気で乗り越えることはなかったのである。

それでも認めざるをえないのは、ボーヴォワールが両性性という自らの真の感情と形而上学が課す諸々の禁止とのあいだで、あるいはあふれるほどの性愛－両性性〔sexualité-bisexualité〕、自由を前にした若々しい熱狂と、真実に対する知的な気遣いとのはざまで――これらはいずれも小説と哲学的な仕事とのはざまで自らを表現しようとしているアンビヴァレンスである――、この錬金術師のるつぼと呼ぶべきもののなかでもがきながら、私生活の冒険を通して、そしてそれを超えて、サルトルよりも前に政治的なものの領域を発見したということである。[54]「アンガージュマン」はボーヴォワールが一九三九年一〇月八日にサルトルに送った手紙で、[55]はっきりと輪郭を見せている。そこで彼女は愛人のボスト、[56]それに彼女自身やサルトルよりも十歳ほど年下の世代の他の人たちに対する「良心の呵責〔remords〕」を次のように言い表している。政治への嫌悪から非活動的になり戦争を「天変地異〔cataclysme〕」として非難せずに受け入れるのは「私たちにとってはいい」ことだが、この「ストイックな無関心」は他者に対して無責任である、と要約すればこのように彼女は述べている。ボーヴォワールが考えているのは、彼らに対する「個人的な義務」を超えた、「全般的なもの」や「社会的なもの」——すなわち「政治的なもの」である。そしてサルトルもこれに倣う。「そして私〔サルトル〕は父親の頭にすぐ浮かぶのはこういった考えだと思っている。なぜなら父的機能は子供との関係にただちに社会的なものを導入するからである。[57]」ここにおいてボーヴォワールは……父親であり、アン

(54) ダニエル・フルーリーの見事な博士論文において、政治的アンガージュマンへと向かうボーヴォワールの変遷にその初期小説を照らし合わせたすばらしい分析を読むことができる。Danièle Fleury, *Simone de Beauvoir : de* L'Invitée *au* Sang des autres, *l'éveil à la solidarité*, thèse de doctorat soutenue à l'Université Paris 7 Denis-Diderot le 22 juin 2004.

(55)〔訳注〕Simone de Beauvoir, *Lettres à Sartre 1930–1939*, Paris, Gallimard, 1990, p. 168–171.

(56)〔訳注〕ジャック＝ローラン・ボスト（一九一六—一九九〇年）のこと。作家、ジャーナリスト。ル・アーヴルのリセでのサルトルの教え子であり後にボーヴォワールの愛人となる。兄のピエール・ボストと区別するためサルトルとボーヴォワールは「プチ・ボスト」とも呼んでいた。一九三九年、まだ学生のうちに動員された。

(57) Cf. Jean-Paul Sartre, *Les Carnets de la drôle de guerre*, Gallimard, 1995, pp. 135-136. アルレット・エルカイム＝サルトルによる注も参照されたい。〔このサルトルの日記の編集者であるサルトルの養女アルレット・エルカイム＝サルトルは、ボストに関するボーヴォワールの手紙を受け取った際のサルトルの記述をもって、サル

ガージュマンという概念自体の創始者であるが、その後は他の皆と同様、彼女もこれをサルトルのものと認めるのをはばからない。というのも一九四一年以降、それを練り上げ広めたのはサルトルだとされているからである。

ここでどこまでがエロティックな関係の否定で、どこまでが罪悪感で、どこまでが超自我の倫理的選択であるのかを解明したり、あるいはそれらの必然的な共存を指摘したりする必要はない。そのような作業はたとえ精神分析の試みにのっとった分析家が行うのであっても危険なものとなる――そして分析を避けてきた人が行うのであれば、その作業は当てにならないか、不可能でさえあるだろう。しかし私が今、ボーヴォワールの実存的な、小説上の、あるいは倫理的な選択を方向づけてきた、女性的な苦しみや男性的な欲求や否定〔dénégations〕を思わせるものをごちゃまぜにしているのは、女性が犠牲になる状況やファルスによる抑止力というのが歴史を通して常に女性の条件においては日常的な運命であったこと、今日でもそうであり続けていることを承知しているからである。生まれや財産、社会的階級、氏族によって特権的な地位にある女性たちが今日、第三世代のフェミニストたちが女性を犠牲者とみなしている、さらにはボーヴォワール自身が女性を犠牲者とみなしていると主張して告発しているが、それは偽善か、せいぜいそう言っている女性たちにしか関係のない楽観主義的な幻想にすぎないように私には思われる。第二次世界大戦前後のボーヴォワールによる女性の苦しみの告発は政治的闘争としての野心をもっていたのであり、それは人類の運命を揺るがしたという意味において運命的なものとなった。というのも、彼女の〔女性の身体に対する〕嫌悪の叫びも男性的な欲求も、またサルトルとボーヴォワールを取りまく想像的な家族を維持していたサドマゾヒズム的な残虐行為までもが、避妊や同意にもとづく自由な妊娠中絶、女性たちの平等な労働への権利といった効果的な成果をもたらした近代の闘い、今も続く闘いをともにしてきたからである。私たちの世紀において自由主義が前進するには、過剰さや常軌を逸したもの、はかり知ることのできない痛みといった報いがおそらく他の時代よりもさらに多くともなうということを、偽りの恥じらいも偽善的な純粋主義もなく認めることが肝要である。

もちろん私は、初潮を迎えた娘の身体を嘆く言葉のなかに加害者への同一化を読むこともできる。技術・生産本位の社会によって、女性の身体すなわちこの作家自身のものでもある身体に押しつけられ矛盾を生む視線と体験を、彼女が内面化しているかのようである。また、たと

トルの「アンガージュマンの思想の誕生」であるとしている。なお、第二次大戦中にサルトルが残したこの日記『奇妙な戦争』は、初版が一九八三年に刊行されたが、その後新たに見つかった一九三九年九―一〇月のノートを含めた新版が一九九五年に刊行されている。なお、刊行されている邦訳は初版の翻訳である〔『奇妙な戦争 戦中日記 Novembre 1939-Mars 1940』海老坂武・石崎晴己・西永良成訳、人文書院、一九八五年〕。〕

えば母親に対するボーヴォワールの嘆きを、兄弟や男性たちのもつ敏捷な柔軟性や挿入する鋭い力を獲得したいという欲望として読むこともできる。ボーヴォワールはアリス・シュヴァルツァーにインタビューされた際に、女性の胸は好きだが魅力を感じるのは「ウエストまで」だと述べているが、[58] ここで私はマルセル・プルーストの言葉を思い起こすこともできるだろう。彼はコタール医師の口を通して、女性が「快楽の極に」達するのは「なによりも乳房で」であると語らせている。[59] 逆に『第二の性』の著者に対して私が好感をもっていなかったとしたら、ビル・クリントン大統領自身がアメリカの法律の範囲内ではパイプと葉巻を使ったある種の快楽に性的なところは何もないと主張して言い表した、ボーヴォワールのそれとも似た否認を思い起こすこともできる。[60]

したがって女性の身体、特に母の身体の嫌悪、女性同性愛の否認――これらは慣習による束縛や訴追から身を守るためなのだろうか。あるいはそれらを自らのヘーゲル－マルクス的、実存主義的なアンガージュマンのシステムに統合することが不可能だったのだろうか。あるいはより厚かましく言うならば、しきたりを後ろ盾とした権力を好み、そして結局のところ社会に対する打算があったからなのだろうか。私はボーヴォワールを読み、その闘いをたどり、その防衛や苦悩をもともにしたが、ボーヴォワールが自分が述べたことと述べられないこととによって自らを傷つけ続けているということ、真の欲望ではないにしてもそのおののきを確実に伝えていると確信している。私たちは彼女とともに、私たちを取りまくポルノグラフィがたっぷりと見せつけてくる誇示とは程遠く、しかし今日の一部の普遍主義者が自分の男性的な野望を擁護し、まるで出産が女性を取りまく環境を損なっているかのように母親の多様な体験を揶揄する際の合理主義的な抑圧とも程遠いところにいる。これらの自称ボーヴォワール主義者たち

（58）〔訳注〕ドイツのフェミニストでジャーナリストのアリス・シュヴァルツァーは一九七二年から一九八二年までのおよそ十年間にわたってボーヴォワールにインタビューをおこなっている。ここでクリステヴァがシュヴァルツァーによるインタビューのどの部分を参照しているのかについては確認できなかったが、一九八二年のインタビューでボーヴォワールは女性との恋愛関係について問われ、「女性に対して私はいつも大きな友情を抱きました。とても優しい友情で、ときには愛撫のような優しさをこめたこともあります。しかし、それによってエロチックな情熱をかきたてられたことは一度もないですね」と答えている。（Alice Schwarzer, *Simone de Beauvoir aujourd'hui : entretiens*, Paris, Mercure de France, 1984, p. 115.〔アリス・シュヴァルツァー『ボーヴォワールは語る——「第二の性」のその後』福井美津子訳、平凡社、一九九四年、一六二頁。〕）

（59）Marcel Proust, *Sodome et Gomorrhe*, *À la recherche du temps perdu*, in *Œuvres complètes*, tome III, Gallimard, coll. « Bibliothèque de la Pléiade », 1988, p. 191.〔マルセル・プルースト『失われた時を求めて7　ソドムとゴモラI』鈴木道彦訳、集英社、一九九八年、三五二頁。〕

（60）〔訳注〕一九九八年、米国大統領だったビル・クリントンはモニカ・ルインスキーとの不倫関係について問われた際、このように答えたとされる。

の主張を聞いていると、彼女たちの信条は次のようなものだと考えられる。「女も普通の男である」――つまり「男も普通の女である」と訴えたグルーチョ・マルクス[61]の言い回しの逆である。こうした考えはボーヴォワールにはまったくない。彼女の普遍主義にはリビドー的な中心があると私は指摘したが、その普遍主義は常に再構成され続けているのである。

　ボーヴォワール特有のあいまいな否認は、そうして否認することで彼女が達成できた社会的・政治的成果によってのみ正当化されうるものではないのだから、なおさらだ。女性たち――彼女の欲望と嫉妬の対象――に対する彼女の敵意、『危機の女』で露わになった彼女のメランコリー、あるいは『別れの儀式』において死につつあるサルトルの衰えた身体に与えられた残酷な優しさは、母親にならなかったことの後悔とこの活動家の亀裂を露わにしている。それはほとんど性的差異があるということを認める告白である。普遍主義者を怯えさせる差異、好むと好まざるとにかかわらずある差異。ボーヴォワールが政治的あるいは哲学的な要請として提起する性的差異ではなく、分解されたカップル〔*couple décomposé*〕の実存的体験から浮かび上がる性的差異である。彼女はそれを政治的小説という危険を冒しながら探求するが、それはサルトルの哲学的小説とは別物なのだ。

男－女というカップルの見直し

近代のカップルは、ギリシア的・ユダヤ教的・キリスト教的なカップルの先例を越えて、啓蒙主義の哲学者たちによって作り上げられた、良識的とされるブルジョワのイデオロギーに基礎づけられている。その輪郭と価値の由来はルソー（一七一二―一七七八年）にある。『新エロイーズ』（一七六一年）は崩壊しつつある社会と慣習を描いており、ロクサーヌ[62]とサン＝プルー[63]はその犠牲者である。この崩壊への応答として『エミール』[64]（一七六二年）は新たな現実を作り出す。すなわちその性的な関係が自然に根拠をもつようなカップル、そしてそれゆえに性的な関

(61)〔訳注〕グルーチョ・マルクス（一八九〇―一九七七年）：アメリカのコメディアン。

(62)〔訳注〕モンテスキューの『ペルシア人の手紙』（一七二一年）の登場人物。ペルシア人の主人公ユスベクの寵愛を受けるハーレムの女性だが、彼に対する復讐のため自殺する。

(63)〔訳注〕ルソーの『新エロイーズ』（一七六一年）の登場人物。平民の家庭教師だが、貴族の娘ジュリーと身分違いの恋に落ちてしまう。

(64)〔訳注〕正式な題名は『エミール、または教育について』（一七六二年）。少年エミールの幼年期から結婚までの成長を描いた作品。少年のうちは子供の自然な本性と自由な成長を尊重すべきだと説き、近代の教育学に大きな影響を与えた。最終章である第五編ではエミールの妻となるソフィーの女子教育について論じている。

係が可能であるとされるようなカップルである。

この発明の性的な意味と社会的な影響力を計るには、これを一方では慣習についての、他方ではそれらの慣習の専制権力とのつながりについての、それ以前の世紀における考察とともに視野に入れなければならない。ルソーは、ラ・ボエシ（一五三〇―一五六三年）の『自発的隷従論』[65]を手掛かりとしながら、またモンテスキュー（一六八九―一七五五年）の『ペルシア人の手紙』や『法の精神』と照らし合わせながら読まなければならない。この観点からするとルソー的カップルは、一夫多妻の東洋の君主を滅亡させてしまうような官能的な快楽に代わるものを提示するとともに、その対をなすもの、すなわち王権が衰退するなかで予示されるものへの代案を提示してもいるようである。

十六世紀からすでに、そして十七世紀と十八世紀には特に、トルコの王宮に対するフランスの作家や公衆の関心は非常に高かった。[66] ハーレムの主人は男というよりは「小男〔hommeau〕」のようであり、あるいは横暴な母親たちとこびへつらう宦官たちに挟まれて身動きの取れない「死んだ男」、数多の女たちの間でも政治においても、そのいわゆる男根的権力が本人不在の権力でしかないようななよなよとした身体をもった男のようでさえある。旅行者も哲学者も得々としてこの外国の装置を参照する。というのも彼らはそこに、フランス社会において自分たちの目の前で繰り広げられているもの、すなわち政治権力の破綻と性的関係の無能ぶりの――本質ではないにしても――考古学を見てとるからである。地理的な特性か、歴史的な事実か、構造的な袋小路か。性的関係の不可能性という幻想と専制権力の危機をふまえるのであれば、新たなカップルとは別の言い方をすると、親子のつながりだけでなく国家‐市民のつながりをも保証する二面的な主体を基礎づけるための、奇跡的な定式なのである。この定式を維持するのは不可能であることはすでにわかっている――そしてルソーのテクストはそのことを示している。その定式に対して異議を唱えることができるのは放蕩、倒錯、犯罪といった方法によってのみである。カップルが再度作り出した「新たな調和」はすぐに「放蕩と倒錯の地獄を隠し持つうわべだけの装置」(67)であることが明らかになる。このルソーのモデルの裏側においてとりわけ先駆的なのはサドである。それにディドロもだ。サドより見識があってスキャンダラスというよりは官能的だが、同様に不穏な仕方で。

（65）〔訳注〕エティエンヌ・ド・ラ・ボエシ（一五三〇―一五六三年）はフランスの人文主義者。モンテスキューと親交が深かった。一五四八年頃に書かれたとされる『自発的隷従論』では、圧政は被支配者の自発的な隷従に支えられていると説いている（エティエンヌ・ド・ラ・ボエシ『自発的隷従論』西谷修監修・山上浩嗣訳、筑摩書房、二〇一三年）。

（66）*Cf.* Alain Grosrichard, *Structure du sérail. La fiction du despotisme asiatique dans l'Occident classique*, Le Seuil, 1979. *Cf.* Julia Kristeva, *Le Génie féminin*, t. III: *Colette*, Fayard, 2002, pp. 421 *sq.*

（67）*Ibid.*, pp. 221-223.

女性の小説は、スタール夫人[68]からコレット、『Oの物語』[69]に至るまで、ブルジョワカップルの困難を演出し続けている。ボーヴォワールはと言えば、ほかの女性作家たちと比べてより大胆にあるいは独創的な仕方でカップルの苦境やメランコリーや官能的な炎について明らかにしたわけではない。彼女の主な標的となっていると思われるのは、『招かれた女』からしてすでに嫉妬である。それはすなわち、彼女が男性のファルスに魅了されているということの——それは精神分析の経験なくしては女性が断つのが難しいものである——、および不滅のライバルであるもうひとりの女性の快楽をうらやむ女性同性愛を抱いているということの、重大な無意識的告白である。そして政治闘争からの女性の排除である。『他人の血』によれば、政治闘争は女性に死者としての地位しか与えない。

しかし『招かれた女』（一九四三年）から、ドストエフスキーの引用「各人はすべてのことについて万人に責任がある」を題辞として掲げる『他人の血』（一九四五年）までのあいだに、事態は変化している[70]。ダニエル・フルーリーが示しているように、親密性〔intime〕のテーマは連帯のテーマへと浸透し、これ以降この連帯のテーマが勝ることになるがこれもまた、語り手の失敗や弱点の告白に浸潤されている。しかしボーヴォワール的小説というジャンルは発見された。それは親密なものと政治的なものの交差する点にある。意識間の死闘の弁証法により高められた心理の湿っぽい襞は、歴史の風のもとで乾く。人民戦線、平和主義、占領、レジスタンス、対独協力、ユダヤ人の強制収容、共産主義、労働組合運動といったものは、『他人の血』

(68)〔訳注〕スタール夫人：ジェルメーヌ・ド・スタール（一七六六―一八一七年）、女性文学者。早くからサロンで注目を集め、バンジャマン・コンスタン、ゲーテ、バイロン卿など数多くのヨーロッパの知識人と交流を持ち、フランスにおけるロマン主義の発展に寄与した。革命後はナポレオンと敵対し、国外に追放された。著書に小説『デルフィーヌ』（一八〇二年）、『コリンヌ』（一八〇七年）、ドイツロマン主義をフランス語で紹介した『ドイツ論』（一八一〇―一八一三年）などがある。先駆的なフェミニストとしても知られており、『社会制度との関係において考察した文学について』（一八〇〇年）では女性と文学の関係についても論じている。

(69)〔訳注〕『O の物語』：一九五四年のポーリーヌ・レアージュの官能小説。日本では長らく『O嬢の物語』として知られてきた、一九五五年のドゥ・マゴ賞受賞作である。作者レアージュは実はフランスの女性批評家ドミニク・オーリー（一九〇七―一九九八年）だったが、一九九四年までその素性は公には明かされず、様々な憶測を呼んだ。

(70)〔訳注〕『招かれた女』はボーヴォワールにとって初めての出版された小説。舞台監督であるピエールとその恋人であるフランソワーズ、そして「招かれた女」グザヴィエールの三角関係を描く。グザヴィエールに嫉妬したフランソワーズは最終的には彼女を殺してしまう。次の小説『他人の血』は一九三〇年代からナチス占領期のフランスにおける、ジャン・ブロマールとエレーヌというカップルのたどる道を描く。労働組合や戦時下のレジスタンス活動におけるアンガージュマンが中心的なテーマのひとつとなっている。当初政治に無関心だったエレーヌは、後にブロマール率いるレジスタンスに加わるが、彼が命じた作戦の際に致命傷を負って死ぬ。

において想像的なもののなかに浸透してくる。この哲学者は時代とアンガージュマン哲学の証言者として、カップルの脱構築を続ける――ここではブロマールとエレーヌだが、ブロマールが決定を下したレジスタンスの活動によりこのエレーヌは致命傷を負っている。他人の血か、それとも女の血か。『招かれた女』では欲望の自由が、そして今度は政治的アンガージュマンの自由が、他者の死、それも常に女の死によって償われ、ゆえにカップルの死によって償われているのだ。

しかしそれだけではない。結局のところ文学というのは要するに神経症なのであり諦めてしまうのがよいのだ、というサルトルの見解が示しているように[71]、この親密主義〔intimisme〕の乗り越えは、活動家・普遍主義者として〔ボーヴォワールも文学の〕抑圧を呼びかけるという形で凝固する可能性もあったわけだが、ここではこの親密主義の乗り越え自体が乗り越えられている。ボーヴォワールという疲れを知らない歩行者は、道を拓きつながりを拓くことをやめない。ソロモンの雅歌における、あるいはルソーにおけるような絶対的なつながりは、挫折させられたのだろうか。いずれにせよ、そのような絶対的なつながりはつながりの複数性を前に譲歩するだろう。サルトルは後見人として中心であり続ける。オルグレンは身体的な快楽を解き放つために参加させられるが、彼は遠くにいる。クロード・ランズマンやその他何人かの男性たちもいる。そしてこれは常に書かれていくのである――あるいは決して書かれることがない、と中傷者たちは言うだろう。しかしいずれにしてもこれは、伝えなければならないとして彼女が絶えず言い続けることである。親としての責任にふさわしく振る舞わねばならないのだ。「政治的なもの」に訴えたポストについての手紙が前提としているように。

語り、適応し、動き続けるこの生命力は、一体何なのだろうか。不誠実か。悪徳か。操作か。他者への虐待か。ヒステリックな悪意と嘘が抗うつ薬として使われているのか。そうかもしれない。おそらくそうなのだろう。しかしボーヴォワールは実験者かつ実験台として、距離を置いた観察者かつ解剖される獲物として、自らをその探求の中心に保っている。彼女は自分のことでも他者のことと同様に、容赦するということがほとんどない。彼女は言語のなかというより世界のなかに彼女を位置づける、あるいはむしろ彼女の位置づけを変えさせる考察によって、絶えず探求を続ける。「私はあなたと意見が違う」。ボーヴォワールはコレットのヒロインであるルネ・ネレ(72)が言ったこの言葉を発見し、この言葉は彼女自身の男性パートナーとの関係にお

(71)〔訳注〕サルトルは一九六四年の自伝『言葉』で文学を書くことを「神経症」であると述べ文学との決別を表明した。「長いこと私はペンを剣だと思ってきた。今では文学の無力を知っている。だからどうしたというのだ。私はいまも本を書いているし、これからも書き続けるだろう。〔…〕人は神経症からは解放されることはあっても、自己から治癒することはない。」(ジャン゠ポール・サルトル『言葉』澤田直訳、人文書院、二〇〇六年、二〇三頁。)

ける指針となる。とはいえサルトルだけは例外かもしれない。彼女はサルトルには公然とは反論せず、別の仕方で、死体になるまで優しさに満ちた残酷さのなかで、その傍らにいるだけだ。大声で要求することなく、その「愛しい人」、「あなた〔vous〕」――彼女は彼を利用しつつ守る術を知っていた――の優越に対して恩義を認めつつ、あきれるほどの生真面目さをもって、彼女は自分の道を歩み続ける。

この体験＝実験において注目すべきは、こうして脱構築されたこのカップルは模範であると自任することとさえないということである。それを自分たちの模範だと信じて見習う活動家はいたし、これからもいるだろうが。しかしサルトルとボーヴォワールが提示したものといえば、この自律的な個人間の承認と尊重によるつながりを維持しようという配慮であるとともに、その配慮の彼岸にある、男女が結合することの不可能性、これ以外にはありえないのではないだろうか。それに究極の礼儀正しさである。これは他者の身体の健康とその仕事への配慮であり、また痛烈な視線や的を突いた言葉をも含んでいる。エロティックな協調や不和を越えた思考のつながり、考えのやりとり。すなわちカップルというのもそれなりの仕方で、論議なのである。

シュルレアリストたちが礼賛し、あるいはジョルジュ・バタイユのような神秘主義者たちが別の仕方で称賛した狂気の愛、情熱的高揚は、サルトルとボーヴォワール以後、歴史的資料として、幼稚な言動として、ナルシシズム的な退行の幻想として、遠ざけられることになる。このふたりは宗教に永久に亀裂を生じさせた。なぜならカップルの清純な恋愛というのはスペクタクルの社会をいまだに培っているものだが——イマージュとはそういうものである——、その清純な恋愛に亀裂を生じさせたからである。彼らは皆に見えるような仕方で亀裂を生じさせただろうか。そうかもしれないし、そうでないかもしれない。そこには言い落としや検閲があり、犠牲者たちがいる。とはいえそれらを大っぴらにしている人を私たちは他に知っているだろうか。ハードコア・セックスや犯罪においてはいるかもしれないが。

このカップルの不可能性における可能性の提示の中に私自身が見るのは、英雄的行為ではなく、ジェネロジテ〔寛大さ、寛容、気前の良さ〕である。これこそ性とともに、そして性を越えた二人の自律的な個人間の対話の可能性を——全体主義あるいはテロリズムと呼ばれている結合の燃焼に対する抵抗として——世間の前に見せ続ける生き方を指すのにふさわしい言葉である。国家権力と生殖の基盤としてのルソー的なカップルではなく、核をなす対話としての、思考の空間としてのカップルである。これは不確かで危険の多いものである。取り返しのつかない仕方で自由というものが殺人への道筋になってしまうのを防ぐためには、大変な知性を必要とす

(72)〔訳注〕ルネ・ネレ：コレットの自伝的作品『さすらいの女』(*La Vagabonde*)(一九一〇年)および『きずな』(*L'Entrave*)(一九一三年)の主人公。

る。思考の空間としてのカップル、あるいはふたつの性の間の対話としての思考、これこそユートピアではないだろうか。普遍的なものや友愛や、アイデンティティ上の団結にまつわる神話はすべて、その団結が土着のものであれ集団的なものであれ、ふたつに分裂している。今日、私たちの中で何人が、思考によってこの尊重、不調和、ジェネロジテを持ち続けることができるだろうか。

小説は何のために?

サルトルは『言葉』において、文学を神経症へと送り返す前に「言葉」を自らの関心の特権的な的としているのに対し、ボーヴォワールは思考やアンガージュマン、人生自体、そして結局のところエクリチュールが、言語活動の所産であることに気づいていないようである。彼女の手紙の饒舌さ、延々と積み上げられる細部。彼女は今日の私たちにはわからないその細部の面白さを味わっているようで、手心を加えることもなく文通相手をうんざりさせている(たとえばネルソン・オルグレンやオルガ・コサキエヴィッツは、彼女のサルトルとの親密さについてそれほど知りたいと思っているわけでは必ずしもないだろう)。これらは本当に言葉できているのだろうか。あるいは空間をむさぼるこの歩行者の熱中を何も止めることができなかったように、何をもってしても止めることができない抑制不能な言葉の衝動なのだろうか。エクリチュールと哲学を完璧に自分のものにすることによって自らの自由を勝ち取った優等生、永遠の少女の、飽くことを知らない好奇心。彼女はそのエクリチュールと哲学をまるで機械的動作であるかのように用いるが、それでも常に自己の探求と自由の追求をさらに進めるに至る。パロールとエクリチュールの技術に関するボーヴォワールの数少ない考察は洗練された知性によるものだが、「形式」と呼ぶにふさわしいものへの本質的な関心はまったくない。彼女がたとえばコレットのようなフランス語の達人に興味をもった場合であっても、この哲学者によるコレットの賛美の中に、フランス語で最も美しい詩的な散文の一部を生み出した作家としてのコレットの評価を探しても無駄である。「コレットは偉大な作家となった」とボーヴォワールは急いで片を付けたうえで、「自らのペンを生活の糧とする」ことのできたこの闘う女性を称賛する。[73] そしてコレットの語り手や登場人物たちが若い娘や青年たち相手に得ることのできた自由、その「自然性〔spontanéité〕」、「感情の安定した寛大な〔コレットの〕母親」を見出すのだ[74]

(73)〔訳注〕ボーヴォワール『第二の性』II巻（下）、前掲書、四三〇頁。
(74)〔訳注〕ボーヴォワール『第二の性』II巻（下）、前掲書、八三頁。

——そこに〔コレットという〕作家自身がモデルとして投影されていることを疑いもせずに。次に彼女は人類学者となって、コレットは自然への「優しい愛情」をもっていたものの、キャサリン・マンスフィールドや一般の女性たちと同様で、「人間とはかけ離れた自由」のなかにある自然を捉えることができず、それまでの女性たちが決して、あるいはほとんど引き受けることのなかった「人間の条件」に対して彼女が異議を唱えられなかったことを惜しむのである！(75)(76) 怪物コレット、その芸術も複雑さも深みもともに退場！ となるのだ。

この〈サルトル主義女〉の知的な文体に関しては、批評家たちが批判するよりも前に、ガリマール社で『招かれた女』の「査読委員」であったブリス・パランが最初に注意をした時にすでに、サルトル自身が同様のことを述べている。曰く、ここで〔パランにより〕やり玉にあげられ誤解され「粗削り」で「哲学的、隠語的」であるとして非難されている文体は「彼らの」共通の文体である。パランの批判は「意図的にしていることに対する非難」であり、「だがたしかにこの語り口は、僕らのものだ」というのである。(77)(78)

このように織りなされているボーヴォワールの小説はエクリチュールではあるが、作者にとっては「芸術作品」というよりは自己の再構築、自己分析、社会的なメッセージであるように思われる。これはヴァージニア・ウルフやコレットと張り合うことはできず、そのことをわかっていて、それを望んでもいない者の謙遜なのだろうか。きっとそうだろう。しかしボーヴォワールの小説はひとりの女性哲学者の、その時代の女性の決意でもある。存在に対して実存をとる決意である。両者は互いにすぐそばにある。これは人を深淵から切り離し守ってくれる手すりの上を歩くようなものだ。何世紀も前から形式の洗練とその形式の内容への変換に秀でてきたフランス文学の文脈において、そしてヌーヴォー・ロマンや構造主義の形式主義の文脈においてはなおさら、ボーヴォワールのとった道が「事情に通じた」読者を魅惑する可能性はほとんどなかった。『レ・マンダラン』でのゴンクール賞受賞にもかかわらず私たちは彼女を文学の殿堂に入れていない。[79] 彼女の小説は「偉大な知識人」の仕事の「一部である」にすぎない。

(75)〔訳注〕キャサリン・マンスフィールド（一八八八―一九二三年）はニュージーランド生まれの英国の女性小説家。短編小説を得意とし『幸福』、『園遊会』などの短編小説集を発表したが、病のため夭逝。ほかにも書簡や日記を残している。

(76)〔訳注〕ボーヴォワール『第二の性』II巻（下）、前掲書、四四〇―四四一頁。

(77) Jean-Paul Sartre, *Lettres au Castor*, t. II, 1940-1963, Gallimard, 1983, p. 216.

(78)〔訳注〕サルトルはボーヴォワールに宛てたこの一九四〇年五月一〇日の手紙で、ボーヴォワールの『招かれた女』の文体は粗削りで哲学的で隠語的であるとするブリス・パランの批判に対し、この共通の文体は「粗削り」なのではなく「明らかにアメリカの小説家の悲壮さの影響を受けた、粗暴さを洗練させた表現〔la préciosité du brutal〕」であるのだから、変えるべきではない、とボーヴォワールに助言している。

(79)〔訳注〕ボーヴォワールの作品は、自伝・回想録に関してはガリマール社のプレイヤード版が二〇一八年五月に刊行予定であり「殿堂入り」を果たしたと言えようが、小説や評論などに関しては現在のところそのしかしいまそれらの小説は、それらと切り離すことのできない彼女の思想を裏づけるために必要不可欠である。

ボーヴォワールにおいて小説は実存を表明する行為であり、それによって親密なものの生き地獄は政治的な問題に転じる。私たちが生きるこの困難な時代において、ボーヴォワールが自らの親密性を賭けたこの混成ジャンルは、対話的で多声的なテクストとしての小説の起源を取り戻すだけではない。オートフィクションとその実質であるところのうぬぼれたナルシシズムに閉じこもるフランス小説を前にして、彼女の賭けと不器用さは有益であるとも私自身は確信している。(80) というのもボーヴォワールが自らの寛大な〔généreuse〕生命力のまた別の側面を明らかにしたのは、フィクションを通して、フィクションにおける言いかけの言葉や置き換えという架け橋を通してだからである。その生命力の別の側面とはすなわち、親密なものの小宇宙の中に、自由に関する政治哲学を体現させる能力である。

政治的なフィクションという最終的な策略は――性的差異や両義性のモラルをはるかに超えて――彼女の、そして私たちの共約不可能な特異性を探求することによって哲学の普遍主義の裏をかいているのではないだろうか。そしてこの理論家としての弱点、小説家としての冒険が、ボーヴォワールの後でほかの者たちがとった馬鹿げた行為、すなわちフェミニスト団体や運動やセクトのリーダーを自任するという行為から、彼女を守ってくれたのだと考えられないだろうか。危機の女(81)は、彼女の小説が私たちに差し出す女たちの中に現れる。これらの小説はフェミニストとしての彼女の地位を損ねるものだが、それら各々の還元しえないもののうちに『第二の性』を含んでいるのだ。そして彼女の小説はそれを神話よりもはるかに大きなものとする、すなわち政治的なものを特異なものとし、特異なものを政治化するよう誘うのである。今日私たちはこのような体験＝実験の欠如と必要性を実感しているのであり、この体験＝実験において、ボーヴォワールは唯一の類まれなる例外であり続けている。

ような予定はない。

(80)〔訳注〕これがクリステヴァが『セメイオチケ』(一九六九年)のなかで取り上げフランス語圏に紹介したミハイル・バフチンの重要な議論であることを思い起こされたい。

(81)〔訳注〕危機の女：一九六七年に発表されたボーヴォワールの短編小説のタイトル。(それを含む短編小説集の題名でもある。)中年にさしかかった主婦モニークが夫の浮気により文字通り「危機」に陥るという物語だが、挫折と不幸を描いた暗い結末はフェミニズム的には戦闘的でないとして発表当初はフェミニストの活動家たちに批判された。

六十年後の『第二の性』

一九四九年に出版された『第二の性』は今日では、スキャンダルにもなったが一派をも成した六十歳の若い女性となった。彼女は女性の解放におけるひとつの決定的な時期を画し、また解放を促進し続けている。

この一九四九年という年に戻ってみよう。世の中は第二次世界大戦で負った傷をかろうじて手当てしたところである。そこにカトリックの教育を受けたが自由な生活を送り、哲学への揺るがぬ態度と教育の才能と伝わりやすい文体を兼ね備えたフランスのエリート女性が、途方に暮れている読者たちに対し、第二の性は自由であると宣言する。彼女はたしかに「自由な女はいまようやく生まれようとしているところだ[82]」とすぐに予防線を張っている。これは今日でも

(82) Simone de Beauvoir. *Le Deuxième Sexe*. t. II, *op. cit.*, p. 641.〔ボーヴォワール『第二の性』II巻(下)、前掲書、

事実であり続けているが、すでに世界的な現象でもあり影響を与え続けている。これは真の人類学的＝人間学的革命である。私はこれを「人類学的＝人間学的革命」と呼ぶ。なぜならここで表明されているのは、母親になることの自由な選択や社会的・経済的・政治的な平等への権利を超えたところにある、人類の連続性〔continuité〕の新たな引き受け方であり、それは超越を自由として定義する勇気をもともなっているからだ。出産と自由とスペクタクルが女性の手の内にあったら人類はどうなってしまうのか。反啓蒙主義者や原理主義者や厳格派の人たちは方々でたじろぎ、スキャンダルだと喚いている。しかしこのようにして開かれた未来が――危険をともないながら――新たな可能性を受け入れ、生み出してもいるのではないだろうか。

この人類学的＝人間学的革命は大昔から準備されていた。これをイギリスの婦人参政権論者たちは政治の優先課題としていたし、一九六八年五月以降のフェミニズム運動は深く掘り下げることとなる。しかしこの革命はシモーヌ・ド・ボーヴォワールの体験＝実験と筆のおかげで、自らの重要性を自覚し世界中を熱狂させることとなる。

一九〇八年に生まれ一九八六年に死去したボーヴォワールは、一九四九年の時点では、スキャンダルを巻き起こす著名な哲学者であり作家である。彼女はすでに『招かれた女』、『ピリュウスとシネアス』、『他人の血』、『ごくつぶし』、『人はすべて死ぬ』、『両義性のモラルのために』、『アメリカその日その日』を出版している。サルトルとともに、生まれつつある実存主義の歩みのなかで――その親密な生成過程を彼女は『レ・マンダラン』(一九五四年)で描いている――、ボーヴォワールは個人的かつ政治的な体験＝実験と哲学的な思考を追求している。その中心的な主題と絶対的な目的は、彼女が「反抗」、「非承諾〔non-consentement〕」として捉える自由である。このことを第三千年紀の始まりにある今日、恐怖・安全・適応・統合といったグローバル化された世界を反映する言葉のために自由・反抗・非承諾といった言葉が消えつつある今日、強調しておかなければならない。

「自由」は、悪意のあるマスコミが侮蔑を込めて「サルトル主義女〔la Sartreuse〕」と呼ぶこの女性の生涯と作品の中心にある。ロラン夫人は「自由の名の下で多くの罪が犯された」ことをわかっていたし[83]、ボーヴォワールも『両義性のモラルのために』[84]において自由の危険性を列挙している。ここで彼女は〔自由を標榜する〕実存主義が共産主義と合致することはないにもかか

四四八頁。〕

(83)〔訳注〕ロラン夫人:マノン・ロラン(一七五四―一七九三年)のこと。夫ジャン＝マリー・ロランとともにフランス革命期のジロンド派の指導者。パリでサロンを開き、ブリッソーなど後にジロンド派と呼ばれることとなるブルジョワの共和主義者を集めた。しかしジャコバン派との抗争の激化により一七九三年には処刑され、夫も自殺した。ギロチンにかけられる直前、「ああ自由よ! 汝の名の下でなんと多くの罪が犯されたことか〔O liberté ! que de crimes on commet en ton nom !〕」と言ったとされる。

(84) Gallimard, 1947.

わらず、実存主義者が共産主義に対してもつ関心を指摘する。しかし何よりもまず、何としても、自由が重要なのだ。ボーヴォワールにとって自由は、ソクラテス以来の哲学的探究を導く不滅の星であり続ける。人間は人間を圧倒する世界よりも高貴である、なぜなら人間は自分が死ぬことを知っているが世界はそのことを知らないのだから、というパスカルの考えに見られるように、自由こそがキリスト教思想の最高の部分に着想を与えている。自由は啓蒙主義者の反抗的な身体と精神のなかで燃え、偉大なヨーロッパ文学の文体を作り上げる。そして自由は、ヘーゲルの弁証法から、実存主義を支える近代の現象学までをも突き動かしている。これらの参照先と体験はみな、『第二の性』の執筆を手掛けたときに四十歳だったこの作家の作品において共鳴している。

彼女の初期の小説は、彼女自身がマイノリティとしてのあるいは侮辱された者としての地位から逃れたいがために、女性たちが経験する過酷な葛藤（嫉妬、見限り、孤独、暴力、様々な不正）を描く。しかし彼女の念頭にある問いは、「女性とは何か」というよりは「私はどうしたら自由になれるか」である。ボーヴォワールがギリシア哲学、キリスト教神学、そしてそれに続く近代哲学のもっとも貴重な部分の継承者であるということは、いくら言っても言いすぎるということはないだろう。その貴重な部分とはすなわち、自由な個人の崇拝、自らの意志において、その意志によって自分と世界を支配する主体の崇拝であり、作家ボーヴォワールはこれが普遍的なものであることに疑いをもたない。

このようにボーヴォワールの歩みは絶対的に自由主義的なものであり、それは彼女がフェミニストとして認められ受け入れられるよりもずっと前からそうなのだ。それは「承諾しない」ということであり、世界を被るのではなく、明瞭で反抗的な意識の力によって自らの意志を世界に認めさせることである。彼女は哲学者たち、特にサルトルにおけるこの意識の力を称賛している。自己の乗り越え〔dépassement〕によるこの自由の力こそが、彼女が「超越」と呼ぶものであり、彼女の自我を飽くことなく形成するものである。彼女にとって自由は私たちの条件を有限性から救ってくれるものであり、だからこそ『第二の性』の序文でも述べているように(85)自由は「現代における幸福の意味」なのである。(86)

非承諾、自己の超越としてのこの自由は、どのように理解すればよいのだろうか。他者に対して象徴的な支配力を行使しようという願望なのだろうか。自分のなかで育むべきファルス的な権力への、並ならぬ愛だろうか。そう言う人もいるだろう。いずれにせよボーヴォワール

(85)〔訳注〕ボーヴォワールは『第二の性』の序文において、女性について問うにあたって功利主義的な観点から女性が幸福であるかどうかを問うのではなく、実存主義のモラルの観点から自由を実現できているかを問うべきだ、と述べている。

(86) Cf. Julia Kristeva, « Y a-t-il un génie féminin? » in *Le Génie feminin*, t. III, *op. cit.*, pp. 537-566.

にとってこの「自ら自由になる」ための「自己を超越する力」は普遍的である。では無限の自由を探し求めるこの「私」をあらゆる女性の条件へと向かうよう方向づける転機、『第二の性』をフェミニズムのバイブルの決定版にすることとなる転機は、どこから来たのだろうか。

一九四七年。ボーヴォワールはミシェル・レリス[87]の『成熟の年齢』を発見する。「私は、弁解なしに自己を説明する殉難随筆〔essais-martyrs〕に対する好みを持っていた。私はそれについて思いめぐらしたり、メモをとったりしはじめ、サルトルにも話した。」サルトルは新たな問題系を定式化し、彼女に次のような問いを立てる。「あなたにとって女であることはどういう意味を持っていたのか。〔…〕とはいっても、あなたは男の子と同じやり方で育てられはしなかったでしょう。[88]」

ボーヴォワールがここで語っていないこと、そして彼女が亡くなった後、一九九七年にネルソン・オルグレンとの書簡が出版されることによって私たちが知ることとなるのは、ここにはレリスの意図せぬ励ましとサルトルの意図的な励ましのほかに、カストール[89]のネルソン・オルグレンとの関係が作用しているということである。というのも、一九四七年にサルトルはドロレス・ヴァネッティと恋愛関係をもつが、その一方でカストールはこのアメリカ人作家、彼女によれば「地元の若造[90]」、シカゴの風呂もついていないバラックに住む文学者プロレタリアートとの数奇な恋愛を経験しており、(91) 彼が彼女の女性としてのエロティックな官能性を十全に発見させたからである。一九四七年から一九五〇年までのあいだを彼女はサルトルの傍らで過ごすことにより知的・政治的・文学的創造の絶対性を通して自らを「超越する」ことができたが、

(87)〔訳注〕ミシェル・レリス(一九〇一―一九九〇年):詩人、批評家、民俗学者。一九二四年からシュルレアリストの運動に参加、二九年には友人のジョルジュ・バタイユらが編集する雑誌『ドキュマン』に参加している。一九三一―三三年にかけては民俗学者マルセル・グリオール率いるダカール＝ジブチ調査団に参加し、民俗学への関心を強め、帰国後『幻のアフリカ』(一九三四年)を発表。その後も数々の作家、芸術家、知識人と交流をもち、多方面にわたる活動を展開した。文学では『成熟の年齢』(一九三九年)から『ゲームの規則』四部作(一九四八―一九七六年)、『オランピアの頸のリボン』(一九八一年)へと至る一連の自伝的作品などが特に知られている。サルトルとボーヴォワールとは第二次大戦中から親交があり、一九四五年の『レ・タン・モデルヌ』誌の立ち上げにも寄与している。

(88) Simone de Beauvoir, *La Force des choses*, Gallimard, 1963, coll. « Folio », 1972, p. 135.〔ボーヴォワール『或る戦後』上巻、前掲書、一〇四頁。〕

(89)〔訳注〕カストール:サルトルの同級生でボーヴォワールの学生時代の友人だったルネ・マウー(一九〇五―一九七五年)がボーヴォワールに付けたあだ名。ボーヴォワール(Beauvoir)という名前が英語のビーバー(beaver)に似ているため、フランス語でビーバーを意味するカストール(Castor)と付けた。

(90)〔訳注〕Simone de Beauvoir, *Lettres à Nelson Algren*, Paris, Gallimard, 1997, p. 16.

(91) *Ibid.*, p. 177.〔ボーヴォワール『或る戦後』上巻、前掲書、一四〇頁。〕

自分の「本当の温かい居場所」はアメリカ人の恋人の「優しい心のそばに」あると確信している。[92]そしてシモーヌ・ド・ボーヴォワールが『第二の性』を書き溜めるのは、まさしくこの恋の炎のなかで、女性的な快楽というものの激発を発見しながらなのである。彼女は全身全霊で感じている情熱の魅力から身を引き離しつつ、それを受け入れ服従する女性たちを非難しながら、オルグレンが思い描いていた夫婦生活や母親になることに対する誘惑を巧みにかわしている。

ネルソン・オルグレンを見捨てることによってこの哲学者は、「超越」だけで満足することに決め、この「超越」を現在と結びつける（ボーヴォワールはサルトルと同様に、後世には関心がないと述べる）。それはパリの政治的・知的な現実における同時代の人々の「状況」とともにある。「私は愛の幸せだけによって生きることはできません。私の本と仕事が意味をもつ世界で唯一の場所で書き、仕事をするのを諦めることはできないのです[93]」と彼女はオルグレンに一九四七年九月二六日の時点ですでに書いている。

自由の同義語である「自己の乗り越え」における、「アンガージュマン」と呼ぶべきものへの揺るぎない態度は、見事なものである。ボーヴォワールはこれを、アヴィラの聖女テレサのような神秘主義者の決意と苦しみをもって、実践している。この聖女テレサの著作についてボーヴォワールは『第二の性』の終わりで称賛を表して注釈を加えつつも、次のように異を唱える。「彼女は自分の主観性から抜け出せない。彼女の自由は神秘化されたままである。彼女の自由を本当に実現するやり方はひとつしかない。それは、能動的な行動をとおして自分の自由を人間社会に投企することである。[94]」シモーヌ・ド・ボーヴォワールが後世のすべての女性に残したのは、この自由の崇拝、彼女がこの世で実現することを求めた自由──あの世への憧れにおいてではなく、カルメル会の修道院のなかででもなく、現代の社会的・政治的・文化的空間において実現することを求めた自由──の崇拝である。

このようにして始まった「フェミニズム」はふたつの頂点に達した。まずは避妊と中絶の自由、すなわち強要される運命としてではない、選択としての妊娠の自由の獲得である。次に、学問・専門技術・芸術の習得および政治的責任の中心への道が女性たちに一斉に開かれた。これらの発展は現代の民主主義国家においても決して十分に進んでいるわけではないが、今日では国際的な法体系のなかに組み込まれている。とはいえその法を適用するための闘いはヨーロ

(92)〔訳注〕Simone de Beauvoir, *Lettres à Nelson Algren*, Paris, Gallimard, 1997, p. 18.
(93) *Id., Lettres à Nelson Algren* [1947-1964], Gallimard, 1997, p. 69.
(94) *Id., Le Deuxième Sexe*, t. II, *op. cit.*, p. 593.〔ボーヴォワール『第二の性』II巻(下)、前掲書、三八三―三八四頁。〕

ッパやその他の大陸において続けられている(私が念頭に置いているのは、賃金の平等やパリテ[95]のための闘い、家庭内暴力――身体的および精神的な暴力のいずれをも含む――、母親になることの自由な選択、といった今なおセンシティブな問題である)。

ボーヴォワールの生誕一〇〇周年の際に私の提案により創設されたシモーヌ・ド・ボーヴォワール賞は、すでに二〇〇八年にイスラム原理主義に対して女性の権利のために闘うタスリマ・ナスリンとアヤーン・ヒルシ・アリに、そして二〇〇九年にはイランの女性詩人シミン・ベフバハニに与えられた[96]。また、私の「女性の天才」三部作の結論部はボーヴォワールに捧げられている。この三部作は二十世紀を解き明かし豊かなものとする作品を残した三人の女性、すなわちハンナ・アーレント、メラニー・クライン、コレットに関するものだが[97]、彼女たちはそれぞれ政治哲学、精神分析、文学という領域において自らの自由を主張し、私たちの自由にうったえることのできた女性たちである。

私はシモーヌ・ド・ボーヴォワールの作品に対してこのような恩義を感じるからこそ、『第二の性』の自由主義の形而上学が生み出した重要な問いを、今日再び取り上げなければならないと思う。私たちとしてはこれらの問いをさらに深め、時には修正しなければならない――新たな知識、社会の変化や女性的な体験そのものの深まりに照らし合わせて。ここでは『第二の性』における三つの中心的な主題を検討する。すなわち集団の条件における個人の自由、母親、および超越である。

主体と条件——どんな幸福か？

『第二の性』は個人と集団、ひとりの女性の特異な「私」と「すべての女性」の共同の条件とのあいだの、絶えまない緊張関係によって構造化されている。近年の歴史のどの段階においても、目標とされていたのは女性の集団の（共同体の）全体的な解放である。この点においてフェミニストたちは、すべての人に地上での幸福の実現を約束することで、啓蒙主義哲学に由来する、あるいはもっとさかのぼれば大陸における宗教の解体に由来する自由主義の運動がもつ全体化への野望というものを共有している。フェミニズム自体はヨーロッパでもアメリカでも、この過剰さを免れてはおらず、主体の特異性を無視して束の間の戦闘的態度に固執し、絶

(95)〔訳注〕訳注（4）を参照されたい。
(96) シモーヌ・ド・ボーヴォワール賞については本書一四一頁「自由が可能になった——どのような代価で？シモーヌ・ド・ボーヴォワール賞」参照。
(97) Julia Kristeva, « Y a-t-il un génie féminin ? », in *Le Génie féminin*, t. III., *op. cit.*, pp. 539-544.

対的で絶望的な権利要求のなかにすべての女性を、すべてのプロレタリアや第三世界全体と同じように、閉じこめることができると思い込んでいる。

しかし『第二の性』は、「自分を超越しようとする無限の欲求[98]」を感じる女性のなかの「主体」、あるいは彼女のなかの「個人」をまったく軽視していない。この著作は「主体」あるいは「個人」である女性たち、その才能によって模範となった女性たちの描写によって織りなされている。たとえばアヴィラの聖女テレサやコレット、グルネー嬢やテロワーニュ・ド・メリクールである[99]。ボーヴォワールは、それまでに例を見ないような不躾な仕方で神話や文学上の表象を非難する。そこには優れたフランス文学の神聖な怪物たちも含まれている。重要なのは「大文字の女性〔la Femme〕」の神話あるいは「永遠の女性的なものという神話を暴く[100]」ことである。貪欲で経験豊富な読書家であるボーヴォワールは、モンテルラン、クローデル、ブルトンやスタンダールの作品に食らいつく[101]。彼女は根気よく明快に、本質にねらいを定め、核心に迫る細部、的を射た細部を簡潔に描写する。たとえばモンテルランについては、「彼は偶像を粉砕するのではなく、怪物に代える[102]」と主張する。クローデルについては次のように述べる。「男は行動し、女は自分自身を与える。こうした男女の序列を神の意志の名によって聖化することは少しもこの序列を変えることにならず、逆にこれを永久に固定しようとすることである。[103]」そしてブルトンにおいては、「女はもっぱら詩つまり他者と見なされている[104]」。スタンダールだけが彼女の寵愛を受けることができる。「彼は例のない、いまだかつてどんな小説家も試みたことがなかったと思われる企てを試みた。自分自身を女の登場人物に投影したのである。」(105)

性的および経済的な「条件」はいまだに女性の解放を妨げており、現代の後に開かれるグローバルな時代は、保守主義や復古主義に満ちたものになると予測される。しかしだからといって、「主体」やこの特異性の決定不可能な可能性を軽視して「条件」のみに気を配ることで、

(98)〔訳注〕ボーヴォワール『第二の性』I巻、前掲書、三七頁。
(99) Julia Kristeva, *La Haine et le Pardon*, Fayard, 2005, pp. 206-208.
(100)〔訳注〕ボーヴォワール『第二の性』I巻、前掲書、四〇五頁。
(101)〔訳注〕これら四人のフランスの作家、すなわちアンリ・ド・モンテルラン(一八九六―一九七二年)、ポール・クローデル(一八六六―一九五五年)、アンドレ・ブルトン(一八九六―一九六六年)、スタンダール(一七八三―一八四二年)に加え、イギリスのD・H・ローレンス(一八八五―一九三〇年)が『第二の性』第三部第二章においてボーヴォワールの批判対象となっている。
(102) Simone de Beauvoir, *Le Deuxième Sexe*, t. 1, *op. cit.*, p. 324.〔ボーヴォワール『第二の性』I巻、前掲書、四〇五―四〇六頁。〕
(103) *Ibid.*, p. 366.〔ボーヴォワール『第二の性』I巻、前掲書、四六二頁。〕
(104) *Ibid.*, p. 374.〔ボーヴォワール『第二の性』I巻、前掲書、四七四頁。〕
(105) *Ibid.*, p. 388.〔ボーヴォワール『第二の性』I巻、前掲書、四九三頁。〕

すべての女性の条件とひとりひとりの女性の自由な実現とのあいだの「対立」が解消されるわけではない。この特異性とは、中世の哲学者ドゥンス・スコトゥス（一二六六―一三〇八年）とその継承者たちが「このもの性〔*haecceitas*〕」と呼んだもの（「ここにあるもの〔*ecce*〕」、すなわち「この男」、「この女」）であり、抽象的な「イデア」や不可解な「質」よりも「真」であるとされている。[106] アーレント、クラインやコレット――そして他の多くの女性たち――は自らの自由を実現するのに「女性の条件」が整うまで待ったりはしなかった。「天才」とはまさしく「状況」を切り抜け、それを超えることによる驚異的な快挙のことではないだろうか。これが私が自分を「フェミニスト」というよりは「スコティスト〔スコトゥス主義者〕」と定義し、女の天才に関する自分の三部作をこの特異な女性たちの特異な体験＝実験に捧げる所以である。

したがって私は、私たちの相違を超えて、『第二の性』におけるひとつの主要な思想を再度取り上げ、展開したいと思う。すなわち女性の条件において女性という存在は、あるいは幸福の現代的な意味であるところの自由の観点から見た個人の可能性は、どのようにして実現できるのか、ということである。[107]

生物学的運命と自由な実現

「人は女に生まれるのではない、女になるのだ」[108]。生物学の進歩を前にして（私たちは生まれる前からすでに遺伝子的にプログラムされている）、今でも「人は女に生まれるのではない」と言えるだろうか。ボーヴォワールは女性を脱生物化するのにちょうどいいタイミングで現れ、女性を「客体」とみなした家父長制社会の歴史のなかに女性を位置づけ、「主体」の地位へと高めた。ともかくも言えるのは、この闘いにおいて私たちは勝利からは程遠いということである。この闘いは二重の圧力によって脅かされている。一方で、『第二の性』の作者も多くのフェミニストも母親になることの価値を認めていない。他方で、技術偏重の生物学主義によって母親になるということは種の「本能」であるということになっている。女性か男性か、異性愛

(106)〔訳注〕ドゥンス・スコトゥス（一二六六―一三〇八年）は中世の哲学者、スコットランド出身のフランシスコ会博士。普遍論争において、個体化の原理として「このもの性」を主張し、個体は普遍性を十分に実現しうるとして積極的に評価した。
(107) Julia Kristeva, *La Haine et le Pardon*, *op. cit.*, pp. 208-209.
(108) Simone de Beauvoir, *Le Deuxième Sexe*, t. II, *op. cit.*, p. 13.〔ボーヴォワール『第二の性』II巻（上）、前掲書、一二頁。〕

者か同性愛者かを問わず、私たちの同時代人の多くにとって出産が「抗うつ薬」であるわけではないにしても、危機の時代にあって、グローバル化の論理は「頼みの綱となる価値」としての出産へと押し寄せる波を助長している。

様々な社会が女性を生物学的な条件に閉じこめようとしているが（先進的な民主主義国家もこの法則からほとんど免れようとしていない）、シモーヌ・ド・ボーヴォワールはその生物学的な条件から女性を解放しつつ、母親になることに関しては自然主義的な見方、それは犠牲になることであるという見方を示している。何度も強要される出産の犠牲になった母親は疎外され、この悲劇的な母親が子供に襲いかかり、子供は母親の鬱と狂気の犠牲となるという。しかし母親になることの自由な選択はボーヴォワールによって可能になったのであり、それによって今日私たちは、彼女の個人的な不安の傷痕を残すこのボーヴォワール的な図式から脱することができるのである。

人工子宮が日常的に用いられるようになるまでは、「生物学的運命」は女性を人類の母親とし、この「生まれつきの」運命はそれを選択する女性ひとりひとりにとって（実存主義の用語を用いるのであれば）生物学的な「アンガージュマン」として、それどころか特異な創造として生きることが可能であり、そのように生きられ始めている。「ヒト〔on〕」は女に生まれる（胎児は性染色体が定まる前から分化し、その主体形成の過程は生まれるよりずっと前から母親とのホルモンの交換のみならず言語下の交流をも通して進行するものの、「生体」は人格をもたない)。しかし「私」は生まれてから絶え間なく徐々に「主体」になっていく。ボーヴォワールは女性の体験におけるこの二重化(人格をもたない生物学的な「ヒト〔on〕」/他者との出会いにおいて創造される「私」)を詳細に検討したが、彼女は(彼女が反対していたある種の伝統がしていたのと同様に)母親を純粋に器質的な機能のなかに閉じこめこの創造性を認めなかった。

しかし、女性である「私」は、男性よりも複雑な仕方で「私」が生きる生物学と意味とのあいだのこの二重化をもとに自らを構築し、創造し、作り出す──「私」は自らを「超越する」──のである。「私」は母親業というこの芸術‐科学‐認識‐知恵のなかで、それによって、自らを創造する。愛人である女性、母親である女性、職業をもつ女性。女性形の自由はこのようなポリフォニーのなかで構築されるのである。

精神分析は母になることが本能であるとは一切主張していない。フロイトは生の欲動と死の欲動を見出すが、母親になる女性も男性と同様に、そして男性とは違った仕方で、その欲動の現場なのであり、そこには自分の子供や子供の父親、そして欲望や言葉が立ち向かわせることとなる他のすべての人々がともにいるのである。精神分析にとって母親の体験は文化的な構築物であり、私の考えでは極めて典型的な文化的構築物である。それはヒト化の黎明期、最初の他者である子供の誕生を前にして生物学が大きく変化するところへと私たちを送り返す。

というのも母親にとって、性的なパートナーや恋愛のパートナー、死に至るほどの恋愛や情熱的なあるいは陳腐な争いにおける私の同類や私の兄弟や分身よりも、子供こそが、その者がその者自身であるために母親にとっての他者にならなければならない者、他者になることができる者だからである（そしてこれは父親が子供を認知したり自分の子供として受け入れたりするよりもずっと前のことである）。その子供は凍らせたり、殺したり、あるいは（最良の場合を想定したとして？）私自身が行おうとしていたが大体において失敗した計画を成し遂げるように「後押しする」ことのできる私の一部、部分ではない。それは私がその特異性を尊重しなければならない人である。この特異性とはまずはその生物学的生、さらにとりわけその伝記＝生の記述〔biographie〕、個人の物語＝歴史〔histoire〕である。私はその人をその主体の生成において共にする。私は差異を育み、その人の唯一性を呼び覚まそうとする。たとえその唯一性が私を超えるものであったり私を傷つけたり驚かせたりするものであっても、私はそうする。というのもそれによってのみ、私は解放されるからである。宗教はこの母親の錬金術から「誕生の奇跡」を創り上げたが、この錬金術はどうして可能なのだろうか。

ここで私はボーヴォワールの自由主義の企てに戻り、それに反論するのではなく、別の企てを付け加えたいと思う。彼女は「有機的なもの」や身体に対する嫌悪、あるいは判断を下すことができる意識にのみ認められた解放的な明晰さから切り離された自然といったものに対する嫌悪を感じているが、私はそれを感じていない（この嫌悪は、ボーヴォワールがサルトルと共有しているものである。サルトルはたとえば『嘔吐』においてタコや木の根の「偶然性」に対する自分の嫌悪感を描写している）。「疎外された不透明なもの」[109]「昆虫や子どもが足を取られてしまう沼地」[110]と見なされる欲望する女性の身体と、男性器を「指のように清潔で単純」[111]であるとするこのファルス的な男性性の理想化とのあいだにボーヴォワールが見出す対立を、私は認めない。

　人間の主観は、身体と／あるいは生物学とのたえまない突き合わせ、分離、交渉であり、性的な体験というのはその最たるもの、マラルメの印象的な表現によれば「年来の肉体との不和」[112]である。誕生は——そして今日では「誕生を与える」という「企て」も——始まり、自己

(109) *Ibid.*, t. I, p. 68.〔ボーヴォワール『第二の性』I巻、前掲書、八〇頁。〕

(110) *Ibid.*, t. II, p. 165.〔ボーヴォワール『第二の性』II巻（上）、前掲書、二三三頁。〕

(111) *Ibid.*〔同書、同頁。〕

(112) Stéphane Mallarmé, « Cantique de saint Jean », *Œuvres complètes*, t. I, Gallimard, coll. « Bibliothèque de la Pléiade ». 1998, p. 49.〔ステファヌ・マラルメ『マラルメ全集I　詩・イジチュール』松室三郎ほか編、筑摩書房、二〇一〇年、一七八頁。〕

＝自動開始〔autocommencement〕であると同時に私ではない他者の始まりである。母親であるということは出産した女性が、生と呼ばれるこの一連の「始まり」あるいは「段階」を幾度となく始める母親として自らを再構築する、不断の再‐誕生である。これはありうる限りでもっとも根源的な自由の行為ではないだろうか。ここで私はハンナ・アーレントによる自由の見解にたどりつく。アーレントはアウグスティヌス的な論調を含みつつ、自由を反抗や争い、違反や非承諾としてではなく（自由はそういうものでもあるのだが）、始まり、自己＝自動開始として描く。アーレントは次のように主張する。「この自由は〔…〕人間が生まれて来ており、だから彼らの一人一人は新しい始まりであり、ある意味では世界を新しく創始するという事実そのものにほかならない」。反対に恐怖政治はまさしく「人間の誕生という事実そのものとともに与えられ、新しい始まりを生み出すという能力そのもののうちにある自由の源泉[113]」を排除する。

ウィニコット[114]の非常に謎に満ちた「ほどよい母親[115]」を除けば、母親というのが生みの親であるということを超えて自らをどのように築き上げているのかを私たちは知らない。母親にとって、そして子供というこの最初の「他者」にとって、母親によるケアは思考――子供とともにある母親の思考、そして子供自身の思考――と呼ばれるこの創造力の領域をどのように開くのだろうか。この非常に特殊な二人での思考は、感覚、言語活動、生き方、始まり（あるいは生成〔générations〕の時間の伝達をともなう。その時間は、哲学者の言説が得意とする「配慮」や「死の欲望〔désir à mort〕」の時間であるだけではない。その思考は「出現〔éclosions：孵化、開花、誕生〕」の時間でもあるし、とりわけそうなのだとコレットは書いている。生ける身体における思考の出現を助長する――あるいは抑制する――この「母親の受難＝情念〔passion〕」に関して私たちは哲学も、十分な経験的な知識すらも持ち合わせていない。私たちの文明が直面している虚無感とはこのようなものであり、これは高級住宅街に住む無食欲症や薬物中毒の青少年を前にするときにも、教育優先地区で車や公共財産に火をつけた放火犯を前にするときにも、

(113) Hannah Arendt *Le Origines du totalitarianisme* [1951], t. III, *Le Système totalitaire*, tr. fr. J.-L. Bourget, R. Davreu et P. Lévy, Le Seuil, 1972, p. 212.〔ハナ・アーレント『全体主義の起源3　全体主義』大久保和郎・大島かおり訳、みすず書房、一九八一年、三〇八頁。〕

(114) D. W. Winnicott, « La mère normalement dévouée », in *La Mère suffisamment bonne*, Petite Bibliothèque Payot, 2006.〔ウィニコット：ドナルド・W・ウィニコット（一八九六―一九七一年）、イギリスの小児科医、精神分析家。クラインに学ぶがその後は独立学派として対象関係論を展開。「移行対象」、「抱える環境」といった概念を生み、今でも大きな影響力を持つ。〕

(115)〔訳注〕「ほどよい母親」〔good enough mother〕：ウィニコットが提唱した、乳児に対する母親の機能を表す概念のひとつ。ほどよい母親は、乳児に対して適度に心身の世話をすることによって、環境の快適さと対象としての恒常性を与えることができるとされる。

感じるものである。

　母親になることの自由な選択という人類学的＝人間学的革命は、今では妊娠と親子関係を管理することができるようになった科学の偉業によって続けられている。良くも悪くも、女性の身体は「子供を求める欲望」を掻き立てる医療技術の実験材料となっている。母親の受難＝情念や三者性〔tiercéité〕（父－母－子）やそれが子にもたらす構造化の役割に配慮した、別の「女性の解放」が、親子関係の新たな倫理の出現に貢献するのでない限りは。少なくとも言えることは、現状がそうした可能性に有利に働いていることはほとんどないということだけである。とはいえ生殖補助医療や代理母出産は禁止により規制することもすべての人に対して認める法律によって汎用化することもできないため、この領域においても選択の自由を残しつつ子供の商品化を避けるような仕方で枠組みを作り、親のあり方の新たな形への道を閉ざさないのが望ましいだろう。法律を作る――あるいは作らない――前に、新たに母親の哲学、より一般的には親の哲学のための議論の場を作らなければならない。常に、初めて母親になるという選択をするときから、母親の受難＝情念は（有機的な）起源と（意味のある）他者との出会いのあいだ、生物学的運命とつながりの創造とのあいだにあるのであって、その受難＝情念は人間の体験のなかで最も生物学的なものであるわけではない。それは生涯を通して生まれ続ける新しい人を、絶えず受け入れ続けること〔adoption〕をも含む。母親であることが最も劇的で稀有な受難＝情念のひとつであるのは、それが生物学と意味、起源と他者性、母胎と養子〔adoption〕との境界にあるからである。生みの母親は必ずしも良い母親ではないし、すばらしい母親の多くは生みの母親ではない。[116] ボーヴォワールが開いた自由への道の危険性を無視しようなどと誰が言えるだろうか。いつにもまして警戒と接合＝信頼[117]〔reliance〕が必要である。

超越への道

『第二の性』を突き動かす超越への欲望が向かう先は男の個人であり、とりわけボーヴォワ

(116) Cf. Julia Kristeva, « La passion maternelle et son sens aujourd'hui » et « Guerre et paix des sexes » in *Seule une femme*. Éditions de l'Aube, 2007, pp. 170-182 et 183-218 ; et « L'érotisme maternel », *Pulsions du temps*, Fayard, 2013. p. 197-214.

(117) 〔訳注〕接合＝信頼（reliance）：クリステヴァが提唱している、母親のエロティシズムを示す概念。フランス語の relier の「結ぶ、つなぐ、連結する」といった意味と英語の reliance の「頼る、信頼する」といった意味のいずれをも含むこの接合＝信頼としての母親のエロティシズムは、棄却されるべき否定性としての母の側面だけでなく、拒絶されたアブジェ（おぞましきもの）を生の対象へと変えるような、死の欲動とともに生の欲動をも方向づける欲望のエコノミーであるとされる。

ールが誰よりも尊敬している者、すなわち男性哲学者〔le philosophe〕である。この著書は、女性の自由とは男女平等への権利であると主張するところから始まる。この女性哲学者は、女性を二次的な〔mineure：未成年の〕地位から解放することを望んでいる。この二次的な地位は、女性が男性の他者であることを強い、逆に女性が他者として自らを構築する権利も機会も認めない。したがってこの実存主義者が要求する性の平等は、哲学的には普遍の体系に含まれるものであり、その系譜はプラトン的なイデアや、フランスの啓蒙思想家たちにとって重要な〈普遍的人間〉〔l'Homme universel〕という共和国的な理想にまでさかのぼるものである。この「普遍」が感覚をもった身体や個体差を〈一者〉や〈普遍的人間〉へ還元するかたちで現れるということ、この哲学的な構築物を支えているのはファルスの崇拝であるということを、精神分析は明らかにしてくれる。

ボーヴォワールの友であるフェミニストたちは、〈一者〉や〈普遍的人間〉がボーヴォワールにおいては〈偉大な男〉〔le Grand Homme〕の崇拝として――アンビヴァレンスと攻撃性と依存をともなって――結晶化していることに気づかなかったわけではない。そして『別れの儀式』(一九八一年)において初めて、それが辛辣な物語の冷静な愛情のなかで、思想上の師に対するわずかな復讐となって崩れ去ったことに。カストールは、サルトルの「偶然の愛」に対する「性向」というものが、彼女の「愛しい哲学者」の傲慢の下に〈手に負えない赤ん坊男〉の容認しがたい性愛的な依存を隠しているとは、考えてみようともしない。彼女の小説に出てくる「騙された女たち[118]〔femmes flouées〕」に向けられるボーヴォワールの嘆きは、自分自身がそういった女なのであると彼女が告白するよりもはるか前から見られるが、それは精神分析家（アンヌ）を『レ・マンダラン』のヒロインにしたような人に期待される精神分析的な冷静さからは程遠いように思われる。これはまた、「あのしぶとく健康な恋愛[119]」や「世間の人たちが偉大な人物＝男〔hommes〕と呼んでいる人たち[120]」を茶化すようなコレットのイロニーからも程遠い。

この男性の英雄化と男性との友愛へのあこがれは、あらゆる創造に必要とされるボーヴォワールの心理的両性性〔bisexualité psychique〕（コレットによれば「精神的な両性具有[121]〔hermaphroditisme mental〕」）を示している。カストールの性関係において女性の同性愛があることは疑いな

（118）〔訳注〕訳注（10）を参照されたい。

（119）Colette, *Mes Apprentissages*, in *Œuvres complètes*, t. III, *op. cit.*, p. 1053.〔コレット『わたしの修業時代』工藤庸子訳、筑摩書房、ちくま文庫、二〇〇六年、一八六頁。〕

（120）*Ibid.*, p. 983.〔同書、七頁。原文は hommes que les autres hommes appellent grands. homme は「人」とも「男」とも訳せる語であり、コレットは「人」の意味で使っているが、ここでのクリステヴァの議論は両方の意を汲んでいると言えよう。〕

（121）〔訳注〕コレットの両性性に関しては以下を参照されたい。Julia Kristeva, *Le Génie féminin* t. III *Colette*, *op. cit.*, p. 325 *et seq.*

いが、自分の欲望の実現において彼女が最終的に求めるのは、たとえそれが同性愛においてであるとしても、規範の非承諾である。性愛関係によって、それを通して、それを越えて、彼女の体験＝実験がめざすのは、昇華におけるある種の複雑な禁欲である。このことは神秘主義者であるアヴィラのテレサ(122)に対する彼女の称賛が表している。悔い改めることのない無神論者であるボーヴォワールだが、この聖女の無食欲症やてんかんの苦しみを考慮することなく、「自分の肉体のもっとも奥底を貫いている彼女の信仰の強さ」のみを取り上げる。「聖女テレサはまったく知的なやり方で、個人と超越的な〈存在〉の関係という劇的な問題を提出する。彼女はあらゆる性的な特定化を越えた意味をもつ経験を女として生きたのである。彼女を聖ファン・デ・ラ・クルスと同列に置かなければならない。とはいえ、彼女は輝かしい例外である。(123)」

たしかにテレサは「輝かしい例外」であり、また今日諸宗教が対立するなかでも女性はとりわけ宗教的体験やより広く霊的な体験に魅了される——良くも悪くもだが、しばしば悪い仕方で——ようなので、私は『テレサ、わが愛(124)』でこの女性の生涯と作品をたどることを試みた。彼女は彼女なりの仕方で「自らを超越し」続け、無限の心理的・社会政治的な複雑さをあらわにしている。「無限の」という語がふさわしい、というのもライプニッツ自身がこのアヴィラの聖女に自分のモナド論（モナドは無限を含む単位である）と微積分法の先駆者を見たからだ。私たちの記憶のユダヤ－キリスト教的な側面（テレサの父方の祖先はマラーノ〔キリスト教に改宗したユダヤ人〕であり、母方は「古くからのキリスト教徒」である)は、まだ探究し解釈しなければならない側面として残っている。私たちがグローバル化を崩壊させる危険性のある諸宗教について関心は抱きつつも無知であるような現代人であり続けたくないのであれば。そして「自らを超越すること」が女性形になったときに意味するものの複雑さを、生物学主義の偉業に還元したり、象徴的権力・職業上の権力・精神主義的権力・メディア上の権力のいずれであれ何らかの「権力」の探求に還元したりしたくないのであれば。

名高いベルニーニの彫刻『聖テレジアの法悦』(125)で表されたテレサの法悦は、身体と魂の形而上学的な区別を横から突き崩していくような快楽を表現している。彼女は男性的なものと女性

(122)〔訳注〕アヴィラの聖女テレサ(一五一五—一五八二年)、スペインの神秘思想家。カルメル会を刷新し、修道院改革運動に貢献した。自らの神秘体験を『自叙伝』、『完徳の道』、『霊魂の城』など数々の著作に残している。

(123) Simone de Beauvoir, « La mystique », in *Le Deuxième Sexe*, *op. cit.*, t. II, chap. 13, p. 574.〔ボーヴォワール『第二の性』II巻(下)、三七四—三七五頁。〕

(124)〔訳注〕Julia Kristeva, *Thérèse mon amour*, Paris, Fayard, 2008.

(125)〔訳注〕イタリアのバロック期を代表する彫刻家・建築家ベルニーニ(一五九八—一六八〇年)による、サンタ・マリア・デッラ・ヴィットーリア教会にある彫刻『聖テレジアの法悦』のこと。聖女テレサは数々の芸術家により表象されてきたが、この彫刻は特に有名。

的なもの、能動と受動、性愛的な情動と知的な禁欲のあいだを旅する。すべてはいまだかつてない明晰さをもって、エクリチュールという彼女の不断の解明の作業によって行われ、それによって行動に移される。恍惚状態になる無食欲症でてんかん性でヒステリー性のこの修道女は、多くの作品を生み出す作家となり（とはいえギュイヨン夫人がそうであったように冗漫であったわけではまったくない）、新しい修道会の創設者となる。跣足カルメル会である。ここでは彼女の体験をふたつだけ取り上げ、「いまようやく生まれようとしている自由な女」に関する資料として加えようと思う。

第一の例は、自我のポリフォニーを表すものである。その自我の運動によって自我は自身から追放され、他者へと向かい、自身の奥底に究極の他者性を見出すときに鎮まる。その奥底とはすなわち、無限と同一視され常に問いに付される「自我の中心」である。「目をお城の中心に注いでください［…］とにかく念禱を実行している霊魂を片すみにおしこめたり、束縛したりしないことです［…］。この館のなかを上でも、下でも、左でも右でも、住居を自由にお歩かせなさい。神がこれほど魂を気高いものとしたのですから。無理にひとつの住居にとどまらせてはなりません。たとえそれが己を知るための部屋であったとしても」[126]。「愛というものは、一つの状態に留まって満足していられないものだと私は思いますから」[127]。

第二の例は、母親であることの定義を与えている。これは生物学的ではなく象徴的な母親性、あるいはどんな母親性にも含まれる、「他者の特異性を受け入れること」と私が呼んだ部分である。これはまたスペインの黄金時代という新しい世界において、不可欠かつ最も望ましい地位のひとつとしてテレサが引き受けているものである。この時代は遠方に新世界を発見し（ある種の「グローバル化」が起きていた）、キリスト教信仰の再生（プロテスタントとエラスムス信奉者がカトリックと対立していた）と人文主義の突然の出現による激動のさなかにあった。テレサは自分の理解する母親性の論理を次のように詳述している。重要なのは「単に享受するだけ」にとどまるのではないような「自己の追放」である。「自己を放棄する〔désappropriant de vous-même〕」が「自らを束縛しない」ことによって「他者を重んじる」ことである――次のように理解しよう。これはすなわち、効果的に他者の視点から考えるために行動的で意志の強い女性になるということ、新しい修道会（跣足カルメル会）の創設者になるということである。

その結果として生まれた象徴的な母親性とはどのようなものか。まず過剰な活動である。口をつぐむことがなかったり、[128]誰も「私を束縛すること」はできない、[129]「実行〔œuvres〕」を生むの

（126）*Château intérieur*, 1D, 2:8.〔イエズス会の聖テレジア『霊魂の城』東京女子カルメル会訳、ドン・ボスコ社、一九六六年、「第一の住居」、第二章八節、二六―二七頁。〕
（127）*Château intérieur*, 7D, 4:9.〔イエズス会の聖テレジア『霊魂の城』前掲書、「第七の住居」、第四章九節、三五八頁。〕

です、実行を」[130]と言ったりする。遊びとユーモアもある。聖母マリアは神から子を得ることで神を完全に打ち負かしたのではないだろうかといった具合に。ある種の善意もある。母親は引きこもる〔s'exiler〕ことができるが、しかし他者の立場から生き、他者のために行動することをも忘れない。この聖女の孤独な法悦は、活発な魂の流動性とビジネスウーマンとしての途方もない活力に取って代わられている。

テレサは世界において築くことで自らを築く。彼女は世界に作品を与えることで自らを生み出し〔s'enfante〕、この作品の――「彼女の子」の――娘になる。彼女は自分の自我と世界とのあいだの遮光幕を持たない、生み出す者／生み出される者なのである。これこそが彼女の母親性に関する定式である。たしかに特異なものではないが、最も妥当なもののひとつ――よく考えるべきものである。

興味深いことに、晩年のシモーヌ・ド・ボーヴォワールは『第二の性』の自由主義的な要求に加えて、「善意」と呼ばれる世界と他者のこの受け入れ〔adoption〕を求めていると私には思われる。

ジャン・ジュネが彼女に分からせたのは、レンブラントは「傲慢を捨てて善意に転じた」ということである、なぜなら「レンブラントは世界と自己のあいだにいかなる遮光幕をも介入させたくないと思ったから」である。このように彼女は書いている。[131]若いころ、一方に母親になることと生物学を置き、他方に自由な女性を置いてそのあいだに遮光幕を入れたことによって、ボーヴォワールは善意を拒んだのだろうか。彼女が善意を書き記すには彼女の母親の死とサルトルの死を待たなければならないが、しかしそれでも、端々に現れるその残酷さ、彼女の性格の妙味でありまた彼女をメランコリーから守っている残酷さが弱まることはない。だが〔彼女がとりわけ善意を表しているのは〕、グローバル化した世界におけるフェミニストや女性たちへと『第二の性』を放ち、このテクストを多かれ少なかれ多様な女性の体験へ、ボーヴォワールの体験とは相いれないような様々な女性の体験へさえも、引き渡したことによってである（数えきれないほど多くの『第二の性』の読解が女性たちによってなされている。フェミニストであ

(128) *Vie*, 25:3.

(129) *Relations*, 19.

(130) *Château intérieur*, 7D, 4:6.〔イエズス会の聖テレジア『霊魂の城』前掲書、「第七の住居」、第四章六節、三五五頁。〕

(131) Simone de Beauvoir, *La Force des choses*, *op. cit.*, p. 460.〔ボーヴォワール『或る戦後』下巻、前掲書、一六五頁。サルトルとボーヴォワールの友人であり作家のジャン・ジュネ（一九一〇—一九八六年）はレンブラントの絵画について次のように述べた、とボーヴォワールは書いている。「彼〔レンブラント〕は世界と自己のあいだにいかなる遮光幕をも介入させたくないと思ったからこそ傲慢を棄てて善意に転じた、と言う時など、ジュネもまた対象とする人物を自分のイメージに従って新しく刈り直すのだ。」〕

る人、そうでない人、フランス人、アメリカ人、インド人、中国人、普遍主義者、差異主義者、「売女でもなく、忍従の女でもない〔ni Putes ni soumises〕」女性たち等々[132]。そしてそれによってこの本は、必ずしも皆が読んでいるわけではないが、各人が自分なりに作り上げるものとなっている。なぜなら女性が自由であることは可能であるとその著者が言い、示したから――ボーヴォワールがその傲慢と世界のあいだ、『第二の性』の著者とその娘たちのあいだにあった遮光幕を取り去ったからである。「いまようやく生まれようとしている」この様々な女性たちの自由のポリフォニーが、彼女の最高の超越であるとしたら？　ついに見つかったのだ、彼女の母親性が。

（132）〔訳注〕Ni Putes Ni Soumises は二〇〇三年にファドゥラ・アマラによって創設されたフランスのフェミニスト団体。女性に対する様々な暴力と闘うことを主な目的としている。

夢見るボーヴォワール

ボーヴォワールと精神分析というふたつの領域の結合は、かの有名な映画作家ジョン・ヒューストンを思い起こさせる。彼は精神分析の発明と映画の発明が同時であったという偶然を好んで強調した。私がここで映画の代わりにフェミニズムをあてはめるからといって、少しでも悪意があるなどとは受け取らないでほしい。これはフェミニズムと映画と精神分析の発明のあいだにある歴史的偶然を越えたところで、それらの行き違い、さらには相互の挑戦とでもいうべきものを考えるための誘いにすぎない、と言うべきかもしれない。というのも、ジョン・ヒューストンの挑戦的な連想が刺激的であるのは、ある思いもよらないことを指摘しているから、すなわち、これらの語を対峙させて一方を他方に従属させるのではなく、その通約不可能性〔l'incommensurable〕をよりうまくとらえるためにその共通点を見極めるべきだ、ということを指摘しているからである。たとえば精神分析も映画も欲望やファンタスムを解き放つという共通点があるが、これらふたつの技芸の差異、それぞれの自律性と限界、およびそれぞれが相互に問題にする点が何であるかを知るには、精神分析は解明しようとするのに対し映画は誘惑しようとするということを確認するだけで事足りる。フェミニズムと精神分析のあいだで交わされた集中砲火についてはどうなのか。ボーヴォワールと精神分析を関連づける場合も同様である。説明しよう。

ボーヴォワールはフロイトを読んでもいるがそれ以上に「愛して〔adore〕」いる（「彼は今世紀の人間で私が最も熱烈に賛美する一人である」と彼女は『決算のとき』で書いている）[133]。これは彼女が『第二の性』を書いていたころ、すなわちまだ無意識の発見というものがあまりフランスでは知られていなかった時代においては、勇気のいることであった（とはいえこの哲学教師は自分の生徒たちに向かってフロイトについて話しており、そのことを教育省はあまり快く思わなかった）。ボーヴォワールはフェミニスト的思考が高ぶった勢いで精神分析を批判しているものの、この著作の基本的な考えを精神分析から引き出していると私は思う。それは既存の秩序を強打するようなものであり、今日でもその秩序をかき乱すものであり、次のように言い表すことができる。「精神分析の見解」を定義しながら彼女が述べているのはおおよそのところ、「性〔sexe〕」とは「主体によって生きられる身体である。〔…〕女は自然によって定義されるのではない。自然をどのように感じ、自分のものにするかによって、女が自らを定義するのである」[134]ということである。

フロイトの発見において重要であり続けているもの、すなわち「性」を「性心理〔psycho-sexualité〕」の地位にまで高めることによって身体／心、肉体／精神、自然／文化といった形而上学的な二元論を再考することを、ボーヴォワールは捉えなおし肯定する。彼女はそうすることで、このウィーンの医師が「人間の本質を生物学的に説明している」として、ハイデガーと一緒になって〔フロイトを〕非難した多くの現象学者たちとではなく、フロイトと共犯関係にあるのだということを示している。この根深く直接的であると思われる賛同はそれでもやはり、ボーヴォワールがフロイトやフロイト主義に対して常に両義的な態度を保つことを妨げはしない。彼女は精神分析を「宗教」[135]と同列に置き、フロイトが「臨床例を通じてしか女を」知らない[136]として非難し、オイディプスに関するフロイトの理論を性器同士の競合へと還元してしまう（一

（133）Simone de Beauvoir, *Tout compte fait*, Gallimard, 1982, p. 206.〔シモーヌ・ド・ボーヴォワール『決算のとき』上巻、前掲書、一五六頁。〕
（134）*Id., Le Deuxième Sexe*, t. I, *op. cit.*, p. 80.〔ボーヴォワール『第二の性』I巻、前掲書、九三―九四頁。〕
（135）*Ibid.*, p. 80.〔同書、九四頁。〕
（136）*Id., Tout compte fait*, *op. cit.*, p. 618.〔シモーヌ・ド・ボーヴォワール『決算のとき』下巻、朝吹三吉・二宮フサ訳、紀伊國屋書店、一九七四年、二〇〇頁。〕

方にヴァギナとクリトリス、他方にファルスとして神格化されたペニスを対置している)。さらに彼女は、特に「後期」のフロイトにおいて重要であった父の機能の象徴的な意味を忘れてしまっている。[137] これらの単純化はすべて、特にアメリカにおいて、精神分析に対立するある種のフェミニズムの流れに資することとなった。[138] しかし逆に、精神分析の新たな動向について学びフランスで「精神分析と政治[139]〔Psychanalyse et Politique〕」の運動を誕生させるような動きをも生み出したのである。

要するに、ボーヴォワールは「女性の原初的な去勢」に憤慨するフェミニストであるだけではない(これ自体、臨床とフロイト理論とポスト・フロイト理論の専門家たちを結束させせまた分裂させ続けてきた巨大な領域であるが)。シモーヌ・ド・ボーヴォワールという名でフロイトにおける「実存の根源にある志向性」の欠如、あるいはフロイトの「選択」という考え方の一貫した拒絶[140]と彼女が考えているものに対して立ち向かい、フロイトをアルフレッド・アドラー[141]の立場と対決させせているのは、ひとりの現象学の哲学者である。フロイトのふたつの場所論における精神生活の複雑な構造(無意識に対するエス、欲動‐情動‐欲望に対するナルシシズム‐同一化‐自我理想、超自我など)を、この理論家〔ボーヴォワール〕は考慮していないように思われる。しかし無意識の発見の基礎に関する議論に彼女を巻き込むというのは言いがかりをつけることであり、彼女の著作に対して不当であろう。

(137)『トーテムとタブー』は「突飛な作り話」であるとして排されてしまっている。また、『モーセと一神教』によればフロイトにとって父親の宗教とユダヤ教の知的な精神性は「進歩」を表しているのだが、これに関するボーヴォワールの重大な無理解にも留意したい。*Le Deuxième Sexe*, t. I, *op. cit.*, p 89.〔ボーヴォワール『第二の性』I巻、前掲書、一〇五頁。〕

(138)〔訳注〕ボーヴォワールの『第二の性』に影響を受けたとされるアメリカの初期の第二波フェミニストたちがフロイトを批判している。たとえばベティ・フリーダンは『新しい女性の創造』(一九六三年)で、またケイト・ミレットは『性の政治学』(一九六九年)でフロイト批判を展開している。このような精神分析批判はその後、ジュリエット・ミッチェルやナンシー・チョドロウといったフェミニストの精神分析家によって見直されていくこととなる。

(139)〔訳注〕「精神分析と政治(Psychanalyse et Politique)」:一九六八年五月の学生運動の後、アントワネット・フーク(一九三六—二〇一四年)が率いた女性団体であり、フランスの七〇年代の女性解放運動において大きな影響力をもった。通称プシケポ(Psych et Po あるいは Psychépo)。「フェミニズム」という言葉を使うことなく、精神分析を取り入れ、特にフロイトやラカンの精神分析やデリダの脱構築の理論などに依拠しつつ、男女の性的差異を肯定し女性の解放をめざすいわゆる差異主義の立場をとった。クリステヴァも一時期かかわりをもっていた。このプシケポに対し、クリスティーヌ・デルフィ(一九四一年—)やモニーク・ウィティッグ(一九三五—二〇〇三年)に代表される普遍主義は、男女の差異を肯定することこそが序列や支配関係を生んでしまうとして、人間としての普遍性や平等を重視し、「フェミニスト」を自称する。これらフランスの女性解放運動の二大潮流の特徴として、普遍主義のフェミニズムがどちらかというと社会的・歴史的現実の分析を重視したのに対し(デルフィは社会学者である)、差異主義は文化・表象上の女性の解放を重視したということが挙げられる。このことは一九七三年にプシケポが出版社デ・ファム(Des femmes:「女性たち」の意)を創設していることにも表れていると言えよう。

というのもボーヴォワールにとっての「基本」は、はっきりとした歴史的文脈のなかで女性の実存的な自由を解明し推進するためのアンガージュマンにあるからである。そのために彼女は様々な解放の言説を借用しながら現象学的‐実存主義的言説を手直ししており、その再構成にあたって精神分析もまさしく選択肢のひとつとなっているのである――しかしそれはボーヴォワールが自身の人格の中に吸収し、自分の闘いのなかに統合させたものである。

したがって私は、精神分析の研究が（フロイトにとどまるどころではなく、クライン、ラカン、ウィニコットやその他の何人かとともに、そして彼らの後に、フロイトの発見を発展させ）意味、欲望、性的差異、倫理的な目的といった問題について絶えずフロイトの方法を明確化し発展させ続けてきた今日となっては、当然ながら容易に差し向けることのできるような異議を唱えるつもりはない。

『決算のとき』における夢

私は別の道をたどり、まずはボーヴォワールが『決算のとき』で寄り道をして私たちに残してくれた意外な贈り物を読み直したいと思う。二〇ページにおよぶ夢の話である。「私が今まで一度も扱ったことのない領域、つまり私の夢について話したい。夢は私にとってもっとも快適な気晴らしのひとつである。[142]」

この作家はいつもの知的な誠実さをもって、眠りはある種の薬物のように「幸福感」をもたらすと打ち明けている。それは「全面的な自己放棄を前提とするから、覚醒時には遭遇することのない」状態である。[143] 彼女は「隔たりを保っている」——ああ、ボーヴォワールの隔たりは夢の中でも保たれているのだ！「しばしば私には、実際に生きているというより、むしろ心理劇を演じているように思えることがある。[144]」いつでも、眠りにおいてさえ、欲動の抑制、逃れられない支配、自制心があるのだ。「自己放棄」自体に対して「隔たりを保って」いるとい

(140) *Ibid.*, p. 88. 強調はボーヴォワール自身による。〔ボーヴォワール『第二の性』I巻、前掲書、一〇四―一〇五頁。〕
(141) 〔訳注〕アルフレッド・アドラー（一八七〇―一九三七年）はオーストリア出身の精神科医、心理学者。フロイトのグループ「水曜会」に一時加わるも一九一一年に早くも袂を分かち、劣等感に対する補償作用や共同体感情といった概念を用いた個人心理学の創始者となる。ボーヴォワールは『第二の性』の精神分析を扱った章でアドラーとフロイトを比較している。
(142) *Id., Tout compte faite, op. cit.*, p. 139. 〔ボーヴォワール『決算のとき』上巻、前掲書、一〇三頁。〕
(143) *Ibid.*, p. 159. 〔同書、一一六頁。〕
(144) 〔訳注〕ボーヴォワール『決算のとき』上巻、前掲書、一一六―一一七頁。

うのに、本当に夢を見ているのだろうか。彼女は最初から次のような分析的な着想のもとにある明晰さをもっている。「[…]フロイト的解釈を下すつもりもない。夢が精神分析医にその深い意味を明かすのは、治療の全体的関連のなかでとらえられる場合だけなのである。(145)」

私もこれ以上にボーヴォワールの夢について厳密にフロイト的な解釈を与えようとは思わない。彼女のまとめたものからいくつかを選び、この哲学者が他に書いたものに関する私の読解、およびこのメモが私のなかに引き起こす、もしくはよみがえらせるいくつかの「自由連想」と、共鳴させてみようと思う。

＊＊＊

それは次のように始まっている。「非常にしばしば私はある地点から、他の地点へと歩いて行く。(146)」あらゆる感情を排したこの一文は、おびただしい数の旅の物語の前置きとなるものである。旅には徒歩あるいは自転車での道程、鉄道と駅、車と飛行機、ヘリコプターまである。いや違う、サルトル自身がヘリコプターになるのであり、それでもおかしくはないのだ。なくなってもまれにしか見つからない荷物、ありそうにない地図や計画、不明瞭な旅程、飛行と墜落、ヨーロッパで、アジアで、アメリカで、もちろんフランスでも、そしてしばしばパリで、通路－カフェ－レストラン、知っている人、奇妙な人、親しい人、政治家、追放－別離－まれに再会……。それは追放、そうでなければ収容所への強制移送と混同されることもある。夢の中では当然のことながら殺人にも事欠かないし、苦しみを打ち明けることもある——声をひそめてだが。そしてすぐに危機の女の影が、この解放された愛人を、旅行家を、健脚家を不意打ちする。うまく行くのか、それとも行かないのか。「非常にしばしば私はある地点から、他の地点へと歩いて行く。［…］私たちが広い道や小道を辿って進んでいくと、突然、一軒の家が行く手を塞いだ。こういうことはよく起こる。私は家のなかに入り、空しく出口を捜す。私にはそこにいる権利はなく、恐ろしくて胸がどきどきする。しばしば誰かがいて、私を追いまわす。[147]」

こうした長い歩みが度重なっていくのを読むと、たえまない運動をもたらす興奮、果てしない、発散されることのない、だがしかし恐怖のなかで「押しつぶされている」動悸が私には聞こえる。眠りもその興奮を消し去ることはない、なぜなら眠りは、休むことなく熱心にその興奮を空間のなかで綿密に表現することに専心しているからである。「出口がない」、「ブレーキがどこにあるかわからない[148]」、と彼女ははっきりと述べる。「突然、ブレーキがどこにあるかわ

（145）*Ibid.*, p. 140.〔同書、一〇三頁。〕
（146）*Ibid.*〔同書、同頁。〕
（147）*Ibid.*〔同書、同頁。〕

からないことに気づき、結局、それを見つけられぬまま、どうやって止まったらよいかと不安に自問する夢である。ふつう、私は最後に塀にそっとぶつかる。私は無傷で助かるが、ひどい恐怖を感じたあとだ。[149]」（その自伝的著作や友人たちの証言を信じるのであれば）無窮動〔*perpetuum mobile*〕であったボーヴォワールは、止まるのに苦労する。戻る場所や目印を見つけるのは難しく、そして家を見つけるのはもっと難しいのだが、最後の方の夢では、家の原型はレンヌ街の六階の母のアパルトマンへと立ち返っていく。

＊＊＊

彼女の運動をもたらす興奮の裏側にあるのは、衣服の不安である。ボーヴォワールは見覚えのない服、不快だった試着やひどく興奮しながらの変装、不要な付属品の重ね着についての夢を集めている。「あそこ」の寒さ、「下」の寒さに耐えるためだろうか。これらの儀式はすべて夢を見ている者の細かい批判的な吟味を受けることとなり、あいまいで困惑をもたらすような自己イメージ、「穴」、「空洞」、「恐怖」といった語で固く閉ざされた自己イメージ――他人の身、あるいは正確でない鏡のような――を表現している。「私は〔衣服に関する多くの夢のなかから〕反省的、批判的側面によってかなり例外的なものをひとつ取り上げる。私は、ルーアンへ講義に行く支度をしていた。すると突然、記憶に穴があく。〔…〕鏡に、私が黄色いブラウスと格子柄のスカートをはいている姿が見えた。私はその洋服に見覚えがなかった。私は怖くなった。〔…〕大勢の人が私のまわりにいたが、私は依然として頭のなかにあの空洞を感じていた。私には、衣装だんすの中身が何であったか、思い出すことができなかった。『まったく訳がわかりません――。私が眠っているのなら別ですが』[150]と私は医者に言った。〔…〕私は、大きな青いスーツケースに、着るものを詰め込む。『あそこ』はとても寒く、たくさんのものを持っていかなければならないので、この鞄は小さすぎる。[151]」

息切れしそうな興奮の迷宮の中で

二種類の出来事が息切れしそうな興奮の迷宮にアクセントを置いている。ひとつは墜落、すなわち発散されない興奮の崩壊であり、最後に残るのは苦い不満、こらえられた涙である。も

---

(148)〔訳注〕ボーヴォワール『決算のとき』上巻、前掲書、一〇五頁。
(149)〔訳注〕同書、同頁。
(150)強調はボーヴォワールによる。
(151) *Tout compte fait, op. cit.*, pp. 143-144.〔ボーヴォワール『決算のとき』上巻、前掲書、一〇五―一〇六頁。〕

うひとつは飛行であり、そこには基本的には目の回るような多幸感があるが、ときおり心配や不安の疑いが混ざっている。それは夢が「演じられた」心理劇にならないときだ、と彼女は強調し夢を見ながらも自分に評価を下す。

この作家は頻繁に母親のことを夢に見る。愛すべきあるいは殺すべき顔のない「女性」、大体において到達不可能な魅力的な若い娘、夢の中の存在と言うべきこの母親的存在は、「メルセポリス」という想像上の都市の名前にまで忍び込んでいる（その日しきりと話題に上っていたペルセポリスではなく、と夢見る彼女は明確に述べている）[152]。

象徴的なことに、湖にいる母親の夢は彼女を導く……ネルソン・オルグレンへと。お母さん――最初の愛と憎しみの対象――とのあいだにも、大好きな愛人とのあいだにも、同じ冷たい水が立ちはだかる。すなわち欲求不満の隠喩‐変身〔métaphore-métamorphose〕、乗り越えることのできない傷、冷ややかな隔たりである。「また、ある夜、私は、若く美しい姿をした、顔のない私の母を見た。彼女は光り輝く水の広がりの縁に立っていて、母の所へ行くにはそれを渡らなければならなかった。私はオルグレンの家の庭の前にひらけている小さな湖のことを考えた。しかしそこを渡るための舟がなかった。それもまたフィヨルドで、岬の尖端を歩いてひと回りするのは非常に難しく、溺れる危険のある水のなかを、あえて進まざるを得なかった。しかし私は、大きな危険が母に迫っていることを、知らせなければならなかったのだ。[153]」この湖を取り上げよう。到達不可能で心理的に不在の、手に入れることのできない、脅かされた‐脅かす女である母親の思い出だろうか。あるいは母親の魅力に対する防衛のために、すなわち彼女自身の母への欲望、そして母自身の彼女への欲望に対する防衛として再構築されたものなのだろうか。

母が逃れる、母から逃れる

ふたつの別の夢が、この逃れ去る母親とそこから逃れるべきものとしての母親を補完している。まずは「馬鹿な女」の夢だ――しかしこれは夢を見ている者の分身ではないだろうか。というのも夢を見ている者とそのヒロインは同い年だからである。「私はひとりの馬鹿な娘と散

(152)〔訳注〕『決算のとき』上巻、前掲書、一〇八―一〇九頁。フランス語で「父」を意味するpèreの音が含まれる「ペルセポリス(Persépolis)」ではなく、「母」を意味するmèreの音が含まれた「メルセポリス」という都市名になっていることから、夢では都市名にまで母親的存在が忍び込んでいるとクリステヴァは述べている。

(153) *Ibid.*, pp. 146-147.〔同書、一〇七頁。〕

歩をしていた。私はその娘と同い年だった。〔…〕彼女は『女』にとって大切なことは、近所に託児所があることです、と答えた。彼女が自分のことを話すとき、いつも『女』と言うので、私はいらいらした。私たちは彼女の家に入った。その家はまさに宮殿だった。[154]」そこで男性とすれ違うが、彼は「白いロングコートを着ていた。そのコートは、前々日、堕胎の自由のデモのあいだ彼が着用していたものだ。私は彼に会えて満足だった。ひとつのテーブルのうえに、殻から出した生卵がいっぱいに盛られた皿があった。誰かがフォークをとり、白身の中につっこんだ。『やめて！』と私は叫んだ。それは胎児なのだ。もし触れたら、それは障害児になってしまうだろう。この夢は、明らかにわれわれのデモに関して私のおこなった談話に影響を受けていた。[155]」きっとそうなのだろう。この「馬鹿な女」の夢は彼女が卵をフォークでかき混ぜて終わるが、この夢は登場人物のひとりを介して、また障害児に対する恐怖や、卵、卵巣、女性の生殖能力やその危険性に対する嫌悪感といったものを介して、嬰児殺しの不安をも表現しているのである。

この夢は、また別の潜在的な思考を含んでいて、ボーヴォワールが追求しようとしている自己分析の奥の深さを示している。卵を殺し母を殺すことで、この夢は火傷を負いそして／あるいは結婚に不適格となった妹についての夢と同じ連関のなかに含まれる。母親殺し、もうひとりの女性との死闘――「ふたりのうちのひとりは、私の妹とちっとも似ていず、とても若い娘ではあったけれど、私の妹だった。彼女の鼻と右腕は焦げた木の枝だった。彼女はそのことを気にかけている風もなかったが、私は『あの子は絶対に結婚できないわ。この火傷はとてもみっともないもの』と心のなかで考えていた。[156]」夢を見ている者の母親自身も、娘と混同されつつ、死ぬこととなる。「私はちょうどベッドにいるようにシーツの上に寝ていて、まさに落ちようとしているのだと感じた。〔…〕ちょうどその瞬間、白い服を着た女性が――たぶん花嫁衣裳だろう――くるくるまわりながら落ち、地面に叩きつけられた。『お母さんだわ』と私は呟いた。〔…〕私は『母が自殺したわ』と、ひとつの役を演じているかのように、なんの感慨もなしに告げた。[157]」湖の母の冷たさが娘自身に染み込み、「偽の人格」、「偽の自己」を作り上げるにいたったのだろうか。それとも娘が花嫁のベッドにいる母親の場所を「奪い〔vole〕」、しまいには「落ちる＝瓦解する〔chuter〕」のか――彼女が気づいていない罪悪感によって、快楽も感じずにつぶれるのだろうか。この夢を見る者はすべての役割を演じ遍在することによって、この原初の近親相姦的な感情を自らに禁じている。愛するのか憎むのか、欲望するのか復讐す

（154）*Ibid.*, p. 155.〔同書、一一四頁。〕
（155）*Ibid.*, pp. 155-156.〔同書、一一四頁。〕
（156）*Ibid.*, p. 144.〔同書、一〇六頁。〕
（157）*Ibid.*, pp. 156-157.〔同書、一一四―一一五頁。〕

るのかの選択から自分の身を守るために。

いずれにせよこれは残酷さ、「節度のある」残酷さの演出である——ボーヴォワールはこれについて長々と論じてはいない。しかし彼女はその残酷さを夢の中においても償おうとする。シルヴィーを養女にすることによって、そしてシルヴィーを妹のような人とする夢を見ることによって——「シルヴィーであると同時に私の妹でもあるひと」[158]、「私の妹となったシルヴィー」[159]、「〔シルヴィーではないが彼女の〕毛皮のコートを着た、ひとりの魅力的な若い女性」[160]。シルヴィーは駅や旅や失われた－見出された荷物の迷宮のなかで落ち着きをもたらしてくれる優しい連れ合いであり、必要不可欠だがやはり征服不可能なサルトルと対照をなしている。

父の変身

父親は本当にこの第二の性〔女性〕の夜から姿を消したのだろうか。たしかにボーヴォワールは、彼女の夢には父親が不在であることを強調するのを忘れていない。『おだやかな死』で語ったことだが、父は姿を現さないが母は私の夢の中にしばしば現れた。かつては彼女が親しい存在であることもときにはあったが、たいていは彼女の権力につかまるのではないかと私は恐れていた。今では、レンヌ街の昔のアパルトマンで彼女と会う約束をすることがある。私はそれに不安を感じるが、ふたりが落ち合うことはない。私が家までたどり着かなかったり、彼女が留守だったりするのだ。彼女が姿を現すとき、たいてい彼女は若くて、遠く感じられる。(161)」とはいえ母親の不在が強調されているこれらの夢において、父親がそれほど不在であるわけではない。しかし夢を見ている彼女が父親を思い出すことがあるとすればそれは、彼女が父親的人物を殺すときである。

ボーヴォワールは明示的に自分の父親を殺しはしない。それはサルトルとの散歩に言及した後や、荷物も持たずに、ギリシアで買った青い縁取りのあるきれいなスカートも持たずに砂漠のようなところでサルトルを見つけた後、あるいは鍵を失くした後に、心に浮かぶ何者かにすぎない。夢にシルヴィーが現れることによってこの苦いシーンは消し去られるのだろうか。そうとは言いがたい。答えを出す代わりに、夢の論理は別の夢をつなぎ合わせることとなる。まさしく殺人の夢である。『第二の性』では父親の権威を信じないと主張していたボーヴォワー

(158) *Ibid.*, p. 154.〔同書、一一三頁。〕
(159) *Ibid.*〔同書、同頁。〕
(160) *Ibid.*, p. 143.〔同書、一〇五頁。〕
(161) *Ibid.*, p. 160.〔同書、一一七頁。〕

ルだが、次の生々しいシナリオにおいては少年のエディプス・コンプレックスを演出している。「[…]いやな大男たちが私たちの友人に襲いかかり、私はその男ののどにナイフを突き刺した。『人殺しをした！　そんなはずはない！』と考えながら私は気を失った。われにかえると、私は、ほめられるのだろうか、告訴されるのだろうかと不安にかられて考えた。ところが何事も起こらなかったので、私はいささかがっかりした。[162]」

そして同じ「父親殺し」のテーマは、石像になった男たち（騎士の像[163]の、価値のないレプリカだろうか）でいっぱいになった墓地の曲がりくねった道によってより隠蔽され歪められたかたちで、ソルジェニーツィンの夢の中で再び現れる。ソルジェニーツィンは言うなれば典型的な家父長的人物だが、夢を見ているボーヴォワールの母と彼が隣り合わせで出てくるのである。「あれはソルジェニーツィンだ、と誰かが言った。[…]彼は[…]『誰のせいで私の父は死んだのですか』と尋ねた。[…]次の瞬間、私は歩き出していた。私の母が、レンヌ街六階の昔の私たちのアパルトマンで、夕食に私を待っているのだ。（そこは私の夢の中にかなり度々出てくる。）私はある村にいた[…]私は墓地に入った。そこで、私は驚くべき幻を見た。それは、映画が作り出し、私にはじつに不自然と思われる夢に似ていた。地面の上には、黒い布で覆われたたくさんの棺があり、シルクハットと黒い礼服を着た男たちが両側に人垣を作っていた。背景には多くの人たちが列を作って歩いていた。ある者は、シルクハットをかぶり、その下には死者の顔があった。〔…〕死者の顔は人間のものではなく、石の彫像だったのだ。[164]」死んだ父親の彫像としての成形は、ボーヴォワールがコメントしているように「合理化」なのだろうか。[165]あるいは父への攻撃性に対する防衛だろうか。ここで父は芸術作品に置き換えられている。すなわちナイフでの行為への移行を理想化し無力化する彫像へと置き換えられている。苦しみをわかりやすく描いたほかの夢では、「石の男」と結びつけられているのは……サルトルである。彼もまた「石の心」の持ち主だ。「〔鉱物であると同時に生物である存在物についての夢を見て〕無言の苦しみが私には耐え難かった〔…〕それにすでに語ったことだが、夢の中で死ぬこともなくなった。夜、夢を見る私にとって、サルトルは昔から、ときには私の実人生の場合と同じ伴侶であり、ときには私の非難、懇願、涙、失神をも無視する石の心をもった男だった。[166]」

(162) *Ibid.*, p. 143.〔同書、一〇五頁。〕
(163) 〔訳注〕：騎士の像（la statue du Commandeur）：モリエール（一六二二―一六七三年）の戯曲『ドン・ジュアン』（一六六五年）に登場する騎士の像を指す。（この騎士はドン・ジュアンに殺されるが石像となって彼の前に現れる。悔悛しようとしないドン・ジュアンは石像の手を握った瞬間、雷に打たれて死ぬ。）転じて、「騎士の像」は突然現れて過去の罪の償いを求めてくる超自然的な権威のことをも指す。
(164) *Ibid.*, pp. 150–151.〔同書、一一〇頁。〕
(165) 〔訳注〕ボーヴォワールはここで「ほとんど間髪を入れず、私はこのことを合理化した〔rationalisais〕」と書いている。ボーヴォワール『決算のとき』上巻、前掲書、一一〇頁。

しかし、安らぎをもたらす献身的な母性も存在する。それは到達できない湖の母と腕を火傷した妹を修復するもの、すなわち養女シルヴィーという夢である。シルヴィーは改良された妹、共犯関係にある分身、安らぎをくれる女友達、不確かなサルトルに拮抗する力である。このサルトルは時には（ヘリコプターのように）運んでくれるが、時には逃げ去る。というのも彼は何かを食べたがるが、ボーヴォワールも食べたいと言うと彼はもう食べるのをやめると言うからである。彼は彼女と同じパンを食べることはできないのだろうか。夢を見ている彼女と同じ好みをもち、同じ食欲を抱くことはできないのだろうか。彼女は彼とはぐれて、やっとのことで「美味しそうなオードヴルと、栗をのせたきれいなケーキ」の皿を前にテーブルについたサルトルを見つけ、「私も食べよう」と言う。「ぼくは十分食べた。おしまいだ」とサルトルは「不機嫌に」さえぎる。(167) サルトルが疲れたせいで中断されたその他の旅は、シルヴィーと一緒に続けることとなる。

親密なものから政治的なものへ

ボーヴォワール自身が読者に何らかの糧として惜しみなく与えた夢が「公衆の」無意識に湧

きあがらせるかもしれない自由連想の道筋を、これ以上私が示そうとは思わない。自分の内面を公衆に与えること、これは誘惑だろうか。支配だろうか。それとも愛、弱さの訴えかけだろうか。政治的な契約の核心に親密なものを書き込むのは、ボーヴォワール崇拝を避けるためか、それともそれをより堅固にするためだろうか。ボーヴォワールは崇拝を妨げるために、それを弱めるために自分の夢を私たちに与えてくれている、と私は思いたい。

ボーヴォワールの思想が女性史と世界史において消え去ることのない位置を占めることとなったのは、スペクタクル化する社会の高揚のなかで彼女が人生の最後まで自己分析を続けたからだろうか。報告されている彼女の夢は「最も言いやすい」ことしか明らかにしていないし、彼女の作品の射程全体を汲み尽くしているわけではまったくない。しかし『決算のとき』の核心にあるこれらの夢は、ボーヴォワールの天才というのが、可能な限り親密な部分を打ち明け、それを時代の危機的状況と一致させ政治的な急務に変えたことにある、ということを明らかにしている。私の不安はあなたのものであり、それをこの世界の舞台で「超越する」かどうかはあなたにかかっている。夢というこの「気晴らし」は結局のところ、そう言っているように思

(166) *Ibid.*, p. 160.〔同書、一一七頁。〕
(167) *Ibid.*, p. 148.〔同書、一〇九頁。〕

われる。

したがって、精神分析は夢や親密なものの解釈をする顕微鏡に還元されてしまうものではないのだから、ボーヴォワールとの対話を続けようと試みることができるだろう。分析的な経験に注意を払った社会的‐歴史的解釈は望遠鏡でありうるのであり、精神分析がその望遠鏡をもってして彼女の作品に取りかかることは可能であろう。

私は別のところで、ボーヴォワールが二十世紀の女性の社会的‐歴史的存在に自分の無意識（その一部を彼女の夢が見せてくれている）を刻みこむことによって刷新した三つの領域を、望遠鏡的に詳細に検討しようとした。その領域とはすなわち、普遍と女性性、破壊され再構築されるカップル、そして政治的なものにおける親密なものを鋳直したものとしての小説である。これらのテーマは今なお意義深いものであり、『第二の性』から六十年が経ったいま、かつてないほど私たちのなかで、私たちの周りでのボーヴォワールの存在を照らし出し、彼女を存在させ続けている。これについてはぜひそちらを参照していただきたい[168]。そこでこの自由な女性が書いたものへの道筋が見つかることと思う。彼女は政治的な投企となる前に、そして政治的な投企となりながら、夢や欲望をも含めた内面の体験を書くことで解き放ったのである。「書くことは依然として私の人生の重大事である[169]」と言いながら。

(168) 本書「六十年後の『第二の性』」および「ボーヴォワールは、いま」参照。

(169) *Tout compte fait, op. cit.*, p. 162.〔ボーヴォワール『決算のとき』上巻、前掲書、一一〇頁。〕

ヒトは女に生まれる、しかし私は女になる

――シモーヌ・ド・ボーヴォワールを発見したときのことを覚えていますか。

私はまだブルガリアにいて、ボーヴォワールはそれほど売れっ子ではなくて、女性は自由であると私は思っていました。何かがうまくいっていなかったのですが、私はそれが何なのかわかっていませんでした。あるフランス人の男友達が『第二の性』を持ってきてくれました。一九五八年頃だったと思います。スターリン死後の雪解けの時期で、私たちは自由について大っぴらに議論し始めていました。ヘーゲルの弁証法はそれを思想の言葉で分析していましたが、このフランスの実存主義の女性は性別をもった身体から出発して、文学のポリフォニーのなかで自由を扱っていました。私にとっての自由はプロレタリアの反抗でも精神の止揚でもないものとして、シモーヌ・ド・ボーヴォワールとともに、具体性を帯びたものとなったのです。自

由は女性を経由しなければならないということ、そして自由について書くことができるということです。

――彼女はあなたをフェミニストにしたのでしょうか。

そのころはまだフェミニズムとは言いませんでした。ボーヴォワールは、女性のセクシュアリティの謎、その秘密と悪評が、「自らを超越する」可能性にともなう、明白に政治的な事実になりつつあるのだということを私に示してくれたのです。「人は女に生まれるのではない、女になるのだ」と。今日、私たちは生物学的に決定されるものと社会心理的な再構築とのあいだにあって、「ヒトは」女に生まれるが「私は」女になる、と言うでしょうね。もし私が、自分が誰であるのかわからず社会のなかで自分の居場所を見つけられなかったとしたら、それが変わるかどうかは私に、そして私たちにかかっているのです。社会的な闘いにおいては私たちにかかっています。「我々は自由に他の超越を超越することができる。我々はいつでも『よそ』へと逃れることができる」、しかしこの「よそ〔ailleurs〕」は「我々の人間の条件の内にある」のです（『ピリュウスとシネアス』[170]）。そしてこれは私にもかかっているのです、思想とエクリチュールによって。つまり「私は新しい自分を創り、自分の在り方を正当づけよう」（『娘時代』[171]）ということです。
自由の当事者としての女性という考え方は、ヨーロッパにおける近代的な意識の誕生、もっというとフランスの歴史、グルネー嬢やテロワーニュ・ド・メリクール、スタンダール、コレットらの遺産からしか生まれえなかったものだと私には思われました。それによって私のフランス文化を称賛する気持ちはさらに強いものになりました。今でもその思いに対して矛盾する現実が押しつけられたとき、そのような思いが抵抗しているということは認めざるをえません。私は今日、中国やイランで自分たちの権利を獲得しようとする女性たちはこのヨーロッパ的なヒューマニズム、啓蒙思想に由来する世俗化やボーヴォワールによる超越としての自由といった考えを吸収しなければならない、とまで確信しています。

——『第二の性』でボーヴォワールは精神分析を批判し、そして『決算のとき』ではフロイトを「愛している」と言っていますが、精神分析家としてどう思われますか。

（170）Simone de Beauvoir, *Pyrrhus et Cinéas*, Gallimard, 1944, p. 123.
（171）*Id., Mémoires d'une jeune fille rangée*, Gallimard, 1958, p. 143.〔シモーヌ・ド・ボーヴォワール『娘時代』朝吹登水子訳、紀伊國屋書店、一九六一年、一二九頁。〕

とはいえ『第二の性』でボーヴォワールは、自分の性〔sexe〕に関する理解は「精神分析の観点」に由来していると指摘しています。性は「主体によって生きられる身体である。女は自然によって定義されるのではない。自然をどのように感じ、自分のものにするかによって、女が自らを定義するのである」と述べています。彼女にとって性は単なる生物学ではなくポルノ的な興奮でもなく、ましてや精神主義的な興奮ではまったくなく、心的な作用と密接に結びついています。それは体験＝実験なのです。（『第二の性』二巻の副題は「生きられた体験〔L'Expérience vécue〕」ですね。）私はこれをその科学的、心理的な意味において理解しています。ボーヴォワールのことを、政治・法律上の活動家でしかないフェミニストだという紋切り型で認めようとは思いません。私にとって彼女は、自分の私生活と思考において常に危険を冒しながら体験＝実験し、女性ひとりひとりに自分の人格をもう一度築き上げ自らの創造性を発揮するようにと誘う実験者です。だから私は『女性の天才』三部作[172]の結論を彼女に捧げたのです。

――「ボーヴォワールと精神分析」に関するシンポジウムでの発表の結論では、「ボーヴォワールは精神分析に挑戦をつきつけられるがままになっているだけでなく、精神分析の小宇宙に挑戦し、精神分析を歴史のなかにはめ込むようにと誘っている」とおっしゃっていますね。

「新たな自由に向かってたえず自分を乗り越えることによってはじめて自由を実現する」[173]この主体――ボーヴォワールは女性をその「事実性」から、つまりものや他者としての役割から、抜け出させるためにこのような主体の実現を願っているのですが――、彼女においてこの主体は西洋の哲学史全体に基づいています（ヘーゲルの弁証法、現象学、そしてもちろん実存主義です）。でも彼女の思想においては、その同時代人とくらべて精神分析がより多くの糧となっていると言えるかもしれません。彼女はリセで精神分析を教えることによって当局のひんしゅくを買っていますし、『レ・マンダラン』のヒロインはアンヌという精神分析家です。とはいえこのことは彼女がフロイトに対して両義的であり続けることを妨げてはいないのです。しばしばあまりに単純な彼女の批判（エディプス・コンプレックスを性器同士の競合へと還元したり、フロイトにおける「実存の根源にある志向性の欠如」や「選択という考え方の一貫した拒絶」を非難したりするなど）は、特にアメリカで精神分析に対抗する大勢のフェミニストたちによって取り上げられ、より手厳しい非難となりました。しかしこれは逆の運動をも引き起こしました。精神分析の新たな動向について学ぼうと試みる運動で、これがフランスにおいて

（172）Cf. Julia Kristeva, *Le Génie féminin*, t. III, *op. cit.*, p. 537.
（173）〔訳注〕ボーヴォワール『第二の性』I巻、前掲書、三七頁。

ＭＬＦや[174]「精神分析と政治」の誕生へと結びついたのです。また逆にボーヴォワールは、常に親密なものと社会的なものとが交差する点に位置することによって、精神分析の親密主義の限界をも示しています。すなわちこの親密主義が、長椅子で話をする人ひとりひとりが被っている、あるいは自分のものとしようとしている社会的・政治的変容に無関心であるときです。

――『決算のとき』ではボーヴォワールは自分が見た夢について語っています。これについてはどうお考えですか。

なぜ自分の夢を人前で語るのでしょうか。ボーヴォワールを非難するときによく言われるように、彼女がより強力に人を支配するために自分を見せびらかす、残酷な人だからでしょうか。誘惑しようとする試み、あるいは読者自身の親密な生に対する支配力、権力への究極の欲望なのでしょうか。私は、彼女は知的な面で非常に誠実な女性なのだと思います。考えることに喜びを覚え、根気よく自らを問い続けているのです。だから自分の夢を解釈し、しばしば苦痛に満ちてもいるそれらの夢の特性を気後れすることなくさらしだすまでにいたるのです。その特性というのは、自己放棄ができないということや、「実際に生きているというより、むしろ心理劇を演じ」る傾向があるということ、自分の不安を「合理化する」傾向があること、夢のなかではあらゆる感情が数々の旅、鉄道、駅、飛行機を巻き起こし、ヘリコプターになったサルトルとして、「ブレーキのない」すべてのものとして、彼女を母親だけでなくお気に入りの愛人ネルソン・オルグレンからも切り離す「冷たい水」として現れているということ、あるいは父の喉にナイフを突き刺したということ、そして中絶〔の権利を求める〕デモの後に生卵を割ってしまうことへの恐怖があったということ……。夢のなかではこの自由な愛人、旅人、健脚家の隣に、「危機の女」の影があります。彼女はここでも小説と同様に、自分のもろさを見せることで読者が彼女の器量を指導者の役割のなかに固定させてしまうことを妨げ、ボーヴォワール崇拝を不可能にしているのです。その反面、めそめそした泣き虫女、恋する幼稚な女、「もうひとりの愛しい人」に隷属しやたらと手紙を書く無情な女としてのボーヴォワールの側面にこだわりたがる男性もいます。彼女を馬鹿にするため、あるいはボーヴォワールと女性たちの「真実」を過敏で饒舌な感受性のようなものへと単純化し、最終的には自分たちを安心させるためです。

(174)〔訳注〕ＭＬＦ：一九六八年五月の学生運動、アメリカのウーマン・リブ、マルクス主義、精神分析の理論などの影響を受け、一九七〇年頃に始まったとされるフランスの女性解放運動（ＭＬＦは Mouvement de libération des femmes の略）。家父長制社会を批判し身体に関する女性の自己決定権などを主張した。フランスにおける一九七五年の中絶の合法化はこの運動の成果である。

――延々と手紙を書き続ける彼女の強迫についてはどう思われますか。

彼女は何ものも止めることができない言葉への欲動に取りつかれているように思われます。空間を一気にむさぼろうとするこの健脚家を止めることができないのと同じです。彼女の柔軟な知性も絶対的なアンガージュマンも生そのものも、そして結局のところエクリチュールも、言語活動の所産であるということに彼女は本当に気づいていたでしょうか。偉大な女性作家たちに関する彼女の判断はとても的確ですが、「形式」と呼ぶべきものに関してはほとんど気にかけていません。しかし、あふれ出る欲動を言語活動によってとらえるということは、言葉の文化においてはつねに抗うつ薬の役割を果たしてきました。これは私がアヴィラの聖女テレサの神秘的体験について書いていた際に気づいたことですが、十六世紀と特に十七世紀には、教会の男性たちは修道女や一般信徒の告解者に対して自分の「信仰生活」について書くように求めていました。そこから豊かな女性文学が生まれています。ボーヴォワールというカトリックとのしがらみをすっかり断った元信徒の、このフランス語のなかでの遁走は、カトリックの伝統を取り戻すと同時にその「価値を根本的に見直す〔transvaluer〕」独自の方法なのです。私が念頭に置いているのはギュイヨン夫人の『奔流』[175]やセヴィニエ夫人[176]の見事な書簡です。ボーヴォワールをその細部に対する飽くことのない好奇心やほとんど機械的ともいえる饒舌さへと送り返してしまうことは、彼女が人類学的＝人間学的な革命のためにその好奇心や饒舌さを用いたということを正当に評価しないことになってしまうでしょう。彼女はその革命を実現させたのです。人類において母親は自由な主体でもあるということを女性に示すことで。

――へとへとになるまで歩きたい、ひとつの場所のすべてを見たいという彼女の情熱についてはどう思われますか。

興奮というのは、女性においてもそうですが、長く歩くことによって和らぐものです。この絶え間ない歩行は、主体としてのボーヴォワールの驚くべき活力を明らかにする「言語活動」でもあります。そして彼女はその膨大なエネルギーを歴史のなかへと染み込ませることに成功

---

(175)〔訳注〕ギュイヨン夫人の『奔流』：ギュイヨン夫人（一六四八―一七一七年）はフランスの神秘思想家。『奔流』（*Les Torrents spirituels*）は以下に邦訳が収められている。『キリスト教神秘主義著作集第15巻　キエティスム』鶴岡賀雄・村田真弓・岡部雄三訳、教文館、一九九〇年。

(176)〔訳注〕セヴィニエ夫人：セヴィニエ侯爵夫人マリー・ド・ラビュタン＝シャンタル（一六二六―一六九六年）。フランスの書簡作家として知られる。特に二十年以上にわたって娘に宛てて書かれた書簡が有名。

したのです。

――普遍主義の彼女の定義には同意しますか。

今日、自分が普遍主義を代表していると信じている普遍主義者たちのような仕方では、私は普遍主義を理解していません。普遍主義が主張する性の平等、この男女の「友愛＝兄弟愛〔fraternité〕（男性形であることに注意してください）」は、哲学的には普遍の体系に含まれるものであり、その系譜はプラトン的なイデアやフランスの啓蒙思想家にとって重要な普遍的人間と、その権利に関する共和国的理想までさかのぼります。精神分析に耳を傾けると、これらの価値観は女性の身体の否認によって支えられていて、偉大な男のファルスの崇拝を共有しているということがわかります。ボーヴォワールがこの要求に対して挑戦し普遍において自らを超越するようにと女性を促しているのは正しいことです。そしてこのことは、フロイトが男性よりも女性においての方が重要であると言っていた心理的な両性性の発達を必然的に意味します。

しかし彼女が関心をもつのは「個々の人間の可能性」や「自由という観点」から定義した「幸福」であるため、その思考はつねに緊張をはらんだものとなるのです。普遍は（『第二の性』ですでに、そして小説にいたるまで）個々の男性や女性の体験のなかで具現されることとなります。[177] 何度でも言いますが、ボーヴォワールにおいて普遍的なものは特異的なものと結びついているのです。彼女は、あらゆる女性をプロメテウス的な全体性のなかに閉じこめてしまう活動家ではありません。その意味で彼女は、大陸における宗教の解体に発する自由主義の運動とは違います。そうした自由主義の運動は「すべての人間＝男性〔hommes〕」のための普遍的な自由を約束し、当然の帰結として、選ばれた共同体とのみ行動しているのです（すべてのブルジョワ、すべてのプロレタリア、第三世界全体、などです）。そして後になって特異なものの否認が凡庸化〔banalisation〕と全体主義へと通じてしまっていることに気づくこととなるのです。

——特に誰かを引用しているわけではありませんが、「今日の一部の普遍主義者が自分の男性的な野望を擁護し、まるで出産が女性を取りまく環境を損なっているかのように母親の多様な体験を揶揄する際の合理主義的な抑圧」を批判なさっていますね。

ボーヴォワールの普遍主義は常に再考され、再構成されているものです。女というもの、母

(177) « *Le Deuxième Sexe*. soixante ans après », pp. 41-64.〔本書五七—八八頁。〕

親というものがどうであらねばならないかについての普遍的な図式はないのです。私は全体主義の国の出身なので、それに関しては特に敏感でした。この特異性への配慮は、彼女が特に小説のなかで考えることに固執したということに表れていると私には思われました。サルトルが『言葉』以降は想像的なものを神経症へと送り返してしまうのに対し、ボーヴォワールは伝記であろうとオートフィクションであろうと書き続けます。「それ」は「私」と言いながら彼女の母親や愛人や死について語っています。結局のところ彼女が言っているのは、「私〔ボーヴォワール〕が幾千万の心の中で燃えつづけ」、そして私たち皆が「自分のあり方を正当づけ[178]る」ことができるのは、ありうる最も特異的な体験を普遍的なものへの果てしない道のりのなかに組み込むことによってのみだ、ということです。もしそれを忘れてしまったらフェミニズムは、必要ではあるけれどすぐに教条主義的で偏狭なものであることが明らかになってしまうような、戦闘的なプログラムになってしまうでしょう。

――でもあなたは、彼女の体験のなかにくっきりと浮かび上がる差異についても語っていますよね。どちらかというとあなたのものである差異主義的な考え方の方向にボーヴォワールを引き寄せているのではありませんか。

そうかもしれません。あのような世間を驚かせる不穏な作品を読めば、私たちひとりひとりが、現状においてそして私たちのなかでそれが何に対応しているのかを見極めようとするでしょう。でも私はそれがボーヴォワールを裏切ることだとは思いません。彼女はしばしばその「友愛＝兄弟愛的な〔fraternel〕」普遍主義の罠にかかり、特定の歴史的条件によって課されたいくつかの女性の体験を描写する際に、ステレオタイプを繰り返してしまっています。まるでそれらが本質的であるかのように。たとえば女性には「腹に病がある」だとか、「種が女性を蝕む」、子どもは「ポリープ」である、「指のように清潔で単純」な男性の性器とは違って女性の身体は「昆虫や子どもが足を取られてしまう沼地」である、などといったものです。そこから彼女は解放をもたらす普遍の方へ、すなわち哲学者である人間－男性、この偉大なる哲学的人間－男性〔homme philosophe〕の普遍へと向かおうとします。この偉大な人間は女性でもありうるというのです。多くのフェミニストがこのことを記憶にとどめました。特に一部のアメリカのフェミニズムは、より差異主義的になる前にはそうでした。逆にサルトルやオルグレンやその他の人たちとボーヴォワールのカップルとしての多様な生活において浮かび上がるのは、心

(178) Simone de Beauvoir, *Mémoires d'une jeune fille rangée*, Gallimard, 1958, « Folio », pp. 197-198.〔ボーヴォワール『娘時代』前掲書、一二九頁。〕

を配り絆を結ぶことのできる情のある女性です。そしてカップルというものは一様に威圧的なものではなく、崇拝の場でもなく、論議の場として現れるのです。そこでは様々な差異や対立がありますが、それでも他者の身体と思想を尊重するために連帯することが可能なのです。彼女は見習うべき模範ではありませんが、刷新を促す先例です。硬直したヒエラルキーなしに、男性とは異なりながらも男性とともに生きていくにはどうすればいいでしょうか。それは各自の特異性において対話を続ける自由な思考をともに展開することによってではないでしょうか。

――彼女たちのカップルは模範であると自任していたわけではないのに、一部の人びとは彼らを模範とし、さらに後に失望したと言っています。

彼らがある種の先駆的な形でのメディア化を逃れることは無理だったのではないでしょうか。サン・ジェルマン・デ・プレという場所でしたし、この神話化を彼らは受け入れていましたが、これは人びとがいまだに抱いている誤解でもあります。でも私は『レ・マンダラン』を読み、さらに後に『別れの儀式』を読んで[179]、男に対する女のこびへつらうような宗教的感情をまったく見出しませんでした。その代わり彼らには、「偶然の愛」を利用するカップルとしてのイメージがあります。人びとは彼らに対し、これらの「偶然のパートナー」をいけにえの立場に置いたことを非難しています。とはいえこの残酷さは、自分に対する甚だしい残酷さという報いをもともなっていたのではないでしょうか。胸を締めつける嫉妬の念にとらわれたカストールは、「騙された女」の脅威をやっとの思いで乗り切っています。作品において自らを超越するために、思想上の師に対する崇拝に頼りながら、乗り切るのです。そしてその崇拝は、サルトルの「偶然の愛」に対する「性向」が〈手に負えない赤ん坊男〉の容認しがたい性愛的な依存を隠しているということが明らかになってからも、揺らがなかったのです！

ボーヴォワールはこのようなカップルのサドマゾヒズムの論理を見落としているのでしょうか。いずれにせよ、それは彼女が男女の関係、性の闘いにおいて示している明白な事実です。私は彼女がこれを分析したとは思いませんし、ましてやこの事実を冷静に見ているとも思いませんが。

しかし彼女は『招かれた女』の題辞に掲げたヘーゲルの定式「各々の意識は他の意識の死を求める」から、サドにおける死の欲望をはらんだ性交という筋書きにいたっています。この神のような侯爵の大胆さに興味をもった彼女は、『レ・マンダラン』を書く前にサドについ

---

(179) Simone de Beauvoir, *Les Mandarins*, Gallimard, 1954 ; *La Cérémonie des adieux*, Gallimard, 1981.〔ボーヴォワール『レ・マンダラン』1・2巻、朝吹三吉訳、人文書院、一九六七年、『別れの儀式』朝吹三吉訳、人文書院、一九八三年。〕

て『サドは有罪か』という驚くべきテクストを書いています。良心の恐るべき楽観主義に対する、避けがたい残酷さがあるということを彼女は次のようにほのめかしています。「罪悪の世界では、罪人でなければならない(180)」。しかしサドが言っているのはそういうことなのでしょうか。彼の恐ろしいサドマゾヒズム的快楽が誇示されるのは想像的なものにおいてであり、この悪意に満ちた貴族の男の無制限の自由でさえも彼の殺人的なファンタスムに耐えうるものではありません。行動に移す必要はないのであって、それは彼が非難していたギロチンを作る必要がないのと同様です。欲望や性的関係を構造化する支配者／被支配者の論理につねに注意を払うボーヴォワールは、その論理の様々な社会的‐歴史的形態を見出し、次のように考えるよう提案します。すなわち、あらゆる普遍的な法は殺人に立脚している、情熱というのは死に至らしめるものである、モラルというものは両義性のモラルでしかありえない、ということです。たとえば彼女はスターリンの共産主義におけるモラルの両義性を解明しようとしますが、反逆する情熱に対して寛大になるという罠に途中で引っかかっています……カップルということに限って言えば、不思議なことに、女性の恋愛を脱ヒステリー化させることに成功したのはコレットです。彼女は「しぶとく健康な恋愛」や「世間の人たちが偉大な人物＝男〔hommes〕と呼んでいる人たち」について皮肉を言うことで、それに成功しています。ボーヴォワールはといえば、彼女には激しく恋する女であるという部分がつねに、最後まで残っています。

――「サルトルに対する愛情に満ちた残酷さ」に言及していますが、これは『別れの儀式』を示唆しているのですか。『別れの儀式』は真実を隠さないという彼らの契約を最後まで履行したのではなく復讐であるとみなされたわけですが。

そこに復讐を見た人もいれば、最後のサルトル崇拝を見た人もいます。残酷さがあると私は思いますが、愛情関係というのが本質的にサドマゾヒズム的なものであるということを考慮すれば、それは本当の復讐ではありません。当然ながらそれは、市民主体の生殖と教育を保障するためにルソーが神聖なものとしたブルジョワ的なカップルともまったく違います。そのブルジョワ的カップルもサドが露にした秘密を隠し持っているものですが。またシュルレアリスト的な狂気の愛でも、ジョルジュ・バタイユ風の神秘主義的な愛でもありません。サルトルとボーヴォワールは、今日宗教が牧歌的な大文字の〈恋愛〉と〈カップル〉のなかに避難しているということをわかっていたのです。人はこの聖なるものなしに生きられるのでしょうか。そうかもしれませんし、それは難しいのかもしれません。言い落としや検閲や犠牲者があったりす

(180)〔訳注〕ボーヴォワール『サドは有罪か』白井健三郎訳、現代思潮新社、二〇一〇年、一〇八頁。ボーヴォワールの原文は正確にはDans une société criminelle, il faut être criminelなので「罪悪の社会では、罪人でなければならない」(強調は引用者)である。

るのかもしれません。「愛しい人、カサノヴァを知っていますか」とボーヴォワールはオルグレンに書いていています。そこにサドを加えることもできたでしょう。ボーヴォワールとサルトルは無神論を牧歌的な清純な恋愛の脱構築として生き、その恋愛の耐久力と亀裂をさらすことで、無神論をさらに推し進めたのです。無神論は「長期的で残酷な体験」であるとサルトルは書いています。[181] 彼らはふたりのその結びつきにおいてこの残酷さをなるべく和らげようと努めながらも保ち続けました。このように自らを明るみに出し続けた人を他に知っているでしょうか。

——一方ではボーヴォワールが低く評価する母親があり、他方で種の本能へと帰着させられる母親がある、とあなたはお考えですが、女性がそのふたつのあいだを行く道はあるのでしょうか。

それは狭き道です。それらのうちどちらであってもいけません。とはいえ母親とは何でしょうか。たとえば、これはレンヌ街のボーヴォワールの母親に関する夢の話にすぎませんが、彼女はこのように言っています。「私はそれに不安を感じるが、ふたりが落ち合うことはない。私が家までたどり着かなかったり、彼女が留守だったりするのだ。」「彼女の権力につかまるのではないかと私は恐れていた。」このような状態で自らを超越するというのは、この冷たく強力な母親から自分を引き離すことを意味するでしょう。そしてもちろん、その時代の女性たちの歴史的状況から免れるということ、それはつまり彼女の時代の前までであれば、避妊用ピルや中絶の権利のためのとてつもない勇気を必要とする闘いによって、度重なる妊娠・出産や母親が産褥で死ぬことや違法の中絶を免れるということです……こういうことはもう一度言っておかなければなりません、今の若者の多くはもうこういうことを考えませんから。母親を犠牲にし、子供にとっても被害をもたらすこのような母親を、ボーヴォワールは非難したのです。このことは彼女が今日の私たちが置かれている状況を考慮することを妨げました。その状況とはすなわち、母親になることがひとつの選択となり、それを違った仕方で生きることができる状況です。もちろん困難もあります、というのもこの責任を引き受け、それを創造力へと変えるための経済的・心理的な手段を得なければなりませんから。

私たちはこれらの新しい母親の形については、言説を有していません。世俗化した文明は、よい母親というのがどういうものかを知らない唯一の文明です。ウィニコットが慎重に提唱しているところによると、それは子供が遊び、話し、考えることを可能にするために、子供の隣

(181)〔訳注〕Jean-Paul Sartre, *Les Mots*, Gallimard, « Folio », 1972 (1964), p. 204.（ジャン゠ポール・サルトル『言葉』澤田直訳、人文書院、二〇〇六年、二〇二頁。）正確にはサルトルの原文は« L'athéisme est une entreprise cruelle et de longue haleine »なので無神論は「長期的で残酷な企て」（強調は引用者）であると述べている。

で夢を見ることのできる者です。問題は、この母である女性はどのようにして恋人としてのセクシュアリティを作り上げ、職業上の自律を保ち、子供というこの最初の他者に母親として向き合うことができるか、ということです。人類の歴史のなかで初めて、複数の世界が、宇宙物理学者の言う「多元宇宙」が、姿を現しているのです。それにボーヴォワールは実際に、あらゆる母親性にともなう母親性である、受け入れることによる母親性〔maternité d'adoption〕を発揮しています。これはシルヴィーを法律的に養子にする＝受け入れる〔adopter〕ことによって発揮され、そしてフェミニストの「娘たち」――ボーヴォワールは彼女たちの闘いのなかに自分の考えが様々な差異を越えて継承されていることを認めたわけですが――彼女たちと政治的に連帯することによって、発揮されています。ボーヴォワールが再考するようにと促しているのは、この解放された女性の複雑な世界なのです。彼女はそれを考えるための鍵をいくつか残してくれましたが、すべてではありません。彼女の後に言うべきことがたくさんあります。とはいえ、彼女にできなかったことがあるのをとがめる必要はないでしょう。一部の差異主義者がそれをしていますが。

――『第二の性』で彼女は「自由な女はいまようやく生まれようとしている」と述べています。それ以来、自由な女性は生まれたのでしょうか。

いま、生まれつつあります。私たちの世代の一部の女性たちがやってきたことを見ると、その前の世代の女性たちとは比べ物になりませんし、またこのメッセージがまだ届いていない発展途上国で起きていることとも比べ物になりません。自由な女性は、ボーヴォワールの目覚ましい成果とその後に起きたことに対して敏感だった女性たちを通して生まれています。二十世紀のフェミニズムには三つの段階があります。婦人参政権論者たち、ボーヴォワール、そして一九六八年五月以降の新たな解放――と新たな行き詰まりです。民主主義的な先進国で保守主義による精神的負担やその他の危機を被っている女性たちに伝えなければならないのは、この〔フェミニズムの〕漸進的な誕生です。またこれは、異なる歴史的伝統をもち、異なる抑圧や迫害にさらされている他の国々の女性たちにも伝えなければならないことです。人びとはしばしば、カストールは世界を被る〔subir〕のではなく自らの意志を世界に押しつけようとした反逆者である、と言うにとどまっています。でも彼女はもっとうまくやったと思います。彼女の実存主義的な自由の概念は承諾しないということだけでなく、世界のなかで自らを乗り越えることによって生きることをも含んでいます。その世界は被るべきものではなく管理すべきものでもなく、乗り越えようとする私の自主性に一致させるべきもの、そのことによってのみ変化させるべきものなのです。

――『第二の性』を書き始めたとき、彼女はネルソン・オルグレンとの情熱的な恋愛のさなかにありました。このことはこの著作の計画において重要な役割を果たしたのですか。

この本の推進力となったのはそれだけではありません。まず彼女はミシェル・レリスの『成熟の年齢』を発見し、同じようなことをしたいと思っていました。しかし知的な刺激を与えているのはサルトルです。サルトルは彼女に、自分が男の子のようには育てられなかったということについて考えるようにと求めたのです。それからオルグレンとの出会いは決定的な体験です。彼女はこの社会的に低い階層の出身の男、反‐父に魅了されています。ここでボーヴォワールは初めて彼女の「愛しい哲学者」との関係において深刻な危機を迎えていますが、オルグレンはその「哲学者」の対極にあるだけでなく、「毎朝〔…〕『裁判所』へ出かけて行った」[182]高貴な彼女の父親、「他の男の人たちよりももっとまれな種族に属しているように思われ」[183]、さらに「芝居を演じ」[184]る父親、殺すことも結婚することもできないこの父親の対極にもあるのです。このユダヤ人の作家、貧しい階級の出身の男性の誠実さ、彼女に身体の快楽を発見させてくれるこの男に対する情熱が、生まれることとなります。新たな自由の体験＝実験です。しかしここで彼女は最終的には男性の役割を引き受けることとなります。男性の役割というのは、その語の古典的な意味においてです。というのも彼女は自分の「本当の温かい居場所」はこのアメリカ人の恋人の「優しい心のそばに」あると信じていたものの、彼のことを性的な対象として利用しているからです。そして彼女は、自分にとって重要なのは書くことと考えることができることであるため、パリのサルトルのもとに帰る、とオルグレンに告げます。もちろんオルグレンはこの妥協を受け入れることができないのですが、彼が関係を断つとき彼女は非常に傷つくこととなります。とはいえ快楽に基づくカップルとしての幸福、子供を産む女性としての幸福を拒否しているのは彼女の方なのです。

この新しい別の自由は、『第二の性』の勢いに乗って生まれたというだけでなく、アメリカの発見とともに生じてもいます。ボーヴォワールは「複雑な状況を前にして、考えることが必要である」[185]という原則にのっとり、疲れを知ることなく世界を駆けめぐり分析し、多声的な世界の見方を作り上げています。それはイスラエルとの危険な連帯（「イスラエルが地図から消えることがありうるという考えが、私にはおぞましく思われます」[186]）についてであれ、中国に

（182）〔訳注〕ボーヴォワール『娘時代』前掲書、四頁。
（183）〔訳注〕同書、二一頁。
（184）〔訳注〕同書、同頁。
（185）Simone de Beauvoir, *L'Amérique au jour le jour*, Éditions Paul Morihien, 1948, p. 70.〔ボーヴォワール『アメリカその日その日』二宮フサ訳、人文書院、一九六七年、六七頁。〕

関する甘すぎる賭け（中国は「段階的に成長と拡大を」遂げているとしています[187]）についてであれ、同じことなのです。

――『第二の性』は刊行から六十年が経ち、もう時代遅れであると考える女性もいます。

彼女たちは誤っています。『第二の性』を読んでいないのです。まずは読まなければなりません。そして次に各人が自分の体験を探らなければなりません。

――なぜシモーヌ・ド・ボーヴォワール賞を作ったのですか。

ボーヴォワールの生誕一〇〇周年の際に、フェミニストたちのあいだで意見が一致せず、私が頼まれてパリでの国際シンポジウムを引き受けることになりました。私はそれを記念した後も何か残るものを作りたいと思ったのです。彼女が促進したこの真の人類学的＝人間学的革命が人びとを扇動し続けるために。特に、人間＝男性〔homme〕における主体に対して無関心であり、また女性における主体に対してはさらに無関心であると思われる他の文化において、それを続けるためです。

――『サムライたち』を書いたというのは、シモーヌ・ド・ボーヴォワールの『レ・マンダラン』への目配せだったのでしょうか。

そうです、彼女に対して恩義があるということのしるしです。というのも彼女のメッセージは伝わっているからです。とはいえ時代は変わり、私は自分の差異を引き受けていますし、フランスを外から見る自分の外国人性〔étrangeté〕を要求してさえいます。『サムライたち』のオルガ[188]は私を体現[189]している移民の女性ですが、彼女は遠くから来た人で、エリートで高等師範学校の学生であるフランス人女性とは決して比較できないのです。私は現在一般化しつつあり、

（186）*Cf. id.*, « Solitude d'Israël », *in* Claude Francis et Fernande Gontier, *Les Écrits de Simone de Beauvoir*, Gallimard, 1979, p. 531 ; Denis Charbit, « Simone de Beauvoir, Israël et les Juifs : les raisons d'une fidélité », in *Les Temps modernes*, n° 619, « Présences de Beauvoir », Gallimard, juin-juillet 2002, pp. 163-184.

（187）*Id.*, *La Longue Marche*, Gallimard, 1957.〔ボーヴォワール『中国の発見――長い歩み』内山敏・大岡信訳、紀伊國屋書店、一九六六年。〕*Cf.* Denis Charbit, « Voyage en Utopie : la Chine de Simone de Beauvoir » in *Perspectives* 11, 2004, Hebrew University of Jerusalem, pp. 209-237, et J. Kristeva, *Beauvoir en Chine*: http://www.kristeva.fr/beauvoir-en-chine.html.

（188）Julia Kristeva, *Les Samouraïs*, roman, Fayard, 1990.〔クリステヴァ『サムライたち』西川直子訳、筑摩書房、一九九二年。〕

ヨーロッパの再統合やグローバル化の前兆であるこのノマディスムを強調しています。同様に、中国のマンダリンは権力をもった男性たちであり、サン・ジェルマン・デ・プレの彼らも思想的指導者として似たような役割を引き受けていたのに対し、[190]「サムライ」という言葉は権力ではなく、性同士の闘いあるいは自由のための闘いが含んでいる命にかかわる危険性を強調するものです。私の世代では、そして特に『テル・ケル』や構造主義やポスト構造主義の領域では、自己の限界まで行くことが重要でしたし、いまでも重要であり続けています。アイデンティティの裏をかき、確実なものを複雑にすることです。終わりのない分析をし、それを世界にもたらすのです。問いの出現でしかない私の試論や「小説以上のもの〔plus-que-romans〕」のなかで、「私は自分を旅している[191]〔Je me voyage〕」のです。

（189）〔訳注〕ちょうどボーヴォワールの世代からパリの高等師範学校は女子にも門戸を開くが、正確には彼女は高等師範学校の正規学生だったことはない。哲学教授資格試験を準備していた年（一九二八―一九二九年）に、サルトルやポール・ニザンやルネ・マウーらとともに受験のための授業を受講していたことがある。

（190）〔訳注〕ボーヴォワールの『レ・マンダラン』というタイトルは、戦後のパリの知識人たちを中国の高級官吏にたとえたものである。

（191）*Id., Meurtre à Byzance*, Fayard, 2004, p. 380.

自由が可能になった——どのような代価で？　シモーヌ・ド・ボーヴォワール賞(192)

二〇〇八年にシモーヌ・ド・ボーヴォワールの名前を掲げる賞を創設することを提案したのは、その著作に負っている恩義からであった。そしてシルヴィー・ル・ボン・ド・ボーヴォワールやクロード・ランズマン、エリザベート・バダンテールほか世界中の三十人ほどの作家や哲学者、知識人たちとこの賞を創設することになったのである。国際的なこの「女性の自由のためのシモーヌ・ド・ボーヴォワール賞」は第一回目にまず、イスラム原理主義者に直面する女性たちの人権のために闘ったタスリマ・ナスリン氏とアヤーン・ヒルシ・アリ氏に贈った。二〇〇九年には、イランの女性たちのために闘い続けた女性詩人シミン・ベフバハニ氏（一九二七年—）の闘いをたたえる「イランの女性に対する差別的な法律の廃止のための百万人の署名」運動に賞が与

(192)〔訳注〕「代価」と「賞」はいずれも多義的なフランス語prixの訳語である。クリステヴァは意識的にかけていると考えられる。

えられた。二〇一〇年の受賞者はビデオ作家で広東省の中山大学中国語・中国文学科教授で比較文学部主任の艾曉明氏（一九五三年―）、そして北京のNGO「女性のための法律研究と法的援助センター」〔Women's Law Studies and Legal Aid Center〕の女性弁護士である郭建梅氏（一九六〇年―）であった。二〇一一年はロシア人女性作家のリュドミラ・ウリツカヤ氏（一九四三年―）である。『ソーネチカ』（ガリマール社、一九九六年）でメディシス賞〔外国小説部門〕を受賞した作家だが、とりわけ正義と民主主義の擁護という理由からボーヴォワール賞を授賞した。二〇一二年にはチュニジア民主女性協会が顕彰された。マグレブ－マシュリク地方のアラブ革命への女性の参加を推進するためである。二〇一三年には、十五歳の若きパキスタン女性マララ・ユスフザイ氏に授賞した。彼女は女性教育のための闘いの象徴である。二〇一四年には女性歴史家のミシェル・ペロー氏に賞が与えられた。「フランスにおける女性とジェンダーの歴史学のパイオニア」である。そして昨年二〇一五年には、女性芸術の紹介というその使命に対し、ワシントンの国立女性美術館（NMWA）が顕彰された。引き続き注意深くあらねばならないだろう。

中国における女性の権利——艾暁明[193]と郭建梅[194]

中国のボーヴォワール

ボーヴォワールは一九五〇年代に中国を旅行しました。半世紀以上たって、二〇一〇年、彼女の名を掲げる賞がふたりの中国人女性、艾暁明氏と郭建梅氏に贈られました。これは中国人女性たちのもたらした成果と創造性に感謝を示すものであります。この数十年間で女性たちは

(193) 艾暁明は広東省の中山大学の中国語・中国文学科の教授、比較文学部の主任である。女性の条件についての学術研究、フェミニズムの歴史や女性の権利のための闘いや移民労働者の擁護についての教育活動に加え、中国国内および外国において、艾暁明はそのドキュメンタリー映画でも知られている。これらの映画は公的な流通の外部で製作されている。長きにわたりフェミニストとして政治参加してきた彼女は中国、特にその農村部における権利の擁護のための運動の熱烈な立役者である。

――とりわけ知的なそして政治的なエリートである女性たちは――一層その権利と、この権利がひとつの新しい解放の哲学に基づいているという事実に意識的になっています。この哲学はシモーヌ・ド・ボーヴォワールの著作や世界の多様なフェミニズム運動によって推進されたものです。そして女性たちは、自らに振るわれるあらゆる暴力に対し行動を起こしているのです。女の赤ん坊の殺害、夫婦間の暴力、賃金や昇進、離婚、退職などに関わる諸々の差別がそれにあたるでしょう。

長い歩み

一九五五年の九月から十月にかけて、シモーヌ・ド・ボーヴォワールは最初に中国を訪れた西洋の知識人たちのひとりでした。『長い歩み』[195]と題される書物が一九五七年に刊行されますが、これはありのままの現実についてのルポルタージュであり、神秘的で発展のただなかにあるこの国についての解説書でもあります。あるいはシモーヌ・ド・ボーヴォワール賞のメンバーでありフランスの政治生活についての明晰な専門家であるイスラエルの哲学者・政治学者ドニ・シャルビ氏が主張するように[196]、それは「ユートピアへの旅」だったのでしょうか。

この女性哲学者の熱狂はそうであったことをうかがわせます。その実存主義によって見直され修正されたマルクス主義によって駆り立てられた彼女は――「ビヤンクールを絶望させないため」[197]だけだったとしても――、ソ連についての諸々の事実の発覚やハンガリーでの一連の出

(194) 郭建梅は北京大学に付属するNGO「女性のための法律研究と法的援助センター」の責任者であり弁護士である。このNGOは個別事例の擁護によって、そして法的枠組み内での変革の推進によって、中国における女性の条件の改善に努めている（家庭内暴力に対する闘い、労働に関わる差別に対する闘い、セクシャル・ハラスメントに対する闘い、離婚や配偶者の死後に土地を失った多くの女性がそのままにされている地方における不動産システムの改革の必要性の訴えなど）。シモーヌ・ド・ボーヴォワール賞受賞の後、郭が責任者を務めるこのNGOは北京大学から離脱し、独立した活動を続けている。

(195) Simone de Beauvoir, *La Longue Marche, op. cit.* (cité LM).〔シモーヌ・ド・ボーヴォワール『中国の発見――長い歩み』内山敏・大岡信訳、紀伊國屋書店、一九六六年。〕

(196) Denis Charbit, « Voyage en Utopie : la Chine de Simone de Beauvoir » in *Perspectives* 11, 2004, Hebrew University of Jerusalem, p. 209-237 (cité *DCh*); *cf.* aussi Denis Charbit, « Simone de Beauvoir. Israël et les Juifs », *Les Temps modernes*, n° 619, Gallimard, 2002.

(197)〔訳注〕「ビヤンクールを絶望させないため」：ビヤンクールはパリ近郊の都市だが、ルノーの巨大工場があったことで知られているため、その名はプロレタリアの代名詞として使われることが多い。サルトルは共産党支持を表明していた五〇年代、ソ連を訪問した後にソ連の収容所の実態を労働者には伝えるべきでないとして、「ビヤンクールを絶望させるな」と述べたとされる。（しかし実際はこの言葉はサルトル自身の発言ではない。この問題を扱った戯曲『ネクラソフ』（一九五五年）でサルトルが登場人物のひとりに言わせた

来事の後、冷戦の真っただ中で、中国に新たな選ばれし地を見出したというのでしょうか。あるいはこの「招待」（周恩来本人による招待です！）の枠組みがボーヴォワールに妥協的な言葉を課し、彼女が普段通り見たものについて率直で忠実な批評を行うことを妨げたのでしょうか。どちらでもないでしょう。というのも、著者はその疑いや確信のなさ、異論を表明することを怠っていないのですから。とはいえそれでも、それらは旅行中巧みに醸成され、入念に押しとどめられていたため、『長い歩み』は依然として、新たな約束の地への巡礼として通用しているのです。ボーヴォワール以前も以後も、フランスの中国愛好の守護者であるアンドレ・マルローからマリア＝アントニエッタ・マッチオッキのような六八年の親中国派の闘士たちにいたるまで、数々の知識人たちが似たような素朴さに身を委ね、将来の列強国の途方もなさに魅惑されているようなのです。

より仔細に見ると、中国大陸の文化の特異性（常に謎めいたものなのです！）こそが観察者を驚かせ、ある人々にとっては感動的な熱狂を、別の人々にとってはパニックのような怖れを掻き立てているのです。いずれも中国の思想や国の文化的・社会的・政治的な歴史についての正確な知識を持っていないからなのですが。この種の欠如についてボーヴォワールを批判することもできるでしょう。彼女自身、『長い歩み』が「彼女の著書の中で最も良くない」ことに自覚的だったのです。この書物はしかし、繊細な観察と人物や特徴の見事な描写を読者に与え、多少とも熱意をもって、引っ込み思案の西洋と消滅の危機に瀕したその社会主義に、また別の人間性〔humanité〕の予兆と危機を開いているのです。

かくして他性〔altérité〕についての人類学的経験が（あまりに確実であるゆえに？）不確実な政治的論証についてのページにいつも侵入してくるのです。そしてボーヴォワールは一九四九年の共産主義革命に続き近代化を進める中国の歩みを追いながら第三の「長い歩み」、彼女自身の長い歩みを果たしているように見えます。これは一九三四年から一九三五年にかけての毛沢東の「長い歩み」の後に現れるものです。この作家の途方もない知的好奇心とその変わることない誠実さは、共産主義の失敗を説明しようという配慮を越えて、そして全体主義体制の悪に有罪判決を下すことはなく、常に進行中の終わりなき「道」(198)の可能性を探し当てるのです。ボーヴォワールは次のように要約してもいます。中国は「楽園でもなく蟻地獄でもない。地上の地域のひとつである。そこでは、動物的な存在の希望なき循環を破壊したばかりの人々が人間世界を築くために、激しい闘いを繰り広げているのである(199)」。

台詞「ビヤンクールを絶望させてやろう！」が転じて、「ビヤンクールを絶望させるな」がサルトルの発した言葉だとされてしまったと思われる。）

（198）〔訳注〕道（どう・タオ・みち）。中国哲学・思想の最重要概念のひとつ。人間世界の規範・道理、宇宙の根本的な規律・原理・本体などを意味する。

ボーヴォワールは、彼女が観察する人間的諸現実（都市、村、家族、労働、文化、若者、女性）の意味を見落としていることを知覚〔percevoir〕――この語は正確なものです――しています。その意味はこれらの諸現実がフランス文明において帯びている意味ではないのです。そしてそれらの現実を明らかにする知的ツールがないために、彼女はあるひとつの目的をしか自らに与えていないように見えます。それはこの新興の他性に対する大きな疑問点を私たちに与えること、「人間世界を築くために、激しい闘いを繰り広げている」者たちに対する彼女自身の関心に私たちを感染させることです。私たちが自分たちの「長い歩み」の中でそれを問い続けるために。かくしてドニ・シャルビは指摘しています。ボーヴォワールが書くのは「観光客としてではなく、彼女自身が知り愛することを学んだ、かくも異なり、かくも心を惹く人類の一部を探し求める一人の人間存在としてである。歴史によって無慈悲に抑圧されたならば別の国を探し求めるであろう彼女の期待感を、そこに投影してしまう危険を冒しながら」（*DCh*, p. 5）。

この点について言えば、彼女の著作『長い歩み』はいかなる意味においても、幾人かがそうであると批判したような「政治における神秘思想」という「堕落」（ペギー）の一例ではありません。ボーヴォワールは特に「資本主義の段階的かつ平和的な消滅という中国のシナリオ」（*DCh*, p. 14）に熱中しているのです。それはソ連における一九一七年の革命以後に台頭した共産主義の暴力的な独裁とは対置されるものでした。同様に今日、新資本主義の発展に伴う中国社会主義の段階的な消滅の中で、同じ「平和的なシナリオ」を強調する論者もいます。並外れた経済成長とその後のゆるやかで制御不能な成長のもとで危機に脅かされているというのに、新しいユートピアだと言うのでしょうか。あるいはむしろ、矛盾や希望や危険をはらんだ、いまだ理解されていない文化的多様性を見出したということなのでしょうか。

大衆的かつ制度的な見せかけに魅惑されたボーヴォワールは、抑圧的な現実を無視しています。特に、長期にわたって封建的・農村的・儒教的習慣の下に置かれた文化によって内面化され受け入れられた抑圧への個人の服従を無視しています。しかしながら道々、彼女は「保留」も「警戒」も「明晰さ」(*DCh*, p. 19) も欠くことはありません。特に、たとえば作家としての嗅覚をもって彼女が、中国人が段階的に成長と拡大のダイナミックな過程を進む柔軟で変動的な方法について主張をする際など、そうなのです。それは「中国思想」に特有の「弁証法的」回転についての卓抜した専門家ジョゼフ・ニーダムならば賞賛したであろう繊細な観察なのです! この柔軟で変動的なモデルは(しかしこれはどのような制約を代償としているでしょう[200]

(199)〔訳注〕Simone de Beauvoir, *La Longue Marche*, *op. cit.*, quatrième de couverture.
(200)〔訳注〕ジョゼフ・ニーダム(一九〇〇—一九九五年)。イギリスの生化学者・科学史家。『中国の科学と文明』(一九五四年)などの著作で後進的であるとされてきた中国にも科学革命期以前に優れた科学思想や技術が存在していたことを示した。

か）今日なお、裏でも表でも、自由な個人とその個人の普遍的な権利に見合った民主主義がより速く、より大規模に生じるようにと腐心する解説者たちの気をもませ、邪魔をし続けているのではないでしょうか。

同様に、若者に対するボーヴォワールの熱中を見ることもできます。見合い結婚や年長者の絶対的権威が強いる疎外を逃れ、若者が他のどこにも見出されないような洗練されたエネルギーで、社会的舞台に活力を与えているのです。しかしながらそれは彼女が大切にする解放の哲学とはまったく別物であるということをも、著者はほのめかしています。たとえば、結婚の自由はまだ得られておらず、夫婦間の暴力は依然として猛威を振るっています。たとえ公共空間で性別間の敵対関係が不在であるようにみえるとしても。そしてマニキュアを塗った婦人〔ボーヴォワールのこと〕が何か変なものを隠していないかを調べるためにスカートをめくりあげてのぞく女の子たちを女性教師たちが笑いながら叱る際、ボーヴォワールは次のような解説を加えるのです。「これらの若い女性たち自身、その華奢な体つき、お下げ髪、無邪気な顔を見れば、しつけのよい大きな子供といった感じで、〔…〕いつもにこにこしており、やさしい声で話し、頭から命令を下すようなことは絶対になかった。[201]」（*LM*, p. 153）――これらの女‐子供、教師あるいは母親たちが別の母親業や教育のモデル（しかしどのような？）を実践していることを、それが確実に暴力（しかしどのような？）からまぬがれていないことに、ボーヴォワールは気づかないのです。この女性哲学者は女性を護るために採用された共産主義的措置に好んで敬意を表していますが、とはいえ現実が停滞していることを指摘するのを怠ることもありません。

直観的に、ボーヴォワールは中国人の身体のしなやかさと陽気な真面目さを感じ取っています。西洋のそれとはあまりにも違うのですから。しかしながら彼女には、それが中国文化における男女関係と、家父長的でとりわけ一神教的な社会の父祖伝来の記憶が私たちに残してきた男女関係との差異によるものであることを説明することができません。事実、中国人女性の活動的で中心的な役割は、古代以来道教や仏教、儒教の隠れた影響によって、そしてキリスト教宣教師たちの影響によって符号化され、夫婦生活とセクシュアリティに限定されていましたが――それを抑制するために纏足をする必要があったわけですが――、社会的参加に、さらには社会的昇進へ向かうようにと調整され方向づけられたのです。このことはとりわけプロテスタント宣教師たちの影響で、十九世紀の終わりごろにはっきりと示されるようになったのです。それから、(毛主席の言葉である)「女性は天の半分〔を支える〕」という表現の使用は中国共産党のイデオロギーのなかで、中国人女性たちに、ほかの新興国とは比較できないような社会生

(201)〔訳注〕シモーヌ・ド・ボーヴォワール『中国の発見――長い歩み』前掲書、一三八頁。

活のなかでの中心的な地位を付与したのです。しかしこれほどまでに異なる身体を見て、私たちが〔ボーヴォワールのテクストの中で〕出会うのは「子供」、「無頓着〔nonchalance〕」あるいは「みずみずしさ」といった実詞でしかないのです。「みんな微笑していた。〔…〕北京では、幸福が大気にみちみちているのである」[202]（*LM*, p. 49）。「建設現場では労働のリズムは熱狂的ではなく、むしろ無頓着であるようにさえみえるが、しかし、人々全体がはたらいている」[203]（*LM*, p. 27）。さらには「〔…〕八千名の俳優・舞踏家がやってくる。〔…〕シュルレアリストたちが夢見た『街頭演劇』だ」[204]（*LM*, p. 415）。「『これを見たら冷笑的になろうって気はしないな。』〔…〕『こういうことは、ローマやパリでは想像もできないな。どういうものか、われわれはもう、あまりにも魂のみずみずしさをなくしてしまった。』ほんとうだ。おそらくこれこそ、中国でもっとも感動的なものであろう。ときどき人生に、洗い清められた空の輝きをそそぐ、あのみずみずしさ」[205]（*LM*, p. 415）。

中国の女たち

人権というものが苦しい状態にある社会において女性の権利のために闘うふたりの活動家に

シモーヌ・ド・ボーヴォワール賞を贈ることで今日、私たちが注意を向けたいのは、また別の中国です。拡張するこの中国について、たとえおおよその見取り図であってもあえて粗描しようなどという勇気を、誰が持っているでしょうか。ここでは私自身の注意を引いたいくつかの特徴を喚起するだけでお許しください。それは歴史と今日の研究に照らして、この大陸、とりわけそこでの〈女性的なもの〉〔le féminin〕についての文化的特異性に注意を向けるものです。

二〇〇九年の二月、私は再び中国を訪れました。一九七四年の五月の最初の旅行から三五年後のことです。その最初の旅行はフィリップ・ソレルスと、当時の私たちの受け入れ先が「『テル・ケル』誌の同人グループ」と呼んだ人たち（ロラン・バルト、フランソワ・ヴァール、マルスラン・プレネ）とともに行きました。私たちは毛主席の中国が国際連合に加入して以降、初めて受け入れられた西洋からの知識人代表団だったと思います。ただしそのことは私たちが毛沢東主義に忠誠を誓ったことを意味するわけではありません。中国文明とそこで起こっていた政治的変動に好奇心をそそられ、四年来パリ第七大学の中国語科の学部に登録し――ここは

(202)〔訳注〕シモーヌ・ド・ボーヴォワール『中国の発見――長い歩み』前掲書、四一頁。
(203)〔訳注〕シモーヌ・ド・ボーヴォワール『中国の発見――長い歩み』前掲書、二一頁。
(204)〔訳注〕シモーヌ・ド・ボーヴォワール『中国の発見――長い歩み』前掲書、三九四頁。
(205)〔訳注〕シモーヌ・ド・ボーヴォワール『中国の発見――長い歩み』前掲書、三九三頁。

今日でもなお私の大学であり続けています――、イギリス人ジョゼフ・ニーダムの名高い百科全書的著作『中国の科学と文明』を熱心に読み、私はふたつの問い（少なくとも！）の答えを探し当てることに興味を持っていました。今日でもなお、それらの問いにはアクチュアリティがあるように思われます。

すなわちまず、中国の共産主義が西洋の共産主義や社会主義と異なるならば、その文化的伝統や国家の歴史はいかにしてこの謎めいた「中国の道」[206]を作り上げることに貢献したのか。次に因果性、神性、〈女性的なもの〉、〈男性的なもの〉、言語、エクリチュールなどについての中国の伝統的な概念は、ギリシア－ユダヤ－キリスト教的伝統の中で構築されたそれとは異なる特殊な人間的主体性を形成することに貢献しているのか。もしそうならば、これらの主体的な体験はいかにして、普遍的でしかしやはり異なった私たちの人間性の他の担い手たちと出会い、対立し、あるいは共生しうるのか。「文化大革命」の際、女性たちの政治的関与は可視的なものだったのです――帰国後に私は中国の女性たちについて本まで書いてしまったのですから（『中国の女たち』[207]）。

中国は私の最初の滞在から大きく変わっていました。それでも私の問いは続いており、今日かつてないほど深刻な本質的な問いと結びついています。かくも異なる文化の遭遇（「衝突〔heurt〕」や「衝撃〔choc〕」ではなく）はグローバル化によって、重大な危険をもたらすのでしょうか。あるいは、相互貸与とかつてないほどの相互性のために、有益な変動をもたらすのでしょうか？　非常に図式的にではありますが、「中国的思考〔pensée chinoise〕」（マルセル・グラネの有名な著作のタイトルでもあります[208]）のいくつかの要素に触れたいと思います。私自身はこれを「中国的体験〔expérience chinoise〕」と呼ぶことを好みますが、これは中国の成長の「経済的奇跡」とその浮き沈みの手前ないしは向こう側に位置づけられるものなのです。

中国的思考＝体験

ロンゴバルディ神父[209]が「中国人の宗教」（「中国人の宗教のいくつかの点についての考察」、一七〇一

(206)〔訳注〕経済学者ミシェル・アグリエッタに同名の著作がある。クリステヴァはこれを念頭に置いている可能性がある。Michel Aglietta, *La Voie chinoise. Capitalisme et empire*, Odile Jacob, 2012.

(207) Julia Kristeva, *Des Chinoises*, Fayard, 2005.〔ジュリア・クリステヴァ『中国の女たち』丸山静ほか訳、せりか書房、一九八一年。〕

(208)〔訳注〕Marcel Granet, *La Pensée chinoise*, [1934], Albin Michel, 1999.

(209)〔訳注〕ニコロ・ロンゴバルド、またはニコラス・ロンゴバルディ（一五五九―一六五四年）。イタリアのイエズス会士。一七〇一年にフランス語に翻訳された「中国人の宗教のいくつかの点についての考察」はラ

年）と呼ぶものを問う際、彼は中国人たちが「私たちの神」（この語によって理解されるのはカトリックの神――父、子、精霊――です）を知らないと考えていました。というのも、天の皇帝である上帝は、〈理〉[210]――内在的に「操作」、「秩序」、「規則」、「行為」、「統治」、すなわち「因果性」を有する質量を指します――の属性、質あるいは現象的現実でしかないからです。この種の法――〈理〉――がそれを共有する教養人たちを無神論に導きうることをこのイエズス会士は見逃しませんでした。その法と結びつく様々な「精霊」や「神性」は庶民のための一種の宗教にしか割り当てられておらず、社会秩序の守護者の役割をしか果たさなかったのです。さらに、〈理〉という質量に内在するこの因果性はふたつの用語（虚空／充溢、生／死、天／地など）についての全面的な二項対立を前提とします。そこでは〈理〉が調和を保証しますが、それぞれの例について、ふたつの要素の間にある統一については語られることがありません。ふたつの要素はその結合においてさえ分離したままなのです。そこからある問題が生じます。統一がないとすれば、どのような真理がありうるのでしょうか。この種の「因果的質量」は真理を明らかにしうるのでしょうか。

ライプニッツ（一六四六―一七一六年）の注釈は逆に、この内在的な因果性を革新的な合理主義に発展させます。彼の眼には、〈理〉が「知覚をともなう繊細な実体」に映るのです。「彼ら〔中国人たち〕はその被造物における真理を言う」、「なぜならば、中国語における生・知・権威は人間的情念〔*anthropopatos*〕として解されているから」（「神」には人間的性質が付与されているのです）。ライプニッツは中国流人文主義の予見者なのでしょうか。〈理〉の混淆性（質量と秩序立て〔ordonnancement〕／秩序立てを伴う質量）と内在的な二面性（虚空／充溢、天／地、男／女）は、この微積分の発明者である数学者・哲学者によれば、彼がイエズス会士の資料から出発して発見したもの、すなわちある種の純粋な「理性」のようなものに近づいていくのです。デカルト的な理性からは遠く離れたこの純粋な「理性」は、中国的体験の特殊性であると今日の私たちには思われるものをもってして、ライプニッツに衝撃を与えるのです。その中国的体験の特殊性とは、具体性〔concrétude〕、生命と社会の論理へのたえざる関心、そしてこれと区別されない、自己に対する存在論的な関心のことです。

かくして別の世界内存在(211)〔être au monde〕がその輪郭を現します。ライプニッツ自身、その哲

イプニッツに影響を与えた。ゴットフリート・ヴィルヘルム・ライプニッツ『ライプニッツ著作集10 中国学・地質学・普遍学』、「中国自然神学論——中国哲学についてド・レモン氏に宛てた書簡」山下正男訳、工作舎、一九九一年、一五一—八九頁参照。

(210)〔訳注〕理（り）。中国哲学・思想史上の基本概念のひとつ。事物のすじめ、条理、すじみち。

(211)〔訳注〕世界内存在（In-der-Welt-sein）。ハイデガーが『存在と時間』で導入した概念。自らが具体的な世界の中にいることを既成事実的に見いだす人間の在りようを特徴づけるもの。ここでクリステヴァが使用するêtre au mondeというフランス語はハイデガーの語のメルロ＝ポンティによる訳語としても知られている。

学的／数学的思考の中でそれに近づくことになるでしょう。あらゆる統一（男女のそれも含まれます）は弾着点〔point d'impacte〕であり、そこで力と論理の果てしなき結合が現実化されるのです。こうした中国的体験と／あるいは思想は、本質的に自由で真理を受け入れる個体性〔individualité〕という概念——こうした概念はヨーロッパで、ギリシア／ユダヤ／キリスト文化の交差、さらにはイスラムからの接ぎ木をも含む複雑な歴史の中で生み出されたものであるのですが——に逆らうものなのでしょうか。またこの中国的体験と／あるいは思想は、本質的に男女の人権に対し逆らうものなのでしょうか。

中国の歴史はこうした怖れを裏付けるものに事欠きません。しかし、この同じ「生命と社会の論理と切り離すことができない自己の存在論」、中国的体験に従って個人を特定化するこの存在論は、別の種類の「人権」の意味をも内蔵しうるものであるように思われないでしょうか。それは宇宙の法と社会的な闘争とのより大きな調和の中にあるのではないでしょうか。常にすでに自分の環境における欲望や意味のある行為に対して開かれたこのような「個人」の、内奥を構成している欲望や意味のある行為の複合性を開陳する限りにおいて、そうなのではないでしょうか。実際、西洋と中国の最初の遭遇がつまずいたのは、この「個人〔l'individu〕」（鍵括弧に入れるのは、無限に分割可能〔divisible〕で複数的だからです）というものの謎だったのです。中国的体験が理解されうるようになったのはごく最近のことです。西洋形而上学をまぬがれたふたつの領域に手が付けられてからのことなのですから。そのふたつの領域とはすなわち、一方では女と母親の特殊な役割であり、他方では言語活動の意味の、音楽（抑揚のある言語）と身振り（身体）への切り離せない所属関係であります。

別の言い方をすれば、西洋形而上学が中国的個人の前で骨を折るのは、そこでは個人など存在せず、それぞれの実体〔entité〕に男／女という補完性があるからなのです。そしてあるひとつの意味の真理あるいはひとつの言語活動の真理は、性別化された身体を経由することと決して切り離せないものであるからなのです。

母系・母方居住の親子関係の長きにわたる支配は、中国の男女に彼らの精神的‐性的な二元性について確信を与えたに違いありません（父と母に同等の比重で依存しているのです）。中国人の「心理的両性性」と言うべきものであり、これは他の文化、特に父系モデルによって支配されるキリスト教的西洋においてよりもはるかにその傾向が強いのです。この内的共存はすべての人々において重要な特性であり、ふたつの性、性的差異のふたつの面のそれぞれのなかで〈陰〉と〈陽〉が組み合わされているにもかかわらず、男と女の間にある外的差異を消し去ってしまうことはありません。むしろこの共存は、女性の快楽に中心的な場所と汲みつくせない「〈陰〉の本質」を付与しつつも、子を作るカップルに有利にはたらくのです。

〔中国語という〕抑揚のある言語について言えば、これは統語論的イントネーションに先立つ抑揚に意味を付与するものですが、言語的なコミュニケーションという代表的な社会契約のなかに、母／子の結びつきの早熟な刻印を保持しています（というのも、すべての人間の子供は文法より先にメロディーを身につけるのですが、中国の子供は太古的なメロディーの痕跡に社会化可能な意味を充塡するのですから）。それゆえ中国語は、その声調のおかげで、統語論以前〔présyntaxique〕の、（記号と統語法は同時に生じるものですから）象徴界以前〔présymbolique〕の、（声調のある体系が統語法においてしか十全たる仕方で実現されないとしても）エディプス期以前〔préœdipien〕の特性を保持しているのです。エクリチュール自体は、起源においてはイメージ化され、それから次第に様式化され、抽象的になり、表意文字となっていきましたが、それ自体が喚起力をもち、視覚的で、身振りにかかわるものであるといった特徴を保持しているのです（中国語で書くためには、意味の記憶だけでなく、動きの記憶が要求されるのです）。これらの構成要素は、統語論的－論理的意味の層以上に太古的である心的な層に属しているため、中国語のエクリチュールは無意識的で感覚的な堆積物と見なされうるものなのです。中国語で思考する主体は決してこの堆積物から切り離されることはないでしょう。それはまさにその進化、革新、再生に関わる実験室のようなものなのです。

とはいえ、次の点を主張する必要があるように思われます。生産や再生産の技術、そしてその潜在的な過剰な熱狂という重圧のもとで、中国のモデルは自らを自動化〔automatisation〕のうちに硬直化させる危険を冒しています。それは流行の「パターン」に誤った仕方で適合する機械的な結合のようなものです。それはギリシア哲学と、それをユダヤ－キリスト教的に再構成したものが心的内面性のうちに刻み込んだ、この思考の不安に無関心なのです。この内面性はヨーロッパの話す存在〔être parlant〕が要求するものです。この内面性と向かい合い、その内面性との対照的な鏡像関係のなかで、信者たちの死にいたるほどの愛を栄光としてまとう自己中心主義、実際行動不能〔apragmatisme〕、原理主義が、まさに西洋の「精神セクシュアリティ〔âmosexualité〕」（精神〔âme〕－と－セクシュアリティ）とでも呼ぶべきものの制度とその神秘的な余白を四方八方からつけねらっているのです。そしてこれ〔この西洋的精神セクシュアリティ〕は、アメリカの「ソープオペラ」の粘りのない泡が過剰な仕方で拡散しているものなのです。

私自身の著作『中国の女たち』は共産主義的な全体主義から解放された中国文明が人間にもたらすであろう希望に賭けながら、結論を下さない問いかけの精神で書き終えました。別の仕方で祈りを継続するものとしてのエクリチュールに賭け、自分たちの心と性の二重性〔dualité psychosexuelle〕を政治的・社会的・象徴的に実現することを考案し構築する女性たちに賭けたのです。それは（大文字の）「神」と「人間＝男」の古きヨーロッパに試練を与えうるでしょう。私はこのように著作を締めくくりました。言えることがあるとすれば、この試練は継続中だということです。

しかしながらグローバル化の昨今の進展を受けて私は、この賭けの楽観的なトーンについてその可能性を退けることはないものの、見直すこととなりました。私は形而上学的推理小説『ビザンティウムの殺人』[212]（ファイヤール社、二〇〇四年）で「シャオ・チャン」、別名「巫咸〔Wuxian〕」あるいは「無限〔l'Infini〕」という反抗的な中国人の登場人物を作り上げました。彼は最終的に自身の脆弱さに負けて精神病に陥り、力尽きつつある西洋で連続殺人犯になってしまうのです。

小説の最後はそれほど悲観的なものではありません。西洋であれ極東であれ、千年の歴史を持つ文化が簡単に蹂躙されることはないのですから。中国人はヨーロッパの方へと向いています。なぜならばヨーロッパの魂〔psyché〕の豊かさはその神話によって、その生き方や思考方法における昇華〔sublimation〕の力によって、その美的な体験や社会的な経験によって、魅惑するのですから。フランス人やヨーロッパ人もまた、たとえ不器用だとしても、彼らが解読に努める中国的体験の謎を真剣に考えているのです。ことによっては、中国的体験は彼らにとって閉じられたものではないのかもしれません。啓蒙主義が、ヒューマニズムが、自然科学と精神科学の新しい知見が、私たちに他者の多様性を染み込ませているのですから。それはイデオロギーの狂信に私たちを投げ込むものではないのです。ボーヴォワール自身の精神のような浸食的な精神であってもこの種の狂信をまぬがれえなかったわけですが……。

(212)〔訳注〕Julia Kristeva, *Meurtre à Byzance*, Fayard, 2004.

パキスタンにおける原理主義に抗して——マララ・ユスフザイ

二〇一三年一月九日。私たちは若きマララさんに二〇一三年度シモーヌ・ド・ボーヴォワール賞を与えた。彼女はただ、学校に通い続けることを、自分の地域の少女たちが教育を受けられることを望んだのである。奇跡的に、彼女はタリバンによる暗殺の企てから生き延びることができた。二〇一四年には、ノーベル平和賞を受賞することとなる。

親愛なるマララ・ユスフザイさま

ご体調が回復され、ビデオ会議はまだ難しいとしてもこの催事の映像を見ることは可能であろうことを知ったうえで、この文面をしたためています。

多大なる親愛と賞賛とともに、この賞の授与を決定した国際審査会の名において、二〇一三年度女性の自由のためのシモーヌ・ド・ボーヴォワール賞を送ります。そして私は確信していますが――この授与は原理主義に抗するマララさんの闘いを自信と希望、誇りをもって追う世界中のすべての女性たちの最大の喜びともなりましょう。

親愛なるマララ・ユスフザイさん。「パキスタンの女学生の日記」と題されたあなたの日々のブログは十一歳のときにBBCのブログではじめられたものですが――いまもまだ十四歳でしかないのですね――、このブログはまず、パキスタン北西のスワート県でシャリーアが復活し、それが女学校の閉鎖と破壊を伴い、あなた自身が学校に戻ることができないかもしれないという不安を抱えていることを世界に明らかにしました。「グル・マカイ」[213]というペンネームのもとで、あなたの若き声はゆるぎないものであり、恐怖のなかで勇気ある抗議を表明されていました。「今日は学校が最後の日なので、少し長めに校庭で遊ぶことに決めた。いつの日か学校が開くことを期待しているが、外に出る時、あたかも最後であるかのように校舎を見た」とあなたは書いていますね。あるいは、「私は学校へ行くのが怖い。タリバンがすべての女子を学校から追い出す〔banning all girls〕法律を発表した〔issued an edict〕のだった。二十七人のクラスには十一人しか残っていない。タリバンの法律のせいで数は減っている。私の三人の友達はこの法律が執行された後、家族とともにペシャーワル、ラホール、ラワルピンディーに引っ越してしまった。学校から家までの帰り路、一人の男が『お前を殺す』と言うのを聞いた。私は歩を速め、男がついてきていないか振り返ってみた。男が携帯電話で話しており、おそらくは別の誰かを脅していることを確認し安堵した」。

タリバンは「政教分離〔laïcité〕と啓蒙主義の擁護におけるパイオニア」であるマララさんを標的に据え、文字通り、自分たちがこのテロリズム運動の代表であることを主張していたのですね。

マララさんはご両親に支えられていました。とりわけ学校の先生であったお父様に。ご両親はあなたがその信条をもって政治参加したことを誇りに思っていたとおっしゃっていました。パキスタン政府はあなたに最初の「国家平和賞」を付与しましたが、あなたは卑怯にも襲撃され、頭を傷つけられ、まずはパキスタンの、そしてイギリスの救急病院に運ばれたのでした。この野蛮な攻撃はアメリカ合衆国大統領のバラク・オバマ、国際連合事務総長の潘基文、イランのノーベル平和賞受賞者のシーリーン・エバーディーによって告発され、憤慨する世界において誠実な抗議の波を引き起こしました。あなたは勇気と希望のイコンになったのです。なぜ

(213)〔訳注〕ヤグルマギク（矢車菊）を意味するが、（マララ氏自身もそうであるところの）パシュトゥーン人の民話のヒロインの名前でもある。部族間の恋愛・戦争を描くこの民話では、グル・マカイがコーランを引用し、戦争に反対する場面が描かれていると言う。以下の第十三節「グル・マカイの日記」などを参照されたい。マララ・ユスフザイ『わたしはマララ――教育のために立ち上がり、タリバンに撃たれた少女』金原端人・西田佳子訳、学研マーケティング、二〇一三年。

なら若い女性の教育と文化への権利は女性の社会的、経済的、政治的な解放と思考の自由にとって不可欠な条件なのですから。

親愛なるマララさん。読み書きが好きなあなたに打ち明け話をすることをお許しください。あなたの下の名前「マララ」はウルドゥー語で「悲しみに打ちひしがれた者」を意味するわけですが、それを知って私はある偉大なフランスの作家のことを考えました。マルセル・プルーストのことです。親愛なるマララ・ユスフザイさん、プルーストは私たちに「観念は悲しみの代用薬[214]」であることを教えてくれたのです。いま、マララさんがそうであるところの「悲しみに打ちひしがれた者」は、勉強し自由であることを望むすべての女性に祝福され賞賛されたひとりの少女なのです。これからはあなたのお陰で、「マララ」は諸観念の中で最も高貴なもの、すなわち勇気と喜びの源としての自由の観念のために、苦しみは克服することができるということを意味するようになるのです。マララさんのお陰で、自由の観念は再び可能なものになるのです。野蛮が依然として苦しみと犯罪をまき散らす場所においてさえ。ええ、苦しみの後に続く自由の観念こそが今日、「マララ」と呼ばれるのです。マララさんは、そして私たちは、このことを地上のすべての少女たちに言うのです。あなたの信条を支持し、あなた自身を支持するすべての女性、すべての男性のために。

最後に、シモーヌ・ド・ボーヴォワール賞のアンガージュマンがどのようなものかをマララさんや私たちを見て聞いている女性たち男性たちに思い出していただくために、いくつかの言葉を述べたいと思います。

シモーヌ・ド・ボーヴォワールの生誕一〇〇周年（二〇〇八年）を機に創設された「女性の自由のためのシモーヌ・ド・ボーヴォワール賞」は、シモーヌ・ド・ボーヴォワールの精神をもって、世界の女性たちの自由を推進することに貢献した女性や男性による卓越した作品や活動に報いることをその目標としています。現在、この賞は三十人ほどのメンバーによる国際審査会によって授与されています。女性、男性、フェミニスト、人道主義者、作家、哲学者、アーティスト、大学関係者がそれに含まれます。

この賞によって、私たちはボーヴォワールが次のように書くとき、女性の条件において新しい段階を、真の人類学的＝人間学的革命を切り開いたことを喚起しているのです。「人は女に生まれるのではない、女になるのだ[215]」、「女の条件のもとで、どうすれば女はひとりの人間として自己実現できるのだろうか。〔…〕個々の人間の可能性を問題にしつつ、それを幸福という観点からではなく自由という観点から定義していくつもりだ[216]」（『第二の性』）。

(214)〔訳注〕マルセル・プルースト『失われた時を求めて12　見出された時I』鈴木道彦訳、集英社、二〇〇〇年、三七〇頁。
(215)〔訳注〕シモーヌ・ド・ボーヴォワール『第二の性』II巻（上）、前掲書、一二頁。

しかしながら私たちは、様々な反啓蒙主義〔obscurantisme〕が経済的な貧困と政治闘争を搾取し続け、とりわけ女性を虐げ、迫害していると考えています。ボーヴォワールとともに、そして以降、女性たちの闘いのおかげで獲得された多大な進展にもかかわらず、そしてこうした進展に反して、そうなのです。

経済的・財政的・実存的危機の重圧のもとで悪化する危険性がある情勢のなかで、私たちはこの作家・哲学者の思考から着想を得ています。ボーヴォワールの著作は今日なお、自由に熱中した数多の希望と、あらゆる形の、あらゆる大陸における、経済的・政治的・宗教的テロリズムへの抵抗を支えています。以下は万人に読み、読み直してもらいたい思想です。「人間が目指さなければならない至高の目的は自由であり、それはすべての目的の価値の根拠となりうる唯一のものである。」[217]「自由は決して与えられるものではなく、常に獲得されるべきものである」[218]（『両義性のモラルのために』）。「私たちは自由にあらゆる超越を超越することができる。私たちは常に『彼方』に逃れることができる。しかし、この彼方はやはりどこかであり、私たちの人間の条件のただなかにある。私たちは決してそこから逃れることはない。私たちはそれを判断するために外から検討する手段を持ち合わせてはいない。人間の条件だけが、言葉を可能にするのである」（『ピリュスとシネアス』）[219]。「私を愛するために神はもう存在していなかった。しかし、私はあまたの心の中で燃えつづけるだろう。私自身の物語によって養われた作品で、私は新しい自分を創り、自分の在り方を正当づけよう」(『娘時代』[220])。

今日、私はこれらの原理を喚起することを心から望みました。初めてひとりの少女がその忍耐強さと知性、教育と文化への執着、自由への渇望のために報われたこの日に。私たちの賞賛とお体の回復の祈願を伝える役目を務めてくださったお父様に感謝いたします。そう遠くない日に、私たちの共同の闘いの中で私たちとともにいるマララさんの姿を見られることを期待しつつ。

(216)〔訳注〕シモーヌ・ド・ボーヴォワール『第二の性』I巻、前掲書、三八頁。
(217)〔訳注〕Simone de Beauvoir, *Pour une morale de l'ambiguïté*, Paris, Gallimard, 1947, p. 158.
(218)〔訳注〕*Ibid.*, p. 166.
(219)〔訳注〕Simone de Beauvoir, *Pyrrhus et Cinéas*, Paris, Gallimard, 1944, p. 123.
(220)〔訳注〕シモーヌ・ド・ボーヴォワール『娘時代』前掲書、一一九頁。

女性性と聖性について

一九四七年に刊行されたシモーヌ・ド・ボーヴォワールの『第二の性』に着想を得たフェミニストたちの闘いが、国際的な立法に到達するためには、数世紀にわたり陰で進行してきた「女性論争[221]〔querelle des femmes〕」をめぐる闘いの後、三十年にも及ぶ月日が必要とされた。それをここで喚起しておこう。

(221)〔訳注〕女性論争(querelle des femmes):社会における女性の役割、男女の平等や差異と共通性をめぐり、概ねルネサンス期からフランス革命期までヨーロッパ、特にフランスで繰り広げられた様々な論争の総称。クリスティーヌ・ド・ピザン(一三六四—一四三〇年)やマルグリット・ド・ナヴァール(一四九二—一五四九年)といった先駆的なフェミニストとみなされうる論者たちとそれに対立する論者らのあいだで、愛、結婚、女性の性質、女性と教育・学問・宗教・身体・芸術といった諸問題をめぐって議論が交わされた。Querelle des femmesという表現自体はルネサンス期から存在したが、当時は「女性をめぐる論争」ではなく「女性の申し立て、言い分」を意味する、司法の場で使われる表現であった。十九世紀末になり、ルネサン

「女子に対するあらゆる形態の差別の撤廃に関する条約」[222]は、一九七九年十二月十八日の決議三四／一八〇で国際連合総会によって採択され、一九八一年の九月三日に施行されたものだが、その第一項で「差別」という語が何を意味するかを定義している。「[「女子に対する差別」とは、]性に基づく区別、排除又は制限であって、政治的、経済的、社会的、文化的、市民的その他のいかなる分野においても、女子（婚姻をしているかいないかを問わない）が男女の平等を基礎として人権及び基本的自由を認識し、享有し又は行使することを害し又は無効にする効果又は目的を有するものをいう[223]」。

新しい全体主義

現実の世界を見ると、女性の平等の権利が獲得され尊重されるにはほど遠い。ソマリア、ギニア、ジブチ、エジプトでは九〇パーセント近くの少女たちの女性器切除が続けられており、アフリカの十五ほどの国では依然として一般的な慣習でありつづけている。教育や文化の享受は、公然と女性差別的な信仰や文化によって禁止こそされていない場合でも、貧しい国では依然として限定的なものに留まっている。中国やインドでは、避妊と中絶の権利は一般化されておらず、胎児や女の赤ん坊の殺害が行われている。

インドや特にネパール、バングラデシュ、モザンビーク、ザンビア、北カメルーン、ボコ・ハラムのナイジェリアでは——後は割愛する——強制的かつ時期尚早な結婚が増加している。いま現在生存する七億人以上の成人女性は、子供の頃に強制的に結婚させられている。毎年、一五〇〇万人の少女たちがこうした実践の犠牲となっているのである。

二〇〇六年に「政治思想に対するハンナ・アーレント賞」を受賞した際、私はアフガニスタンのヘラートにあるNGOユマニテラ(224)にその賞金を贈った。この組織は強制的な結婚の悪夢

ス期の詩人で『貴婦人たちの擁護者』（一四四二年）を書いたマルタン・ル・フランを専門としていた文学者アルチュール・ピアジェがこの表現を「女性論争」の意で用いたため、そのような意味を持つようになったとされる。（以下を参照されたい。Éliane Viennot et Nicole Pellegrin (dir.), *Revisiter la Querelle des femmes. Discours sur l'égalité/inégalité des sexes, de 1750 aux lendemains de la Révolution*, Publications de l'Université Saint-Étienne, 2012, pp. 7-29.）

（222）〔訳注〕Convention on the Elimination of all forms of Discrimination Against Women（CEDAW）.「女子差別撤廃条約」と略称されることもある。

（223）〔訳注〕外務省のホームページに記載の翻訳を使用する。http://www.mofa.go.jp/mofaj/gaiko/josi/3b_001.html

（224）〔訳注〕HumaniTerra International. 一九九八年に創設されたNGO。人道的なケアを専門とする。https://www.humani-terra.org/fr

から逃れるために焼身自殺を図ったが生き延びた女性たちを引き取っている。彼女たちはあやうい仕方で生き延びている。両家から殺される危険にさらされ、社会的に追放され、資産もなしに放り出されてしまうのだから。少女たち、女性たちに襲いかかるこの全体主義についての沈黙を急いで破らなければならない。それは「神聖な伝統」という名においてなされるというが、宗教と「名誉の規範」を混同している。事実、少女たちは完全に家族や氏族に服従しており、教育や自由意志を奪われ、氏族間で交換される物として道具化されている。彼女たちが戦利品になるときには、ギャング的伝統主義〔gangstéro-intégrisme〕が彼女たちにさらにひどい運命を用意する。家族から連れ去り、幽閉し、暴行し、「男を満足させる」ことを学び生理を早めるために性のイニシエーションキャンプに連れ去られ、絶対的な権力を保持する夫に送られる、ないしは売られる。これに加え最近では、シリアのジハード主義者との結婚のための脆弱な候補者たちが身を委ねる悪名高い「急進化」もある。いかなる経済的、法的あるいは政治的な制裁措置も実施されていないし、この性的暴力を抑止することができていない。複数のNGOが女性に対するこうした犯罪の蔓延がよってたつ信条を非難しているが、「差別的」ないしは「人種差別」であるとして退けられてしまっている。二〇一三年、タリバンの攻撃から生き延びた女子学生のマララさんにシモーヌ・ド・ボーヴォワール賞が贈られたが、これを補強し、こうした死に至らしめる野蛮に抗し闘う団体「少女たちを花嫁にしない」(225)にも与えられればよかっただろうと私は思っている。

戦争の武器として使用される戦時中性犯罪は、集団的で大規模なものでありしばしば残虐行為と拷問を伴うが、旧ユーゴスラヴィアやコンゴ共和国、リビアにおいて数多の犠牲者を出した。混血児を作ること〔métissage〕と領土の奪取を目的とする強姦者によって課された妊娠、元の氏族からの迫害と殺害、そして数多の自殺が当然の結果として生じた。女性たちは売春と人身売買のマフィア的ネットワークの主要な標的でありつづけている。平時でさえ、どこの国でも、男性的暴力に伴う強姦と高い若年死亡率は減ることがない。

エルザ・カヤト——ある自由な女性

二〇一五年一月、フランス。『シャルリ・エブド』誌での襲撃事件の犠牲者のひとりにエルザ・カヤトがいた。ユダヤ系の精神分析家で、著作を完成させたばかりだった。『愛しあう能

(225)〔訳注〕Girls Not Brides/Filles, pas épouse. 子供(とりわけ女児)の結婚に反対する国際的なパートナーシップ。アフリカやアジア、中東、ヨーロッパ、アメリカから九〇以上の国、七〇〇以上の民間組織が参加している。二〇一一年九月に開始。http://www.girlsnotbrides.org/

力』は遺作として出版された。この女性は読書を、書物を愛していた。「少なくとも一日一冊は読まなきゃ。ニーチェ、ハイデガー、フロイト。なんでもいいから」と彼女は妹に勧めていた。彼女は小説を愛していた。特に「読者がいつも殺人犯のアイデンティティと動機を発見できる」推理小説を。「それではお話しください……」と言って彼女は患者を迎えた。彼女は言葉遊びで意見を言ったものだった。フロイト派でもラカン派でもなく、特異で自由で分類不可能で「カヤト的な」「別の流派」だった。「カヤト」という彼女の姓はヘブライ語とアラビア語で「仕立て屋〔couturier〕」を意味する。エルザは精神分析的な解釈の大胆さとラビ的な果てしない論争の笑いで自由な女の物語を生き生きと織り、縫い上げた。最後の記事でエルザは聖なる規範の濫用に反抗していた。「人間の苦しみは濫用に由来する。この濫用は信仰に由来する。すなわち飲み込んだすべてのもの、信じたすべてのものに由来するのである。」

葬儀の折に彼女に敬意を表しながら、もう一人の女、ラビのデルフィーヌ・オルヴィユールはタルムードを喚起した。偉大な賢者たちの間で激しい論争が生じる。各人が自らの利益のために神の権威と介入を求めるが、介入した神は奇妙なことに矛盾する主張をいずれも次々と認めていく。そこでイェルショウアというラビが幾分か横柄に立ち上がり神に呼びかける。「あなたは私たちに法を、すなわち責任を託した。いまそれは私たちの手にある。私たちの論争からは離れていてほしい」と。この言葉に対し、驚いたことに神は笑い始め優しく言った。「私の子供たちが私を負かした」と。ラビのデルフィーヌ・オルヴィユールは結論づける。「(「聖なる?」)テクストは、時として字義通りの意味から遠く離れて解釈されるために、消化されるために存在するのです。それがなければ、テクストは私たちを疎外し、苦しみの中に閉じ込め、悪弊を染み込ませるでしょう。テクストが私たちを断罪するのです」。

遭遇しあうこと

しばしばひとは私に言う。啓蒙主義を役にたたなくなった教えのアーカイブとして埋没させてしまうのを防ぐためにはそれを新しい宗教規範へと発展させなければならない、と。しかし私はただひとつの宗教だけが私たちを救うことができると予言するような人に与するわけではない。私は自問する。アイデンティティにかかわるいらだちや教条主義、原理主義、狂信、ジハード主義に直面して、啓蒙主義の末裔たる私たちは何を提案しうるのか。

もっとも深刻なものに係る場には、大きな疑問符を置く以外には何もできない。アイデンティティ、人間＝男〔l'homme〕、女、神自身、〈聖なるもの〉、そして言うまでもなく〈女性的なもの〉といったものに係る場である。

私はジョヴァンニ・ベッリーニ（一四二五年生まれ）の『鏡を見るヴィーナス』あるいは『身支度をする女』に描かれているこの秘密の、しかしむき出しの美を見る。[226] 彼女はこの作家がそれまでに描いてきた聖母たちと同様に、内面に向かうまなざしを持っている。ここで、ギリシア＝ラテン世界にはいそうもないこのヴィーナスに女神のようなところは全くない。彼女は身支度をする現代の女、自分の姿を見る裸婦である。うなじの後ろにある鏡のおかげで、彼女のまなざしは「ひと回りする〔faire le tour〕」。この若い女性が吟味するのはその表面的な像ではない。彼女はスペクタクルから、自己愛から離れ、仮象を通りぬける。その内部への降下は祈り以上のものであり、そこに肉体が参加し、彼女は「自己を」旅する。マルセル・プルーストが書くように、身体と精神は「現実がくずでしかないような深みにおいて」見られるのである。スキャンダルを起こした写真におけるボーヴォワールの裸の姿。[227] だましとられたのかどうか定かではないその裸性との、テクストにおける彼女の戯れ。

　ほかのまなざしによって自分を飼いならす〔s'apprivoiser〕こと。他者のまなざしから出発して自分の中で、自分に対して、自分を疎隔[228]〔s'estranger〕すること。自分を深め、自分を知り、自分を壊し、自分を作り直すこと。自分に対して死に、生き返ること。そこから、（ヘーゲルとハイデガーによる言葉に与えられる意味に従えば）「絶対的で永久の聖金曜日」であるような体験という意味において、体験を生み出すこと。そしてこの体験を、それを取り囲むすべてのものに適用すること。私、あなた、恋人、子供、夫、父、母、男、女、世界。偉大なるコレットの主張を援用しながら、「生まれ変わることは決して私の力を越えたことではないわ」[229]と

(226)〔訳注〕ジョヴァンニ・ベッリーニはルネサンス期イタリアを代表する画家のひとり。ここで触れられているのは一五一五年の作品で、現在はウィーンの美術史美術館の所蔵。クリステヴァも書くとおり、各国語で複数のタイトルがある（下図）。

(227)〔訳注〕ボーヴォワールの愛人ネルソン・オルグレンと親しかったアメリカの写真家アート・シェイが一九五二年にシカゴで撮ったボーヴォワールの裸の後ろ姿の写真のことと思われる。ボーヴォワール生誕一〇〇周年を記念して週刊誌『ヌーヴェル・オプセルヴァトゥール』がこの写真を二〇〇八年一月三日号の表紙に使ったが、裸体が美しく見えるよう一部修正を施していた（また、同じ写真は雑誌の中にも掲載されたがそちらは修正されていなかった）ことなどもあってスキャンダルとなり、ボーヴォワールが創設にかかわったフェミニスト団体「女性のための選択〔Choisir la cause des femmes〕」が抗議するなど、様々な議論を呼んだ。

(228)〔訳注〕ここで使用されているs'estrangerという動詞は必ずしも常用表現ではない。フロイトの「不気味なもの〔Unheimlich〕」がしばしばフランス語でestrangementと訳されることを考慮すれば、精神分析的な含意があると考えられる。

(229)〔訳注〕コレットが一九二八年、五五歳でに発表した作品『夜明け』（*La naissance du jour*）にて「マダム・コレット」と呼ばれる主人公が「皮膚を新しくしたり、作り直したり、生まれ変わったりするというのは、

ボーヴォワールは女性や〈女性的なもの〉について言うことができるのだろう。これこそがボーヴォワールが、性同士の闘いを分析することによって、そしてそれを大きな政治的関心事とすることによって、女性たちに伝えたことなのではないだろうか。〈聖なるもの〉に関して言えばボーヴォワールは、すでに神性と他性、奇妙さ〔étrangeté〕を結び付けていた聖アウグスティヌスの定式を彼女のものとすることもできただろう。「神よ、あなたによって、わたしたちはかつて自分のものと思ったものが他人のもの〔étranger〕であることを知り、またかつて他人のものと思っていたものが、わたしたちのものであることを知る。」（『ソリロキア』）[230]。聖なる女性！　ボーヴォワールが自己の乗り越えとして定義する超越はその源泉を向きかえり〔retournement〕のうちに見出す。まなざしの自己への向きかえり。思考のそれ自体への、そして他者への向きかえり。言語活動の性〔genres〕の法則と境界への向きかえり。女性の解放はこうした内的経験なしには、どこまでも問題化されるこの自由なしには思考不可能である。こうした自由は、社会契約の中で、もうひとつの性を見据えて、自分から自分を解放する。そしてこれはギリシア－ユダヤ－キリストの樹とそこに接ぎ木されたイスラムとに由来するルネサンスと啓蒙主義のユマニスムの純粋な産物である。意気消沈している私たちヨーロッパ人は、これを十分に誇りに思うことができないでいる。

　私がこうしたことを考えるのは、イスラム原理主義へと過激化しつつある若い女性エンジニアや、また原理主義者としてのアイデンティティが狂信になってしまった女性が私に向かって、彼女が「個人的な」ものであると信じている選択を、ボーヴォワールによれば自己超越の試練のうちにあるような自由に対置するときである。その選択とはすなわち、現実離れした「楽園」を、服従のなかで、共同体的で消費主義的な見かけ倒しの安心安全のなかで、結局のところ多かれ少なかれ無意識的な死の欲動のなかで選ぶ、という選択である。

アルフレッド・ド・ヴィニーやマルセル・プルーストが心配し、あるいは予言したように、「ふたつの性がそれぞれの側で死ぬこと」(231) は不可避のことではない。シモーヌ・ド・ボーヴォワールは警告する。「私たちの想像力のなさがいつも未来を貧しくすることに気をつけよう［…］男女のあいだには私たちには想像がつかない肉体と感情の新しい関係が生まれるだろ

決して私の力を越えたことではなかったわ」と述べている。Colette, *Naissance du jour*, in *Œuvres*, t. III, Édition publiée sous la direction d'Alain Brunet et Claude Pichois, Paris, Gallimard, coll. « Bibliothèque de la Pléiade », 1991, p. 349.

(230)〔訳注〕アウグスティヌス『アウグスティヌス著作集1　初期哲学論集1』清水正照訳、教文館、一九七九年、「ソリロキア」、三三三頁。

(231)〔訳注〕アルフレッド・ド・ヴィニー(一七九七—一八六三年)が男女の愛の不可能についてうたった『運命——哲学詩集』(一八六四年)の「サムソンの怒り」より。プルーストは『ソドムとゴモラI』のエピグラフでこの詩の「女はゴモラを持ち、男はソドムを持たん」という一行を引用している。

う。」[232]（*LDS*, II, p. 575）。思いもよらぬ衝突が危機に瀕したグローバル化を脅かすとき、私たちは彼女に、実存主義の女性哲学者に、女性小説家に、熟考すべき以下のような主張を負っているのである。「今日では闘いは別のかたちを取り始めている。女は、もう男を監獄に閉じ込めようとはしないで、自分自身がそこから抜け出そうとしている。男を内在性の領域に引きずり込むのではなく、自分が超越性の光のなかへと浮かび上がろうとしている。［…］こうなると戦争はそれぞれが自分の勢力範囲に閉じこもった個々人のあいだで起こることではなくなってくる。［…］闘っているのは、ふたつの超越である。それぞれの自由が、互いに相手を認めるのではなく、相手を支配しようとするのだ[233]」（*LDS*, II, p. 561-562）。しかし、「男においても女においても、同じように、肉体と精神、有限と超越のドラマが演じられている。男も女もともに時間によって蝕まれ、死につけねらわれ、どちらも同じように相手を本質的に必要としている。男女は、それぞれの自由から、同じ栄光を引き出すことができる[234]……」（*LDS*, II, p. 573）。

（232）〔訳注〕シモーヌ・ド・ボーヴォワール『第二の性』II巻（下）、前掲書、四七四―四七五頁。
（233）〔訳注〕シモーヌ・ド・ボーヴォワール『第二の性』II巻（下）、前掲書、四五二頁。
（234）〔訳注〕シモーヌ・ド・ボーヴォワール『第二の性』II巻（下）、前掲書、四七一頁。

初出一覧

「ボーヴォワールは、いま」

二〇〇三年六月二十一日、ソルボンヌにおける国際シモーヌ・ド・ボーヴォワール学会と国際サルトル学会主催のシンポジウム「ボーヴォワールからサルトルへ、そしてサルトルからボーヴォワールへ」での発表。二〇〇四年、*Simone de Beauvoir Studies*, volume 20, 2003-2004所収。

「六十年後の『第二の性』」

二〇〇九年八月八日のレ島のブックフェア「本の島」の際に執筆。*Pulsions du temps*, Fayard, 2013所収。

「夢見るボーヴォワール」

二〇一〇年三月一九—二〇日、パリにおけるアンスティチュ・エミリー・デュ・シャトレ、パリ・ディドロ大学「文学・芸術・映画」研究科学際研究センター（CERILAC）、フロイト協会共催のシンポジウム「シモーヌ・ド・ボーヴォワールと精神分析」での発表より。*Pulsions du temps*, Fayard, 2013所収。

「人は女に生まれる、しかし私は女になる」

« Simone de Beauvoir, une femme libre », *Le Monde*, hors-série, no 6, mars 2011, p. 57–62. *Pulsions du temps*, Fayard, 2013所収。

「自由が可能になった——どのような代価で？　シモーヌ・ド・ボーヴォワール賞」〔書き下ろし〕

「パキスタンの原理主義に抗して——マララ・ユスフザイ」

以下のクリステヴァ公式サイトにて公開。http://www.kristeva.fr/prix-beauvoir-2013-malala-yousafzai.html

「中国における女性の権利——艾暁明と郭建梅」

艾暁明・郭建梅両氏へのシモーヌ・ド・ボーヴォワール賞授与の際に審査委員会によって企画されたパリ第七大学でのシンポジウムでの発表。以下のクリステヴァ公式サイトにて公開。http://www.kristeva.fr/beauvoir-en-chine.html

「女性性と聖性について」

Catherine Clément et Julia Kristeva, *Le Féminin et le Sacré*, Albin Michel, 2015, p. 16–20より抜粋。

解題　革命の継承——クリステヴァによるボーヴォワール（中村彩）

本書はJulia Kristeva, *Beauvoir présente*, Paris, Librairie Arthème Fayard, 2016の全訳である。初出一覧からもわかるとおり本書は理論家であり精神分析家、大学教授、小説家であるジュリア・クリステヴァ（一九四一年—）がこの十年ほどの間にシモーヌ・ド・ボーヴォワールについて論じた文章、講演やインタビューを集めた論集である。

ここでは本書でクリステヴァが提示するボーヴォワール論を中心に、フランスのフェミニズム、もしくは女性をめぐる思想——フェミニズムという言葉をあえて使わない思想をも含むのであれば——の文脈を背景に、クリステヴァとボーヴォワールというこのふたりのフランスの思想家がどのように異なり、重なり、接続されうるのかを考えてみたい。

なお、本書の翻訳にあたり、クリステヴァが参照している文献で邦訳があるものに関しては可能な限り参照したうえで訳注を付した。引用の場合は必要に応じてもとの訳文に変更を加えた箇所もある。しかし原文の引用で注がついていない箇所、原文の引用自体がおそらく正確でない箇所も散見され、該当箇所が正確には見つからない場合もあったことを断っておかねばならない。とはいえ本書でクリステヴァは、ボーヴォワールのフェミニズムに賛同しつつも彼女を『第二の性』だけに還元してしまうことなく、今日ボーヴォワールを読み直す意義について包括的にとらえ的確に論じているし、また本書はクリステヴァの思想の一端を知るのに良い手がかりとなるだろうとも思われる。

ボーヴォワール——受容と研究、脱神話化

一九〇八年、パリのブルジョワの家庭に生まれたシモーヌ・ド・ボーヴォワール（一九八六年没）は、言わずと知れたフランスの女性作家である。フランスで高等教育がようやく女子にも開かれつつあった時代の恩恵を受けて一九二九年、弱冠二十一歳にして哲学のアグレガシオン（教授資格）を取得した後、第二次世界大戦直後のパリでジャン゠ポール・サルトルらとともに『現代』誌を立ち上げ、後に実存主義と呼ばれることとなる思想的展開の一端を担った左翼知識人である。それと同時に彼女は一九七〇年代にフランスで第二波フェミニズムの運動が(1)

花咲くはるか前、女性に参政権が与えられて間もない一九四九年に女性論『第二の性』を著して物議をかもしたフェミニストであり、また『招かれた女』（一九四三年）や『レ・マンダラン』（一九五四年）など数々のフィクション作品を残した小説家であり、自らの生を数千ページにわたって記した自伝作家でもある。サルトルの伴侶として日本でもよく知られ、一九六六年にふたりで来日した際には熱狂的に歓迎され、著作のほとんどが同時代的に日本語に訳されてきた。

この在野の知識人ボーヴォワールがアカデミックな研究の対象として取り上げられるようになったのは、特にフランスでは最近のことであると言えよう。それは彼女があまりに著名でパブリックな人物であったからかもしれないし、あるいは構造主義やポスト構造主義と呼ばれる思想的潮流のなかにあって実存主義などすでに乗り越えられた思想だと思われていたからかもしれない。あるいはまた実存主義を理解したければサルトルを読めば十分でありサルトルの亜流でしかないボーヴォワールは読むに値しない、とする男性中心主義的な偏見が要因かもしれない。もちろんボーヴォワールの仕事はフランスでも一般の読者に、そして特に女性たちに計り知れない影響を与えてきたと思われるが、『第二の性』などの著作の「研究」に関して言え

（1）一般に参政権など法制度上の男女平等の要求を中心とした一九二〇年代頃までのフェミニズムを第一波、セクシュアリティやリプロダクティブ・ライツ、家族といった点に着目した一九六〇―七〇年代のフェミニズムを第二波と呼ぶ。

ば英語圏での方がはるかに多くの蓄積がある。(これにはもちろん英語圏の大学でフェミニズムの領域が女性学研究として制度化されたのに対しフランスでは――エレーヌ・シクスーが創設したパリ第八大学の女性学・ジェンダー学センターなどのいくつかの例外を除き――ほとんどされてこなかったという事情も関係しているだろう。)

しかしボーヴォワールの死後三十年以上が経ち、フランスでも状況は変わってきたと思われる。無論これには、この三十年のあいだにボーヴォワールが愛人たちに宛てた書簡や学生時代の日記や第二次大戦中の日記といった新資料が次々と刊行され(2)、それまでの自伝やインタビューでは明らかにされてこなかった知識人ボーヴォワールの別の側面――簡単に言ってしまえば、聡明で理性的な鉄の女のような知識人ではなく、情熱的でメランコリックな恋する女としてのボーヴォワールの一面とでも言えようか――が明らかにされてきたことも影響しているだろう。それまでの「ボーヴォワール神話」の解体によって失望し憤慨する読者もいただろうがその反面、こうした多面的なボーヴォワールの生涯と作品に関心をもつ人も少なくない。『第二の性』刊行五〇周年となる一九九九年やボーヴォワール生誕一〇〇周年の二〇〇八年には、各地で様々な観点からシンポジウムが開催され関連書籍が刊行された。このような近年の研究においてボーヴォワールがどのように取り上げられてきたのか、ざっと振り返ってみよう。

フェミニズムの運動と理論の中では、『第二の性』は昔から重要な参照項であり今では古典とみなされている。また近年は現象学の領域でもボーヴォワールに対する関心が高まっており、『第二の性』のほか、現代的な主題を先んじて取り上げた『老い』（一九七〇年）などの理論的著作が読まれている。フランス文学でのボーヴォワールは特に自伝作家としての研究が盛んであり、『娘時代』から『決算のとき』までの自伝・回想録[3]は母親の死について書いた『おだやかな死』（一九六四年）とサルトルの晩年を綴った『別れの儀式』（一九八一年）とともに、自伝研究の領域でしばしば参照される。この自伝作品群に関してはガリマール社でプレイヤード版が二〇一八年五月に刊行予定であり、フランス文学の「殿堂」入りを果たすことになる。それに比べると本書でも述べられているようにフィクション作品に関しては、ある種の二十世紀的な

（2）ボーヴォワールの死後刊行された書簡・日記としては以下が挙げられる。*Journal de guerre, septembre 1939 - janvier 1941*, Paris, Gallimard, 1990（『ボーヴォワール戦中日記』西陽子訳、人文書院、一九九三年）; *Lettres à Sartre, tome I : 1930-1939*, Paris, Gallimard, 1990 ; *Lettres à Sartre, tome II : 1940-1963*, Paris, Gallimard, 1990 ; *Lettres à Nelson Algren*, Paris, Gallimard, 1997 ; *Correspondance croisée avec Jacques-Laurent Bost*, Paris, Gallimard, 2004 ; *Cahiers de jeunesse 1926-1930*, Paris, Gallimard, 2008.

（3）ボーヴォワールが生まれてから二十一歳で自立するまでを扱った『娘時代』（一九五八年）、その後第二次世界大戦の終戦までを描いた『女ざかり』（一九六〇年）、第二次大戦後から一九六二年のアルジェリア戦争終結までを描いた『或る戦後』（一九六三年）、その後の作者の人生について時系列ではなくテーマごとに記した『決算のとき』（一九七二年）の四作がある。

フランス文学の流れに乗っているとは言い難いからか、アカデミアでの評価は低いと言えよう。(とはいえボーヴォワール作品全体のなかではこれらフィクション作品の存在は興味深く重要な位置を占めていると思われる。)

さて、このような仕方で読まれ、受容されてきたボーヴォワールだが、その一世代後のクリステヴァにとってはどのような存在なのか、クリステヴァはどのようにボーヴォワールを読むのか。それを明らかにしてくれるのが本書であるわけだが、その前にまずは戦後のフランスのフェミニズムの文脈において両者がどのような位置を占めているのかを確認しておく必要があるだろう。

フランスのフェミニズムの文脈におけるボーヴォワールとクリステヴァ

二十世紀のフランスのフェミニズムの歴史についてここで詳述する紙幅はもちろんないが、MLFと呼ばれたフランスの第二波フェミニズムの運動の流れについて簡単に振り返ってみたい(4)。

一九七〇年に始まったとされるフランスの女性解放運動(Mouvement de libération des femmes,

MLF）は、まとまったひとつの運動として始まったというよりは、一九六八年五月の学生運動の高まりを経てアメリカのウーマン・リブの影響も受けつつ数々の女性団体が流動的な仕方で同時多発的におこなっていた様々な活動の総称であったとされる。理論の発展と運動の進展が一体となったこの動きは、家父長制社会を批判し身体に関する女性の自己決定権を主張し、一九七五年には人工妊娠中絶の合法化などの成果をもたらした。

このＭＬＦは統一された運動ではなかったものの、異なるふたつの軸を持っていたとされる。ひとつはアントワネット・フーク（一九三六―二〇一四年）が率いる女性団体「精神分析と政治」（Psychanalyse et politique：略してプシケポ〔Psych et Po あるいは Psychépo〕）に代表される「差異主義」の系譜であり、これは七〇年代のフランスの女性解放運動において大きな影響力をもっ

（4）フランスの一九七〇年代の女性解放運動史の基本文献としてフランソワーズ・ピックの以下の著作が挙げられる。Françoise Picq, *Libération des femmes, quarante ans de mouvement*, Brest, Éditions-dialogues, 2011. 本解題執筆にあたってはこのピックの著作のほか、以下も参照した。棚沢直子（編）『女たちのフランス思想』勁草書房、一九九八年、二一一―二九五頁。*Prochoix. La revue du droit de choisir*, nº 46, décembre 2008. また二十世紀初頭から第二次大戦までのフェミニズムの歴史についてはChristine Bard, *Les Filles de Marianne. Histoire des féminismes 1914-1940*, Paris, Librairie Arthème Fayard, 1995. その後ＭＬＦ誕生までの、第一波と第二波の間の時代（『第二の性』の時代）についてはSylvie Chaperon, *Les Années Beauvoir 1945-1970*, Paris, Librairie Arthème Fayard, 2000などを参照されたい。

た。この系譜の活動家は「フェミニスト」を自称することなく、その名の通り精神分析を取り入れ、フロイトやラカンの精神分析やデリダの脱構築理論などに依拠しつつ、男女の性的差異を肯定し「女性」というアイデンティティを再構築することで女性の解放をめざすものであった。（英語圏で言うところの「フレンチ・フェミニズム」は実際にはフランスのフェミニズムのごく一部をしか指さないわけだが、そのフレンチ・フェミニズムの代表格とされるエレーヌ・シクスー、リュス・イリガライ、およびクリステヴァはどちらかというとこの差異主義の系譜と関係が深い。シクスーは数々のテクストをフークの創設した出版社デ・ファムから出版しているし、イリガライはフークの精神分析を担当している。後で述べるようにクリステヴァも雑誌『プシケポ』に投稿しているなど関係がある。とはいえ今ではこの三者はそれぞれ独自の展開を遂げてもいるのでもちろん十把一絡げに論じることはできないだろう。）このグループは精神分析と女性をめぐる理論の発展や出版社デ・ファムの創設——数多くの重要な文献がここから刊行された——など多くの成果をあげたが、しばしば本質主義的であるとして、つまり男女の差異を強調することによって何らかの女性の本質があるかのように論じてしまっているとして批判された。

それに対し、社会学者クリスティーヌ・デルフィ（一九四一年—）や作家で理論家のモニーク・ウィティッグ（一九三五—二〇〇三年）に代表される「普遍主義」の論者たちは「フェミニスト」を自称する。そして男女の差異を肯定することこそが序列や支配関係を生んでしまうとして人間としての普遍性や平等を重視し、性的差異をあくまで社会的に構築されたものと捉える。こちらの系譜は「平等主義的」フェミニズム、あるいはマルクス主義をその思想的基盤としていたことから「唯物論的」フェミニズムとも呼ばれ、特に歴史社会的な分析に力を入れた。

ＭＬＦのこれらの流れは他の左翼の動きとも複雑に連動しつつ七〇年代半ばまでは盛り上がった。しかし一九七九年にグループ「プシケポ」の創設者であるアントワネット・フークがこのＭＬＦという略号を団体名として警視庁に登録するとともに商標登録をし、この行為が運動の私物化であるとして激しく批判され運動の分裂を招いた。さらに八一年、ミッテランの社会党政権が誕生しイヴェット・ルディが女性の権利相に就任し政府による運動の制度化が図られ、運動の一部は政府側に、その他は外部の女性団体などに向かったことによりＭＬＦは完全に解体されることとなる。

このような状況のなか、一九七〇年の時点ですでに六十歳を超えていたボーヴォワールはこれら若い女性たちの運動の中心にいたわけではない。しかしもともと普遍主義の立場をとるボーヴォワールはプシケポの恰好の批判の的となったし、逆に普遍主義の代表格とされるクリスティーヌ・デルフィらによる雑誌『ケスチオン・フェミニスト』の立ち上げにはボーヴォワールも参加している(5)。そういった意味でボーヴォワールはまぎれもなく普遍主義の系譜におかれるフェミニストである。他方でクリステヴァはフェミニストを自称しないうえに、雑誌『プシケポ』にも執筆経験がある精神分析家であり、『中国の女たち』を書くための助成金をプシケポから得てもいたというのだから、(6)差異主義の側に位置していたと考えられる。こうした運動の対立・分裂の歴史的経緯を踏まえると、差異主義陣営とかかわりの深いクリステヴァが今その主要な批判対象であったボーヴォワールを擁護しているというのは幾分不思議に思われるかもしれない。とはいえボーヴォワールやクリステヴァの提示している理論は、単純に一方が普遍主義で他方が差異主義であるとして片付けてしまえるものではないのであって、そのことは本書でも示されていると言えよう。

本書にも書かれているように、クリステヴァの自伝的小説『サムライたち』(一九九〇年)はそのタイトルにも内容にも明らかにボーヴォワールの『レ・マンダラン』へのオマージュが含まれた作品だが、クリステヴァが初めて明確に理論的な仕方でボーヴォワールのフェミニズムについて述べているのはその後のカトリーヌ・ロジャーズによるインタビューにおいてであると思われる。(7)

ここでクリステヴァはまず、母親になることに関するボーヴォワールと自身の見解の相違について語っている。母親になることを多くの女性が義務であるかのようにマゾヒズム的な仕方で受け入れていることをボーヴォワールは否定的に捉えている、とクリステヴァは述べ、自らの母親および精神分析家としての経験をもとに母親の経験を肯定する。(もちろんこの両者の違いの背景には時代の制約、世代の違いがあることを忘れてはならない。中絶や避妊の権利が認められていなかった一九四〇年代のフランスと七〇年代以降のフランスとでは母親になることはまったく異なる意味を持つだろう。)クリステヴァは同時に、七〇年代のフランスのフェミニズムは女性の快楽や女性同士の関係や女性のエクリチュール(エクリチュール・フェミニン)については盛んに論じてきたものの、母親の体験については——ボーヴォワールの影響があったからか——十分に考えてこなかったとして、その体験を再考する必要性があると訴える。次にクリステヴァは、『第二の性』のボーヴォワールは「生物学的要因」[8]をあまり考慮してい

(5) 一九七七年に創刊されたこの雑誌は一九八一年からは『ヌーヴェル・ケスチオン・フェミニスト』と名前を変え現在も刊行が続けられている。
(6) Catherine Rodgers, Le Deuxième sexe *de Simone de Beauvoir. Un héritage admiré et contesté*, Paris et Montréal, L'Harmattan, 1999, p. 199.
(7) *Ibid*., p. 187-211. ロジャーズのこの著作は、九〇年代にフランスのフェミニストたちに対してボーヴォワールの『第二の性』についてどう思うか、どのような影響を受けたかを問うたインタビューをまとめたものである。クリステヴァのほか、エリザベート・バダンテール、クリスティーヌ・デルフィ、サラ・コフマン、ミシェル・ペローら一一人のインタビューが収められている。
(8) *Ibid*., p. 200.

ない、と批判している。クリステヴァの考えでは、女性は女性に特有の身体的体験（月経、出産など）があるため、「効用としての苦痛〔dolorisme〕」に対して男性より敏感でありこれは女性にとってポジティブな力となりうるのだとされる。[9] さらにクリステヴァはボーヴォワールの普遍主義についても、「普遍主義に由来するあるひとつの人間的理想に到達するためにすべての女性が男性になってしまうような、そういったある種の画一性を要求することは容認できません。その普遍主義は輝かしいけれども差異を消し去ってしまうもので、この観点からすると『第二の性』はその時代の痕跡を残したものなのです[10]」と述べ、つまりボーヴォワールの普遍主義のもとでは女も男のようにならなければ解放されないことになってしまう、と批判している。

このようにクリステヴァは少なくともこの時点では『第二の性』に関して、その基本的な見解——すなわち女性は男性中心的な社会において疎外されている、女性の人格は他者の視線によって形成されるといったボーヴォワールの主張——については同意しているものの、母親の問題や普遍主義的な側面などについてはやや批判的である。これはクリステヴァのこれまでの母親をめぐる考察に照らし合わせて考えれば当然であろう。クリステヴァは七〇年代後半以降、「愛という異端の倫理」や「女の時間[11]」といった母親をめぐる一連の考察を発表している。フロイト・ラカンの精神分析のモデルにおいては母と子の二者関係に父の名、法が介入することにより主体は言語を獲得し象徴界へと参入するとされ、すなわち父親中心に主体形成が進むとされるが、これに対しクリステヴァが関心を持つのは父が介入する前の段階、鏡像段階より前、母と子が完全に分離する前の段階なのである。

クリステヴァは『詩的言語の革命』（一九七四年）でプラトンが『ティマイオス』で示した「コーラ」概念に依拠しつつ、この言語表象以前の場をコーラ・セミオティック、すなわち前記号作用のコーラと呼び、母親も知ることはないが感知できる原初的な母なる場としていた。その後、理論的なテクストと詩的なテクストを並置した「愛という異端の倫理」（一九七七年）では聖母マリア信仰の歴史的変遷をたどり、近代社会は世俗化するにつれて聖母信仰を失い母親性に関する言説を失ってしまったために女性のパラノイアの問題が生じている、という仮説を立てたうえで「愛という異端の倫理（herethique de l'amour）」の可能性を示している。さらに

（9）*Ibid.*

（10）*Ibid.*, p. 202.

（11）「愛という異端の倫理」の初出は« Hérethique de l'amour », *Tel Quel*, n° 74, 1977, p. 30-49. 後に« Stabat Mater »というタイトルで *Histoires d'amour*, Paris, Éditions Denoël, 1983 に所収。「女の時間」の初出は« Le temps des femmes », *33/44 : Cahiers de recherche de sciences des textes et documents*, n° 5, 1979, p. 5-19. 後に *Les nouvelles maladies de l'âme*, Fayard, 1993 所収。邦訳はいずれも『女の時間』棚沢直子・天野千穂子（編訳）、勁草書房、一九九一年所収。

「女の時間」(一九七九年)ではこれまでのフェミニズムの流れを概観しつつ、子を持ちたいという女性の欲望について改めて考える必要性を訴えている。近年では(主体形成において母親が果たす役割ではなく)母親自身の主体的な経験、その生物心理的な複雑性を理論化する試みとして、接合＝信頼(reliance)という母親のエロティシズムを示す概念を提示している。[12] フランス語の relier のもつ「結ぶ、つなぐ、連結する」といった意味と英語の reliance の「頼る、信頼する」といった意味のいずれをも含むこの接合＝信頼としての母親のエロティシズムは、単に棄却されるべき否定性としての母――これこそクリステヴァが『恐怖の権力』(一九八〇年)で提示した考えであるが――であるだけではなく、拒絶されたアブジェを生の対象へと変える、死の欲動とともに生の欲動をも方向づける欲望のエコノミー、分離すると同時に接合する母であるとされる。

母親をめぐるクリステヴァの思考は以上のように展開してきており、それは彼女の具体的な臨床体験に裏打ちされている。すなわちクリステヴァが言うには、これまでのフェミニストたちはこの母親の問題をあまり取り上げてこなかったが、現代社会において聖母マリア信仰にとって代わる新たな母親の思想が必要とされている。それは精神分析によって考えることが可能だがそのためにはこれまでの父親中心のモデルでは不十分であり、母親のエロティシズムという新たなモデルで考える必要がある、そしてそれこそが主体として形成しつつある子だけでなく女性の解放にもつながる、というのである。母親になるということ（それも生物学的・物質的な側面を含めた「母親」）に重きを置くということ、精神分析の枠組み内でとはいえ母親の問題はすなわち女性の問題であるとして女性を母親と直接結びつけるということは、ともすれば男性の崇拝の対象としての母親というこれまでの規範に則っているだけのように見えないとも限らない。とはいうものの、子を持ちたいという女性の欲望について再考する必要がある、というクリステヴァの問題提起は今日避けては通れないものだとも思われる。

クリステヴァとボーヴォワールとの関係に議論を戻そう。上述したインタビューでクリステヴァは『第二の性』に対し批判的だが、ボーヴォワールが『第二の性』だけを書いたわけではないということをも強調している。曰く、ボーヴォワールはフィクションと学問の合間を行くスタール夫人以降のフランスの女性知識人の系譜にあり、したがってボーヴォワールにおいては『第二の性』だけでなくフィクション作品、特に『危機の女』など女性の身体について書いているものなどをも含めて検討する必要がある、というのである。すなわち「私はこの

（12）これに関しては以下の論文を参照されたい。Julia Kristeva, « La Reliance, ou l'érotisme maternel », *Revue du MAUSS*, n° 39, 2012, p. 181-195. これに付随するものとしてクリステヴァがG・K・ガラボフとともに製作した短編映画も参照されたい（http://www.kristeva.fr/reliance_film_galabov.html）。なお、ここでクリステヴァの言う「エロティシズム」は性愛的な意味だけではなく、生の欲動としてのエロスの意をもつ。

本〔『第二の性』〕をボーヴォワールの行動、政治生活、社会生活の全体のなかに位置づけていて、その視点から見て、受け入れている」[13]ということである。この主張は本書でさらに展開されていくこととなるが、それに伴ってクリステヴァのボーヴォワールに対する批判は本書では幾分和らげられているようにも思われる。（後述するが、ボーヴォワールの作品全体を考慮するのであれば、彼女は普遍主義者でありつつ差異を認めてもいる、というのが本書でのクリステヴァの見方である。）

このインタビューのあと、クリステヴァがボーヴォワールについて論じる機会は徐々に増えていった。二〇〇二年には「女の天才」三部作の最終巻であるコレット論の結論部でこの三部作をボーヴォワールに捧げている。さらに、現在パリ第七大学の名誉教授であるクリステヴァだが、大学人としてはボーヴォワールに関する博士論文をいくつか指導した経験があることも忘れてはならないだろう。指導した学生のうち、たとえばピエール＝ルイ・フォールは二〇一六年にボーヴォワールに関する入門書を出版している。[14]また二〇〇八年のボーヴォワール生誕一〇〇周年の際には、パリでの大規模な国際シンポジウムのとりまとめをクリステヴァが引き受けている。これは「フェミニストたちのあいだで意見が一致せず」（本書一三六頁）クリステヴァのところに依頼が来たため務めることになったとのことだが、その尽力によってか、このシンポジウムは世界各地から五〇名以上の作家や研究者が集い発表が行われる大規模なものとなった。[15] これはクリステヴァが文学にも哲学にもフェミニズムにも通じ、作家・分析家・大学人としてフランス語圏でも英語圏でも幅広く活躍しているからこそ実現したものなのだろう。

クリステヴァのボーヴォワール論の本書における展開

本書におけるボーヴォワールに関するクリステヴァの考察は以上のような文脈の中で形成されていったと思われる。著者本人も述べているように本書はボーヴォワールの著作を詳しく論じた研究書では無論なく、またその生涯をたどった伝記でもなく、ボーヴォワールの今日的意

(13) Catherine Rodgers, Le Deuxième sexe *de Simone de Beauvoir. Un héritage admiré et contesté*, *op. cit.*, p. 197.
(14) Pierre-Louis Fort, *Simone de Beauvoir*, Saint-Denis, Presses Universitaires de Vincennes, coll. « Libre cours », 2016.
(15) この生誕一〇〇周年シンポジウムの内容は以下にまとめられている。*(Re) découvrir l'œuvre de Simone de Beauvoir. Du* Deuxième Sexe *à* La Cérémonie des adieux, Julia Kristeva, Pascale Fautrier, Pierre-Louis Fort et Anne Strasser (dir.), Paris et Sofia, Le Bord de l'eau, 2008.

義についてコンパクトにまとめたものである。

本書前半の三つの章「人類学的＝人間学的革命」、「ボーヴォワールは、いま」および「六十年後の『第二の性』」はボーヴォワールの生涯と作品をめぐって論じたものである。中盤の「夢見るボーヴォワール」は回想録最終巻『決算のとき』に記されているボーヴォワールの夢を中心に、精神分析とボーヴォワールとの関係について考察したものである。その次の「ヒトは女に生まれる、しかし私は女になる」はクリステヴァがボーヴォワールについて語ったインタビューであり、その前半部分をまとめた内容になっている。最後の部分は主にクリステヴァが創設したボーヴォワール賞に関連するテクストであり、現代社会が直面する課題に関して、クリステヴァがボーヴォワールを介して応答している。

ここでは特に本書の前半の四章を振り返ることでクリステヴァの考えるボーヴォワールの今日的意義とはいかなるものなのかを確認しておくこととする。

「人類学的＝人間学的革命」

ボーヴォワールはその生涯と作品によってある人類学的＝人間学的な革命を開始した。これが本書の序章というべきこの章でクリステヴァが掲げ、次章以降で展開されていくテーゼである。女性の解放運動を引き受け体現し促進したボーヴォワールは、女性が自ら身体を管理し職業に就き政治に参与する権利のための革命を始めた、というのである。その革命は家族・カップルに関する考え方を脱神話化し変容させ、その余波は今も世界中で続いており、多くの人が自由を放棄して共同体主義に陥り社会への順応を選んでしまう今日にあってこの革命はかつてないほど大きな意義をもつ、とクリステヴァは言う。

ボーヴォワールはどのようにしてこの革命を始めたのか。それは自伝とフィクションとの間で、誠実に告白すると同時に「本当の嘘」をつき、そうして自身を再構築することによってであるとクリステヴァは述べる。ボーヴォワールが「自分の恐怖や夢とともに、そしてそれらに抗して、自分を構築しつつ打ち明けたいというこの飽くなき欲動」（本書一二頁）を備えていたこと、クリステヴァによればこれこそが彼女が革命的である所以である。ボーヴォワールは自らフェミニズムの指導者となったりフェミニストの崇拝対象になったりするのではなく、その著作のなかで自らの親密な部分をさらし書いていくことで自身の神話を転覆していった、とクリステヴァは述べる。

本章ではボーヴォワールをめぐる三つの主題が取り上げられる。第一の主題は「性の平等と普遍主義という神話」、すなわち先に挙げた九〇年代のインタビューでも指摘されていたボーヴォワールの普遍主義の問題である。

クリステヴァはまず「女の天才」に関する自らの著作――ハンナ・アーレント、メラニー・クライン、コレットをそれぞれ論じた三部作――をボーヴォワールの問いを引き継ぐものとして位置づける。ここでのクリステヴァの議論は以下のようなものである。女性解放運動はこれまで、（一）参政権の要求、（二）ボーヴォワールによる（差異を含んだ平等ではなく）存在論的な平等の表明、そして（三）六八年五月以降の性的差異の探求という三つの段階を経てきている。いずれの場合も目指されたのは女性全体の解放だが、このような全体的な動きにはフェミニズムを硬直化させ主体の特異性を軽視しがちであるという問題点・限界が必ずつきまとう。これがフェミニズムにとっての最大の課題である。ボーヴォワールは『第二の性』において主体や個人の特異性を認めたうえで、女性も男性の「他者」としての二流の地位にあり続けるのではなく自由と自立を得るべきであると主張しており、その点においては評価できる。とはいうものの、ボーヴォワールは個々の人間の可能性や特異性――クリステヴァが「女の天才」と呼ぶもの――よりは「女の条件」全体に注意を向けている。

このようにクリステヴァは述べ、ボーヴォワールの時代においては特異性よりも女性の条件全体の改善を主張せざるを得ない状況だったということを認めるが、クリステヴァ自身は個々人のイニシアチブやその条件・状況を超えて花開く個々人の可能性、つまり「天才」こそが「条件」の解体を可能にすると考えており、その「天才」をより積極的に評価したいという立場から「女の天才」三部作を書いたと述べている。換言すれば、この三部作は「女性の存在〔*être*〕、幸福の現代的な意味であるところの自由という観点からの個人的な可能性に、いかにして女の条件を超えて到達できるのか」(本書二五頁)というボーヴォワールの残した問いに答えようという試みであり、だからこそボーヴォワールにささげられていると言う。

このようにクリステヴァは自身の試みがボーヴォワールの残した問いを意識したものであるとしたうえで、ボーヴォワールにおける普遍主義と性の平等を考える際にしばしば問題とされるボーヴォワールの「ファルス崇拝」について考察する。

西洋の形而上学において普遍的なものは女性の身体や女性同性愛や母親といったものを否定することで成り立ってきたとされるが、ボーヴォワールの普遍主義もそうした否定にとらわれているのではないか。これは多くのフェミニストたちがボーヴォワールに対して投げかけてきた問い、すなわちボーヴォワールのファルス崇拝の問題である。たしかに『第二の性』における月経や女性が母親になることに対する拒絶、男性の身体やファルス的権力の肯定、あるいは『危機の女』などのフィクション作品で特に露わになったボーヴォワールのメランコリックな側面などを考慮するに、彼女は男女の友愛を標榜しているのみならず、ファルスを崇拝している——女を蔑み男を崇拝する傾向がある——ようにも思われる。そしてこのようなファルス崇拝とミソジニーは当然ながら常にフェミニストからの批判の対象となってきた。この問題に関しクリステヴァは、ボーヴォワールのこうした傾向を肯定するわけではもちろんないが批判するわけでもない。というのもクリステヴァ曰くこうした傾向は、ボーヴォワールが利己的に自分を守ろうとしているだとか、彼女の実存主義の欠点だとか、あるいは彼女がファルス的権力におもねっているだとかということを露呈させているのではなく——クリステヴァはその可能性も否定はしないが、重要なのはそうした可能性ではないとする——ボーヴォワールはそれを書くことで、苦痛や防衛のなかで自らの欲望のおののきを伝えているからである。つまりボーヴォワールは普遍主義を標榜しつつ、同時にその普遍主義に由来するファルス崇拝が自分にもたらす苦しみや自らのうちに掻き立てる欲望をも書き記していて、そのことによって彼女は性的差異をほとんど認めているのだとクリステヴァは述べる。この差異は政治的・哲学的な要請としての差異ではなくボーヴォワール自身の実存的体験に由来するものであり、その体験の結果として性的差異が現れているのだとクリステヴァは解釈し、普遍主義者ボーヴォワールを差異の側へと引き寄せていく。

ではボーヴォワールの生きたこの実存的体験とはどのような体験だったのか。彼女の体験した脱構築されたカップル、あるいは「男－女というカップルの見直し」が本章の第二のテーマである。

ここでクリステヴァは近代的なカップルの成立の経緯を説明するところから始める。それによれば、いわゆる近代的なカップルは啓蒙主義が確立したものである。十八世紀のフランス社会における王権の衰退と性的関係の不能という状況を背景として、(同時代のサドやディドロに対して) ルソーが『新エロイーズ』(一七六一年) で描いたのは自然を根拠とする新たなカップルであり、そのルソー的カップルは国家と市民の関係を保証するもの、国家権力と生殖の基盤となるものであった。

しかしこのルソー的なカップルの維持には困難がつきものであり、クリステヴァによれば女性による小説の多くはまさしくこの近代のブルジョワ的カップルが直面する困難というものを描いてきた。ボーヴォワールも例外ではなく、そうしたカップルの困難そして解体を描いている(たとえば『招かれた女』(一九四三年) では三角関係における嫉妬を描くことでこの近代的カップルの困難を探究している)。しかし一九四〇年代に、より正確には『招かれた女』から『他人の血』(一九四五年) に至るまでのあいだに、ある変化が見られるとクリステヴァは述べる。

すなわちこの間に親密なものから発して政治的な連帯へといたる、親密なものと政治的なものの交差するところにある小説、「政治的小説」というべきボーヴォワールの小説が確立した、と言うのである。こうして小説において親密主義を乗り越え政治へと開かれていくことによりカップルはさらに解体されていく。またボーヴォワールはひとつの絶対的な親密性ではなく複数の親密性を形成することによって、つまりサルトルだけでなくランズマンやオルグレンといった愛人たちとも関係を築きそれについて書くことによって、近代的なカップルの定式を脱構築している、ともクリステヴァは指摘する。曰く重要なのはボーヴォワールの不誠実や悪意を批判することではなく、ボーヴォワールは自らを実験台としながら自分に対しても容赦なく探究を続けているということである。サルトル－ボーヴォワールというこの脱構築されたカップルは模範的ではまったくないが、彼らはシュルレアリスト的な狂気の愛やバタイユ的なエロティシズムとは異なるカップル、自立した個人を尊重し互いに配慮し、不調和を含みつつも対話を続ける思考の場としての新たなカップル像を示しているとクリステヴァは述べ、このカップルの不可能性における可能性のなかに「ジェネロジテ」――言うまでもないがこれはサルトルの思想のキーワードでもある[16]――を見出す。そしてこの対話、思考の場としてのカップル、これこそが全体主義やテロリズムに直面する今日の世界において抵抗の手段として、ルソー的なカップルに代わって必要とされている、と主張するのである。

次の節「小説は何のために?」でクリステヴァが取り上げる本章第三の主題、それはボーヴォワールにおける小説の意義である。その議論はまとめると次のようなものである。ボーヴォワールと言語の問題を考えると、彼女は非常に饒舌ではあるがいわゆる形式と呼ばれるものへの関心はあまりもってないように思われる。それはたとえばボーヴォワールがコレットを評価する際に、コレットが文筆を生活の糧としたこと自体については積極的に評価しつつもその革新的な文体については何も述べていないことからもわかる。そのボーヴォワール自身の小説はというと、芸術作品というよりは自らを構築し分析し社会に対しメッセージを送るためのものである。それは戦後のフランス小説の文脈において高く評価されるような種類の文学ではなかったし、また(ボーヴォワールが小説で解放された自立した個人としての女性を描くことは少なく、抑圧に苦しむ女性像を描き続けたため)時に彼女のフェミニストとしての地位を損ねるものでもある。しかしボーヴォワールは「政治的小説」というべき小説ジャンルを確立し、フィクションを通して特異性を探求しつつそれを政治化し、その実存を、哲学を、生命力を表明している。この点においてこそ彼女は稀有な存在であり続けている。と、このようにクリステ

(16)サルトルのジェネロジテに関しては特に以下を参照されたい。澤田直『〈呼びかけ〉の経験――サルトルのモラル論』人文書院、二〇〇二年、一〇五―一三九頁。

ヴァは述べ、ボーヴォワールの小説は彼女の作品全体のなかに位置づけたときに意味を持つものだと結論づけている。

「六十年後の『第二の性』」

クリステヴァは本章ではボーヴォワールの主著とされる『第二の性』を取り上げ、自由・母親・超越という三つの主題について議論を展開している。

最初の節（「主体と条件――どんな幸福か？」）で扱われているのは集団的な条件のなかでの個人的な自由の問題、すなわち前章でも取り上げられた女の条件と女の天才、個人と集団とのあいだの緊張関係の問題である。前述したようにクリステヴァは、目標とするのは集団としての女性全体の解放だが、そのためにこそ女性同士の差異や個々人の主体性や特異性も軽視してはならない、という立場をとる。この立場からクリステヴァは自分は「フェミニスト」というよりは「スコティスト」すなわちドゥンス・スコトゥス主義者であると述べ、女性の「条件」を変えることを可能にするような個人の特異性、スコトゥスの言うところの「このもの性」に関心を持つ。このようにしてクリステヴァは「フェミニズム」からは幾分か距離をとりつつ、あくまでも個人の可能性はどのようにして実現できるのか、という観点から問うていく。

本章第二節「生物学的運命と自由な実現」では『第二の性』における母親論が取り上げられる。ボーヴォワールは『第二の性』Ⅰ巻で生物学や歴史学、精神分析、文学などにおける女性のとらえ方をそれぞれ検討した後、Ⅱ巻で女性の「体験」を検討するとして誕生から幼少期、思春期、結婚や出産、老いといった女性のたどる体験を順に記述していく。クリステヴァ曰く、そこにおける母親をめぐるボーヴォワールの見方は否定的であり、ボーヴォワールはそこに創造性の余地をほとんど認めていないように思われる。こうしたボーヴォワールの母親像に対しクリステヴァは、まず自分の精神分析的な見解からしても母親になることは本能ではないと断ったうえで、それは創造的でありうると主張する。母になるとは他者である子供の特異性を尊重すること、自らが絶えず誕生し続けること、すなわちもっとも自由な行為のひとつであり、生殖医療技術の進歩がますます進む今日、生殖補助医療や代理母出産についての規制や法律を作ることも重要だが、何よりもまず必要なのは新たな母親の哲学、親の哲学であるとクリステヴァは述べる。

「超越への道」と題された次節が扱うのは、ボーヴォワール自身は自らが要請する「超越」をどのように達成しているのか、という問いである。『第二の性』においてボーヴォワールは女性も男性のように「超越」すること、自らを乗り越えていくこと、投企すること——ボーヴォワールにおいてこれは何かを成すこと、実現することとほぼ同義であり、内在に陥ることと対置される――を求めるが、この彼女の主張には男性の理想化、ファルスの崇拝、男性（とりわけサルトルという男性哲学者）に対する攻撃性と依存と両価的な感情が見え隠れしている、とクリステヴァは述べる。つまりボーヴォワールにおいて超越は女が男にならなければ可能でないかのようにも思われる。では女性であることと自らを超越することははたして両立するのか、それはどのようにして可能なのか、というのがクリステヴァの問いである。

ここで彼女が持ち出すのは十六世紀の神秘家でカルメル会の改革者となったアヴィラの聖女テレサという、別の女性の事例である。この聖女テレサと言えば『第二の性』でも比較的頻繁に言及される人物であり、ボーヴォワールは「聖女テレサはまったく知的なやり方で、個人と超越的な〈存在〉の関係という劇的な問題を提出する。彼女はあらゆる性的な特定化を越えた意味をもつ経験を女として生きた」（本書八二頁、『第二の性』からの引用）として彼女を評価している。一方、クリステヴァは著書『テレサ、わが愛』（二〇〇八年）でこの神秘主義者の作品と生涯をたどっているが、ここではそれをもとにテレサについて取り上げている。曰く、テレサはまず自我のポリフォニー、すなわち自身の内奥にある他者性を見出し、さらに象徴的な母親性を引き受けている。すなわちテレサは自己を放棄しつつ他者を重んじ、他者の視点から考え行動するために跣足カルメル会を創設し、つまりは世界を築くことで自らを築き、世界において物事を成し遂げ同時に自らをも生み出した。その意味において例外的であるとクリステヴァは述べる。そしてそれは「善意（bonté）」によって世界を、他者を受け入れること、自分と世界の間に「遮光幕」を下ろすことなしに受け入れることを意味すると言う。

クリステヴァは、こうして善意を表明し象徴的な母親となったテレサのように、ボーヴォワールも『第二の性』を世に残したことでその善意を表明し象徴的な母親性を体現している、と解釈する。たしかに彼女は母親になることと自由な女性であることとの両立を可能だと考えなかったし、その点においては善意を拒んだのかもしれないし、彼女には自分をメランコリーから守るためのある種の残酷さ（cruauté）が常にある。そう認めたうえでクリステヴァは、しかしそれでも世界中のフェミニストへ、女性たちへとこの書物を放ったということ、そのこと自体がボーヴォワールの善意の産物であり、それによってこそ彼女は母親になり自らを超越したと言えるのではないか、と締めくくっている。

このように母親の問題に関しては本書でもクリステヴァはボーヴォワールとは明確に異なる立場をとる。クリステヴァは母になることを創造性に富んだこととして肯定的にとらえ、ボーヴォワールも最終的には『第二の性』を執筆したということによって象徴的な母親となり超越に至ったとして、積極的に評価している。クリステヴァのこうした見解は、母親を「極めて典型的な文化的構築物」（本書七三頁）とみなし「象徴的な母親性」を重んじているように見受けられるが、しかし一方で彼女の言う「母親」には「ホルモンの交換」（本書七三頁）といった生物学的側面も含まれる。このときクリステヴァは生物学的要因をどのように考えているのか、彼女の言う「母親」はどこまでどのような仕方で生物学的なものであるのか、あるいはそうでないのか、気になる部分ではあるが、それをこの精神分析家のテクストから見極めるのは容易ではない。

なおクリステヴァは母親の問題を論じるにあたって maternité という単語を頻繁に使用しているが、訳文では文脈に応じて「母親であること」、「母親になること」、「母親性」、「母親業」などとした。「母性」という訳語も可能かもしれないが、日本語の「母性」は母としての本能的特質といった意味合いが強いように思われるため用いないこととした。

「夢見るボーヴォワール」

精神分析家であるクリステヴァが本章で取り上げるのは、まさしくボーヴォワールと精神分析の関係である。ボーヴォワールが精神分析について直接的に論じているのは『第二の性』I巻の第一部「運命」の第二章「精神分析の見解」においてだが、クリステヴァによればボーヴォワールは若い頃からフロイトに興味を持っており『第二の性』は全体としてもおそらく精神分析に負っている部分が大きい。とはいえボーヴォワールは同時にフロイトとの距離も保っている、と言う。またここでは、ボーヴォワールが『第二の性』で精神分析を取り上げたこと自体がその後に大西洋の両側で精神分析とフェミニズムをめぐる議論が盛んになるきっかけであった、という重要な指摘もなされている。

次にクリステヴァは『決算のとき』におけるボーヴォワールの夢の記述に関する考察に移る。これに関して要約はしないが、夢という自分の最も親密な部分を読者に打ち明けるというその行為こそが、「それを時代の危機的状況と一致させ政治的な急務に変え」る（本書一一〇頁）ことを可能にするボーヴォワールの天才である、とクリステヴァが考えているということだけを指摘しておこう。

本書前半で展開されるクリステヴァのボーヴォワール論をおおざっぱにまとめると以上のようになる。しかしクリステヴァはボーヴォワールの生涯と著作について論じるにとどまらない。彼女はボーヴォワールの始めた「革命」を推進するためにより幅広く直接的に行動している。その「実践」の部分を明らかにしてくれるのが本書の終わりに収められたボーヴォワール賞をめぐる一連のテクストである。

シモーヌ・ド・ボーヴォワール賞と現代社会

本書でも紹介されているが、クリステヴァはボーヴォワールの生誕一〇〇周年を記念して二〇〇八年に「女性の自由のためのシモーヌ・ド・ボーヴォワール賞」を創設している。これは何らかの仕方で女性の解放に尽力した個人や団体に毎年ボーヴォワールの誕生月である一月に授与されるものである。この賞についてはクリステヴァ自身が本書で簡潔にまとめているのでそちらを参照されたいが、これまでの受賞者のなかにはノーベル賞も受賞し話題となったパキスタンの若き人権活動家マララ・ユスフザイ、あるいはイランの女性運動の百万人署名キャンペーンといった女性の権利のために闘う活動家もいれば、ロシアのリュドミラ・ウリツカヤのような作家、またフランスの女性史の第一人者ミシェル・ペローのようなアカデミアの人物もいて、多様な顔ぶれとなっている。

なお、二〇一六年の受賞者はアフリカからヨーロッパへの移民の受け入れに尽力したイタリア南部ランペドゥーザ島の女性市長ジュジ・ニコリーニであり、二〇一七年はポーランドの「女性を助けよう（Ratujmy Kobiety）」委員会であった。この委員会は二〇一六年秋、人工妊娠中絶をほぼ全面的に禁止するとした法案に対し大規模なデモを組織し法案の否決を導いた。二〇一八年の受賞者はトルコの女性作家で人権活動家のアスリ・エルドアンである。クルド人支持を表明しているため二〇一六年八月に逮捕され、数か月後に仮釈放されたものの今も自由の身ではない。

クリステヴァは七〇年代後半以降の一時期は直接的な政治運動や社会変革よりも精神分析という場での個人レベルでの探求へと向かい、運動としてのフェミニズムとは距離をとっていたと思われる。しかし「女の天才」三部作で三人の女性の個々の特異性を考察し、さらに今世紀に入ってからは障害の問題をめぐって思考し、ここにきてようやくボーヴォワール賞の創設という仕方で社会的なアンガージュマン、具体的な実践としてのフェミニズムに向かっているように見受けられる。とはいえこれが世界中の女性の自由のための国際的な賞であることを踏まえると、読者として気になるのはクリステヴァの発言の端々に現れる西洋近代に対するある種の絶対的な信頼、特に彼女が本書でも包み隠さず言い表しているフランス文化に対する憧れかもしれない。それはたとえば次のような発言に表されている。

自由の当事者としての女性という考え方は、ヨーロッパにおける近代的な意識の誕生、もっというとフランスの歴史、グルネー嬢やテロワーニュ・ド・メリクール、スタンダール、コレットらの遺産からしか生まれえなかったものだと私には思われました。それによって私のフランス文化を称賛する気持ちはさらに強いものになりました。(本書一一五頁)

このように述べるクリステヴァだが、彼女の西洋中心主義が批判されてからすでに久しく、(17)今でも「近代的な意識」に対する信頼が揺らぐことはないのかというとそうではないようである。彼女は「その思い〔フランス文化を称賛する気持ち〕に対して矛盾する現実」（本書一一五頁）があることを認めている。しかしそれでもクリステヴァが目指すのはその西洋近代の遺産の最良の部分、すなわちここで彼女が言う「自由の当事者としての女性という考え方」を、継承し広めていくことなのだと言えよう。

こうしてクリステヴァの試みはボーヴォワールのそれにつながる。ある意味でクリステヴァはボーヴォワールの後を継いでいる、あるいは継ごうとしていると言えるだろう。これはもちろんボーヴォワールの「地位」を継ぐという意味においてではなく──数々のフェミニストがボーヴォワールの指導者的地位を継ごうとして争っていることにクリステヴァは批判的である──、ボーヴォワールの始めたこの「人類学的＝人間学的革命」に参与するという意味においてである。クリステヴァは思想家としてボーヴォワールの問いの延長上にある女の条件と女の天才の問題とその先にある自由について考察することで、そしてより直接的には彼女の名前を冠した賞を創設しその自由を追求することで、この革命に参与しているのである。

(17) 特に『中国の女たち』におけるクリステヴァのオリエンタリズムに対するスピヴァクの批判がよく知られている。Cf. Gayatri Chakravorty Spivak, "French Feminism in an International Frame," *Yale French Studies*, No. 62, 1981, p. 154-184.

著者紹介　模作と反抗――ジュリア・クリステヴァとともに（栗脇永翔）

文化人類学のYさんが「攻撃誘発性」と訳した、ヴァルネラビリティーということが、まり恵さんのいまの状態にあてはまると思うよ。最初の出来事は不時の災難ということにしても、あれ以来、まり恵さんはヴァルネラブルな傷口を白日のもとにさらして生きている。僕はそういうふうに感じるね。（大江健三郎『人生の親戚』）

はじめに

ひとりの思想家を読むということは何を意味するのか、などという問いを立てることはすでに無意味なことなのかもしれない。そもそもひとが読むのがテクストであるとすれば、その作者でしかない思想家というのはテクストに署名する仮象的な存在でしかありえなく、そのテクストさえ読まれれば、極端に言えば、実在しなくてもいい存在であるのかもしれないのだから。とりたてて「作者の死」などと言わなくともひとは作者抜きにテクストを読むことはいくらでも可能であるし、そもそも、同じ思想家によって署名されてさえいればいかなるテクストも同等の価値を保持するということでもあるまい。ある場所で価値のある言葉を残すことに成功した思想家がまた別のある場所ではとりたてて意味のあるとは思えない言葉をしか残すことができなかったということも現実にはしばしば起こりうることであるし、そもそもこの価値というものでさえ、時代とともに、場所によって、いとも簡単に代わりうるものであることも改めて言う必要はなかろう。このような意味において、ひとりの思想家を読むなどということはそもそも不可能な営みであるとさえ言えるのかもしれないのである。

それでは仮に、ひとりの思想家を理解するということは何を意味するかと言い換えてみてはどうか。しばしばドイツ流の精神科学的な文脈で解釈学の用語としても用いられるこの他動詞は必ずしも（言葉で書かれた）テクストをのみその直接目的語として志向するわけではない。「人間を理解する」と発話することは可能である。例えばこの動詞をもう少し一般的に知ると言い換えながら、ある実存主義の哲学者とともに「今日、一個の人間について何を知りうるか」などと問いを立ててみることも必ずしも禁じられているわけではない。誕生、家庭内での位置づけ、学校での成績、初恋、失恋、転居、進学、就職、結婚……等々を調べ上げていくことによってある思想家の全体像に迫るということは、極端に言えば古代のギリシア以来、当たり前に行われてきたことである。多くの場合、伝記作家の仕事であるようなこの種の試みは仮にその対象がその作者自身であるような自伝的エクリチュールにおいてさえ完全には客観的なものではありえないとしても、ひとりの思想家を理解することを可能にする比較的確かなひとつの道筋として今日でも一定の支持は得つづけているように思われる。

それでは──とみたび問いを立てることをお許しいただきたい──ひとりの人間としてひとりの思想家を理解すればそれで十分なのだろうか。あるいは、ひとりの思想家が署名するテクストを読むことはつまるところ、ひとりの人間を理解するためだけになされる行為なのだろうか。言うまでもなくそんなことはない。テクストは容易にその作者の生を越えてしまうものである。空間的にも時間的にも構造的にも。それゆえあるテクストを読むこととある思想家を理解することは異なるディスクールにかかわる問題であると言うこともでき、ふたつのディスクールの間にはたえざる「抗争（différend）」が生じていると言うこともできようが、ここで問題があるとすればそれは、いかにこの抗争の内に身を滑り込ませていくかという幾分か処世術であるようなものにしか存していないのかもしれない。ひとはテクストを読むとも思想家を理解するとも言いきれない状態でその間に揺られながら、その揺動状態のなかで時間をやり過ごすほかはないのかもしれない。ときにテクストに、ときに思想家に近づいてみたとしても、いずれかの極に留まり続けることはどうやらできそうにないのである。

そしておそらくは、テクストを読むという営みと思想家を理解するという営みのあいだに生じる困難に直接的にかかわるのは、それぞれのテクストをいかに読むかという問題でもあるに違いない。テクストと思想家の間の揺動を一層強めるのはそれゆえテクストにほかならない。だとすればやはり、問題となるのは一種の「間テクスト性（intertextualité）」なのだろうか。もし仮に、同じ作者によって署名された諸テクストの間に矛盾が見出されることがあるとして、そのことによって自らの揺動がさらに強まりながら続くことが告げられたとき、ひとはどのように対処するだろうか。それぞれのテクストが異なるディスクールに属しているように見えるとき、しばしばひとはその抗争の内に身を置き続けることを——意識的と無意識的と問わず——避けてしまうのではなかろうか。揺動を続けるよりはそのテクストを、その思想家を過去のものにしてしまう方が事態はずっと容易になるのだから。

だとすれば結局、問題は「テクスト的な現実」を直視し続ける時間と忍耐を読者が有するか否かにのみ問題は存するように思われないでもない。

サムライたちの国で

ロシアとフランスのあいだに位置するとも言えよう東欧の国ブルガリアの出身でツヴェタン・トドロフ同様、多くのフランス人とはやや異なる仕方で文化的教養を有し、留学生としてパリに到着するやいなやリュシアン・ゴルドマンやロラン・バルトらの影響下で記号論や精神分析を駆使する独自の批評スタイルを確立したクリステヴァは、おそらくはフィリップ・ソレルスとの新たな作家カップルの誕生も影響してある時代の寵児になった、と言うことはさしあたり禁じられてはいないように思われる。このある時代を特徴づけるために、例えば「ポスト構造主義」なり「ポストモダン」なり「現代思想」なりという表現を用いることも一定の妥当性を有するように思われるが、アメリカ合衆国——の大学——であれば「フレンチ・セオリー」というラベルの下にまとめられた一連の知的ムーヴメントが[1]、八〇年代の日本では、「ニュー・アカデミズム」と呼ばれるジャーナリスティックでもあるそれと密接に連動していたことも、今日ではいわば歴史的教養のひとつとして語られていることである[2]。そして「ニュー

(1) フランソワ・キュセ『フレンチ・セオリー——アメリカにおけるフランス現代思想』桑田光平ほか訳、NTT出版、二〇一〇年。
(2) 佐々木敦『ニッポンの思想』講談社現代新書、二〇〇九年、二七—一〇四頁。

アカ」と略称されるこの動きを語るためにまず、『構造と力』[3]及び『チベットのモーツァルト』[4]と題されたふたつの著作に触れることもほとんど定石と言えようが、一世を風靡したふたつの書物においてともに、重要なプレイヤーのひとりとしてクリステヴァの名が挙げられていたことも、それらを紐解けばすぐに調べがつくことではある。

あるいは少しずつ視線をアカデミズムの方へ移していくならば、一九八三年に雑誌『現代思想』[5]で特集が組まれたのち幾人かの訳者によって力の入った概説書——『クリステヴァ——テクスト理論と精神分析』[6]及び『クリステヴァ——ポリロゴス』[7]——が発表され、言語理論をめぐる包括的な入門書[8]などでもその重要性が強調されたものの、以後は今日にいたるまでほとんど研究が深められていないというのが現状である。クリステヴァが属したグループについての『「テル・ケル」は何をしたか——アヴァンギャルドの架け橋』などは比較的新しく包括的だが、必ずしも思想家に特化した研究というわけではない[9]。

しかしこの間、クリステヴァの著作の多くが翻訳され、日本語でのその思想家へのアクセスが可能になっていることはまぎれもない事実であろう。本稿ではまず、試みにクリステヴァの主要著作を年代順に並べ上げ、邦訳のあるものについてはその下に角括弧で書誌情報を示すことにしたい[10]。

①六〇年代から七〇年代

Le Langage, cet inconnu. Une initiation à la linguistique, 1969 (« Points » n° 125, 1981). [『ことば、この

（3）浅田彰『構造と力――記号論を超えて』勁草書房、一九八三年。

（4）中沢新一『チベットのモーツァルト』せりか書房、一九八三年。

（5）『現代思想』一九八三年五月号（特集「クリステヴァ――愛と恐怖のディスクール」）、青土社。

（6）枝川昌雄『クリステヴァ――テクスト理論と精神分析』洋泉社、一九八七年。枝川による解説としては、以下の辞典の項目「クリステヴァ」も簡潔にまとまっており参考になる。『岩波哲学・思想辞典』岩波書店、一九九八年、三八八―三八九頁。

（7）西川直子『クリステヴァ――ポリロゴス』講談社、一九九九年。（現在は入手するのがやや難しい）評論集『〈白〉の回帰――愛／テクスト／女性』（新曜社、一九八七年）でも、多くのページがクリステヴァに割かれており参考になる。

（8）立川健二、山田広昭『現代言語論――ソシュール・フロイト・ウィトゲンシュタイン』新曜社、一九九〇年、一三二―一四八頁（立川による「クリステヴァ――《名づけえぬもの》の理論、あるいは《女》のエクリチュール」、「セミオティックとサンボリック――恋愛、あるいはカオスとしての言語」を参照されたい）。

（9）阿部静子『「テル・ケル」は何をしたか――アヴァンギャルドの架け橋』慶應義塾大学出版会、二〇一一年。

（10）文献表を作成するにあたり、クリステヴァの個人サイトなどを参照した。http://www.kristeva.fr/

未知なるもの——記号論への招待』谷口勇・枝川昌雄訳、国文社、一九八三年。〕

Semeiotikè. Recherches pour une sémanalyse, 1969 (« Points » n° 96, 1978). 〔『セメイオチケ1　記号の解体学』原田邦夫訳、せりか書房、一九八三年／『セメイオチケ2　記号の生成論』中沢新一ほか訳、せりか書房、一九八四年。〕

Le Texte du roman. Approche sémiologique d'une structure discursive transformationnelle, La Haye, Mouton, 1970. 〔『テクストとしての小説』谷口勇訳、国文社、一九八五年。〕

Des Chinoises, Des femmes, 1974, réédition Pauvert, 2001. 〔『中国の女たち』丸山静訳、せりか書房、一九八一年。〕

La Révolution du langage poétique. L'avant-garde à la fin du XIXe siècle, Lautréamont et Mallarmé, 1974 (« Points » n° 174, 1985). 〔『詩的言語の革命　第一部　理論的前提』原田　邦夫訳、勁草書房、一九九一年／『詩的言語の革命　第三部　国家と秘儀』枝川昌雄ほか訳、勁草書房、二〇〇〇年。〕

La Traversée des signes (ouvrage collectif), 1975. 〔『記号の横断』中沢新一ほか訳、せりか書房、一九八七年。〕

Polylogue, 1977. 〔『ポリローグ』赤羽研三ほか訳、白水社、一九八六年。〕

Folle Vérité (ouvrage collectif), 1979.

②八〇年代

Pouvoirs de l'horreur. Essai sur l'abjection, 1980 (« Points » n° 152, 1983). [『恐怖の権力――〈アブジェクシオン〉試論』枝川昌雄訳、法政大学出版局、一九八四年。]

Histoires d'amour, 1983 (Folio « Essais » n° 24, 1985).

Au commencement était l'amour. Psychanalyse et foi, Hachette, « Textes du XXe siècle », 1985. [『初めに愛があった――精神分析と信仰』枝川昌雄訳、法政大学出版局、一九八七年。]

Soleil noir. Dépression et mélancolie, 1987 (Folio « Essais » n° 123, 1989). [『黒い太陽――抑鬱とメランコリー』西川直子訳、せりか書房、一九九四年。]

Étrangers à nous-mêmes, 1988 (Folio « Essais » n° 156). [『外国人――我らの内なるもの』池田和子訳、法政大学出版局、一九九〇年。]

③九〇年代

Les Samouraïs, roman, 1990 (Folio n° 2351). [『サムライたち』西川直子訳、筑摩書房、一九九二年。]

Le Vieil Homme et les loups, roman, 1991 (Livre de Poche, 1996).
Les Nouvelles Maladies de l'âme, 1993 (Livre de Poche, 1997).
Le Temps sensible. Proust et l'expérience littéraire, 1994 (Folio « Essais » n° 355, 2000). [『プルースト——感じられる時』中野知律訳，筑摩書房，一九九八年。]
Possessions, roman, 1996 (Livre de Poche, 2001).
Sens et non-sens de la révolte, 1996 (Livre de Poche, 1999).
La Révolte intime, 1997 (Livre de Poche, 2000).
Le Féminin et le sacré, avec Catherine Clément, Stock, 1998. [『〈母〉の根源を求めて——女性と聖なるもの』永田共子訳，光芒社，二〇〇一年。]
Visions Capitales, Réunion des Musées Nationaux, 1998. [『斬首の光景』塚本昌則・星埜守之訳，みすず書房，二〇〇五年。]
L'Avenir d'une révolte, Calmann-Lévy, 1998.
Contre la dépression nationale, entretiens avec Ph. Petit, Textuel, 1998.
Le Génie féminin, tome I, *Hannah Arendt*, 1999 (Folio « Essais » n° 432). [『ハンナ・アーレント——〈生〉は一つのナラティヴである』松葉祥一ほか訳，作品社，二〇〇六年。]

④二〇〇〇年代以降

Le Génie féminin, tome II, *Mélanie Klein*, 2000 (Folio « Essais » n° 433). [『メラニー・クライン——苦痛と創造性の母親殺し』松葉祥一ほか訳、作品社、二〇一二年。]

Au risque de la pensée, éditions de l'Aube, 2001.

Micropolitique, éditions de l'Aube, 2001.

Le Génie féminin, tome III, *Colette*, 2002 (Folio « Essais » n° 442).

Chroniques du temps sensible, éditions de l'Aube, 2003.

Lettre au président de la République sur les citoyens en situation de handicap, à l'usage de ceux qui le sont et ceux qui ne le sont pas, 2003.

Meurtre à Byzance, 2004 (Livre de Poche, 2006).

La Haine et le Pardon, 2005.

Seule une femme, éditions de l'Aube, 2007.

Cet incroyable besoin de croire, Bayard, 2007.

Thérèse mon amour, 2008.

Leur regard perce nos ombres (avec Jean Vanier), Fayard, 2011.

Pulsions du temps, Fayard, 2013.

L'Horloge enchantée, roman, Fayard, 2015.

Du mariage considéré comme un des beaux-arts (avec Philippe Sollers), Fayard, 2015.

Beauvoir, présente, Fayard, 2016.［『ボーヴォワール』本書。］

Je me voyage, Mémoires, entretiens avec Samuel Dock, Fayard, 2016.

このほか、日本独自に編纂されたものや英語圏で出版されたものから翻訳されたもの、クリステヴァの参加した論集の翻訳として以下がある。

『女の時間』棚沢直子・天野千穂子編訳、勁草書房、一九九一年。

『彼方をめざして――ネーションとは何か』支倉壽子・木村信子編訳、せりか書房、一九九四年。

Hannah Arendt: Life is a Narrative, trans. by Frank Collins, University of Toronto Press, 2001.［『ハンナ・アーレント講義――新しい世界のために』青木隆嘉訳、論創社、二〇一五年。］

Un été avec Proust, collectif, 2014.［アントワーヌ・コンパニョン、ジュリア・クリステヴァほか『プルーストと過ごす夏』國分俊宏訳、光文社、二〇一七年。］

なお、短文が個別に翻訳されているケースもあるが、以下のものはインタビューそれ自体もさることながら、その後に付された数ページにわたる解説が有用である。

« *L'Écriture de Collette* », in *L'Infini*, n° 79, Été 2002.［「セクシュアリティの変容?」、木村信子訳、別冊水声通信『セクシュアリティ』水声社、二〇一二年、三五―五一頁。］

やや乱暴ではあるが、①記号論やテクスト論、（詩的）言語論が中心となる六〇年代から七〇年代、②『恐怖の権力』や『黒い太陽』など精神分析関連の仕事が目を引く八〇年代、③活動の幅が広がり小説や「女性の天才」シリーズ（アーレント、クライン、コレット）が開始される九〇年代、④（本稿でも後に紹介する）「障害（handicap）」に関するアンガージュマンや自伝的著作が比重を増す二〇〇〇年代以降、というような仕方でこれまでのキャリアを整理することもできよう。無論ある個人の思考を年代に沿ってきれいに区別できるはずなどないのだから、あくまでもこれはひとつの目安と考えていただきたい。

日本での翻訳の状況に目を向けるならば、第二部が未完の『詩的言語の革命』をはじめ抄訳のものもあるが、原書が二〇〇〇年頃までに出版されたものに関してはその大半が翻訳され出版されていることがわかる。ほぼ同時代的に、かくも難解で浩瀚な著作が次々に翻訳されたという事実は、この時代の空気を直接には共有しない世代に属する訳者からするとやや驚きでもある。

しかしながら問題は二〇〇一年以降に原書が出版された著作である。残念ながら日本語では、今日にいたるまでほとんど紹介が行われていない。理由はいくつかあるだろう。当初理論家として知られたクリステヴァが九〇年に小説を書き始めたことや、一種「老い」の現象とみるべきか、近年では対談などの形式で自身の生を振り返る回想録的な著作が多いのも事実である。夫ソレルスとの対談本などは読者によってその受け取り方が大きく変わりそうな種類の書物ではある。そこにはもはや、数学の理論などまで援用し、ことによっては疑わしいまでに激しい理論を展開していた「ポストモダン」の理論家の姿は見られないというのが読者の正しい反応なのかもしれない。[11] こうした転向に失望した読者がいたとしても不思議ではないだろう。

しかしこれはクリステヴァの個人史的な次元にとどまる問題なのであろうか。訳者の目にはもう少し大きな、歴史的ないしは思想史的次元での変化と通底しているようにも見えなくはない。例えば二〇〇九年にクロード・レヴィ゠ストロースが、二〇一五年にルネ・ジラールが、二〇一六年にウンベルト・エーコが、そして二〇一七年に入ってからはツヴェタン・トドロフがこの世を去ったことは記憶に新しい。いわゆる「現代思想」の代表的論客の多くがもはやこの世に存在しないのが現実である。一時期は絶対的な魅力と拘束力を保持した「現代思想」が少しずつその力を失いつつあることは事実であろう。おそらく実際には少し前から感じられていたはずのこうした変化に対し、近年では「ポスト・ポスト構造主義」を銘打つ特集が組まれるなど、研究者や批評家たちから意識的な応答が試みられていることも興味深い状況ではある。(12)

それでは「現代思想」は、あるいはそれを最も象徴的な仕方で生きたとも言えようジュリア・クリステヴァは、もはや読むに値しない思想家なのであろうか。ことによってはそうなのかもしれない。しかしながらひょっとしたら、この思想家の道筋を、あるいはこの運動の行く

(11) クリステヴァが「ソーカル事件」で批判の矛先が向けられた思想家のひとりであったことも一応、記憶に残しておく必要があろう。アラン・ソーカル、ジャン・ブリクモン『「知」の欺瞞――ポストモダン思想における科学の濫用』田崎晴明ほか訳、岩波現代文庫、二〇一二年、五九―七六頁。

(12) 言語論的転回――クリステヴァもこの運動に属していたと言えよう――以後の現代哲学の状況を「実在論」、「自然論」、「メディア・技術論」の三角形によって描き出す以下の概説書などが簡潔にまとまっており参考になる。岡本裕一朗『いま世界の哲学者が考えていること』ダイヤモンド社、二〇一六年。仮にこの図式を受け入れるならば、クリステヴァの思想が依拠していたような「(純)文学」の審級がなくなっていることは一目瞭然である。無論、こうした新しい潮流がSF小説や映画、インターネットなどの新しいメディアでの表現の分析に新しい視座を与えてくれる可能性は大いにあろうし、本稿の筆者は必ずしもこうした状況に対し悲観的であるわけではない。

末をもう少し追ってみたいと思う読者もなかにはいるのかもしれない。ほかならぬ訳者自身が——遅れてきた者として——そのように思う者のひとりである。

では今日、クリステヴァの著作をどのように読むことができるのか。時代が変わったというのならばそれに応じ、これまでとは別の読み方を提示する必要もあろう。それゆえ本稿では、ともすればさらに時代錯誤的と批判されることにもなろうがいま一度「実存（existence）」という概念に立ち返ることでクリステヴァの思想に光をあてることを試みたい。「ポストモダン」の思想家に「実存」の語をぶつける。ある読者の目には暴挙と映るかもしれないし、いずれのキーワードにももはや興味はないと感じる読者も多いかもしれない。それでも訳者としては、多少ともこれまでとは違うクリステヴァ像を提示できれば幸いである。

実存主義のゆくえ

二〇世紀フランスの思想史において「実存」という語を考える際、ほぼ同時にそれと挙がるのはジャン゠ポール・サルトルの名であろう。フッサールの現象学やハイデガーの存在論に影響を受け、「想像力（imagination）」や「無（néant）」に関する独自の哲学を構築したのち自身が編集長を務める『現代（*Les Temps modernes*）』誌を舞台に「政治参加（engagement）」し、伴侶であるシモーヌ・ド・ボーヴォワールと共に世界的な「知識人（intellectuel）」と見なされるにいたったサルトルがある時期以降、自身の思想スタイルを「実存主義（existentialisme）」と見なしていたことは改めて書き記すまでもない基本的な知識のひとつである。そしてその思想が六〇年代以降、レヴィ゠ストロース[13]やデリダら後続の思想家たちによって痛烈に批判され、瞬く間に時代遅れなものとなってしまったことも「フランス現代思想」に関する数多の入門書に書かれてきたことである。その後、「新哲学派（nouveaux philosophes）」に分類されるベルナール・アンリ゠レヴィによる記念碑的大著『サルトルの世紀』[14]（二〇〇〇年）の出版や、二〇〇五年の生誕一〇〇周年の学術催事など、「サルトル・ルネサンス」と呼ばれるような契機がなかったわけでもなかろうがそれでもやはり、「サルトルの思想は時代遅れである」――ないしはそれに対

(13) サルトルとの対決を軸に簡潔にその思想をまとめたものとして近年では以下の小著が参考になる。中沢新一『レヴィ゠ストロース『野生の思考』』NHK出版、二〇一六年。あるいはサルトル研究の側からは、以下の洗練された論文が一部、レヴィ゠ストロースによるサルトル批判の再検討に割かれている。谷口佳津宏「『弁証法的理性批判』における理性の問題」、南山大学紀要『アカデミア』人文・自然科学編第一四号、二〇一七年、一九―三四頁。

(14) ベルナール゠アンリ・レヴィ『サルトルの世紀』石崎晴己監訳、藤原書店、二〇〇五年。

するアンチ・テーゼとしての「やはり重要なのは（現代思想などではなく）サルトルの実存主義である」——というような先入観が大きく変わらない程度には、今日でも「現代思想」の影響力が残っているというのが現状であるように思われなくもない。

このような状況にありながらしかし、本稿の筆者が試みるのはまさにこの「現代思想」の代表的論客のひとりとみなされてきたクリステヴァを「実存主義」のサルトルと接近させることである。少し意外かもしれないがこの試みは決して由なきものでもない。というのも、クリステヴァはその著作の中でしばしばサルトルやその著作に対し——ときとしては肯定的な仕方で——言及しているからである。(15)

例えば代表作のひとつ『恐怖の権力』を紐解いてみよう。以下の引用文において、クリステヴァは同書のキーワードである概念「アブジェクシオン（abjection）」の着想を語る際に、セリーヌの特権性を認めつつも、いくつかの作家とならんでサルトルの『嘔吐』の名前を挙げている。とりわけサルトルについてのみ、作品名までが示されていることに注意されたい。(16)

現代からは、分析的ではないまでも破壊的な偏執性を継承し、古典からはその叙事能力を、卑俗でないとすれば、庶民的な広がりに結び付けて受け継いでいるセリーヌの作品は、つまるところ数ある他の作品のうちで、おぞましきものの現実に取り得る形の一例なのだ。

ボードレール、ロートレアモン、カフカ、G・バタイユ、サルトル（『嘔吐』）、あるいは他の近代作家たちも、彼らなりに命名行為の、言い換えれば意味をもち得る同一性への、私の冥府行きの支柱となることができたであろう。だが多分セリーヌはそのうちの特権的な範例、そしてこの意味では与し易い例である。(17)

あるいは今日でもガリマール社の文庫版では表紙に同名のデューラーの石版画が使用されている通り、『嘔吐』のタイトル案のひとつが『メランコリア』であったことも研究者のあいだではつとに語られてきたが、(18) クリステヴァのもうひとつの精神分析的著作『黒い太陽』で問題

(15) この問題はすでに、ささやかではあるが幾人かの翻訳者たちに注目されてきたものでもある。クリステヴァ『彼方をめざして』（前掲書、一八九頁）や西川『クリステヴァ』（前掲書、二五六―二五七頁）を参照されたい。あるいはサルトル研究の側では、澤田直がクリステヴァの名にも触れながらサルトルのテクストの「間テクスト」的な読解の可能性を示している。澤田直『新・サルトル講義――未完の思想、実存から倫理へ』平凡社新書、二〇〇二年、一〇四―一〇五頁。

(16) なお、クリステヴァは『嘔吐』のエピグラフがセリーヌからの引用であることに注意を促している。セリーヌはクリステヴァとサルトルを結ぶ鍵のひとつである。Julia Kristeva, *Sens et non-sens de la révolte. Pouvoirs et limites de la psychanalyse I*, [1996], Livre de poche, 1999, p. 261.

(17) クリステヴァ『恐怖の権力』前掲書、三〇九―三一〇頁。

にされる症例がまさに「メランコリー」にほかならず、この著作においてはデューラーの石版画もまた分析対象のひとつであったことは注目に値するかもしれない（邦訳の表紙ではやはり、このデューラーの石版画が使用されている）。[19] あるいはアルベール・カミュの『異邦人（*L'étranger*）』などが取り上げられる『外国人』は原書のタイトルを忠実に訳しなおすと『わたしたち自身に対する外国人（*Étrangers à nous-mêmes*）』となろうがそのタイトル自体はサルトルの戯曲『蝿』の一節に由来している可能性が高い。[20] そのほかにも、『詩的言語の革命』の一節では『家の馬鹿息子』の概念の、[21]『恐怖の権力』の一節では『聖ジュネ』の副題のパスティーシュ（模作）が行われている。[22] このような観点を持つならば、近年のプルースト論で「想像界＝想像的なもの（l'imaginaire）」や「まなざし（le regard）」など、初期サルトル哲学を連想させるような用語が章や節のタイトルで用いられていることなども無視はできまい。[23] 最初の小説である『サムライたち（＝レ・サムライ）』がボーヴォワールの『レ・マンダラン（＝中国清朝の高級官吏）』の明らかなそれであることなどを別にしても、[24] クリステヴァの著作には彼女がサルトルや周辺の実存主義者たちのよき読者であったことを想像させるような要素が多数含まれているのである。世代を考えれば当然ではある。こうした端的な事実はしかし、これまで「フランス現代思想」の入門書にはあまり書かれてこなかったことであることも事実であろう。いずれも表層的であるものの、当の思想家が「間テクスト性」概念の発明者のひとりであることなども

(18) Jean-Paul Sartre, *Œuvres romanesques*, Gallimard, 1981, p. 1667.

(19) クリステヴァ『黒い太陽』前掲書、二〇九頁。

(20) Kristeva, *Sens et non-sens de la révolte*, Livre de poche, *op. cit.*, p. 246.

(21)「いささかも惰性的ではない実践」と題された節ではサルトルのフローベール論の批判がなされている（クリステヴァ『詩的言語の革命』第三部、前掲書、一五―二〇頁）。例えば本書に関するインタビューでは、次のように語られている。「じっさいサルトルの考えに従って、言語を実証主義的な意味で（すなわち、実存主義的な見方によって）惰力、言語＝岩石、あるいは主体をつかまえるなにかの死物と見てしまうなら、その結果、言語システムにおける実践のすべては死んでしまい、社会運動の全体に参与することはできなくなるでしょう」（ジュリア・クリステヴァ「詩的言語の政治学――ジャン＝ルイ・ウードビーヌとの対話」、松島征訳、『現代思想』一九八三年五月号、前掲書、八三頁）。

(22) 第六節「セリーヌ――喜劇役者でも殉教者でもなく」は無論、『聖ジュネ、喜劇役者にして殉教者』のパスティーシュである。ただしここでは、必ずしもサルトルのジュネ論の批判がなされているわけではないことは書き添えておく。クリステヴァ『恐怖の権力』前掲書、一八五―一九四頁。

(23) コンパニョン、クリステヴァほか『プルーストと過ごす夏』前掲書、一六三―一七八頁。なお、このことはそもそも、サルトル自身がプルーストのよき読者であったこととも関わっているだろう。サルトルにおけるプルーストの影響関係については例えば、アンヌ・シモンの研究などが参考になる。Anne Simon, *Trafics de Proust. Merleau-Ponty, Sartre, Deleuze, Barthes*, Hermann, 2016, p. 81-115.

(24) ふたつの小説の関係性については対談「『サムライたち』のこと」で簡単に触れられている。クリステヴァ『彼方をめざして』前掲書、四三―六六頁。

思い起こすならば[25]、こうしたささいな身振りも完全には無視することができないように思われるのである。

あるいはより直接的にサルトルに言及がなされるテクストがないわけでもない。ここでは特にふたつのテクストに注目することにしよう。最初のテクストは一九九〇年に書かれた「サルトル、あるいは必要不可欠のリスク（邦題「サルトルを語る」）である。ベルリンの壁崩壊の翌年に書かれたこの小文において、クリステヴァはサルトルへの両義的な思いを述べたのち、テクストの末尾では以下のようにサルトルを肯定的にとらえ返す発言をしている。

だから、ベルリンの〈壁〉の崩壊はそれをすべて時代おくれにさせた、などと言わないでほしい。《それ》は始めるいがいない。彼らが、《向こう側》で、スーパー・マーケットや車を持つころには、けっきょく、〈神〉、〈国家〉、〈意味〉、〈死〉、〈存在〉、〈自己欺瞞〉、〈他者〉、〈言語〉について何をなすのかを、自問するようになるだろう。彼らは、〈諸々の財産〉および〈諸権利〉とともに、にもかかわらず、に反して、彷徨し、行動しはじめるだろう。彼らは、嘔吐するまで思考する情熱としての実存主義を、そしてまた、哀歓のいりまじったストイックな目覚めとしてのポスト実存主義を再発見するだろう。サルトルはそれを待っている、そして私たちもまた。いつまでも[26]。

ここで使用される「ポスト実存主義（après-existentialisme）」という表現の選択は――それほど深淵とは言えないまでも――印象的ではある。クリステヴァはここで、ベルリンの壁崩壊に伴う東西諸国の情勢変化に際し、どちらかと言えば東側に影響力を持っていたサルトルの思想にエールを送るようにもみえる一文を書きつけているのである。ここでは当然ながら、クリステヴァ自身がブルガリアという東欧の国の出身であることも改めて思い出す必要がある。「ポストモダン」という語が喚起するイメージとはやや異なる思想家の顔がうかがえるテクストではなかろうか。

あるいはこの数年後、クリステヴァは「反抗（révolte）」という概念に関心を寄せ、アラゴンとバルトと並んでサルトルを中心的な対象に据えるセミネールを開講している。二年間に及ぶセミネールについては今日、『反抗の意味と無意味』（一九九六年）および『親密な反抗』（一九九七年）という二冊の講義録、あるいはその後に出された小著『反抗の未来』（一九九八年）などによってその概要を知ることができる。こうしたことからは九〇年代半ばのクリステヴァ

（25）フランスにおけるこの概念の来歴に関しては以下の小著が参考になる。クリステヴァによる導入、ジェラール・ジュネットによる理論化、アントワーヌ・コンパニョンの「第二の手」など後続の理論との関係が簡潔にまとめられている。Tiphanie Samoyaut, *L'intertextualité. Mémoire de la littérature*, Nathan, 2001.

（26）クリステヴァ『彼方をめざして』前掲書、一一〇―一一一頁。

にとって「反抗」がキーワードのひとつであったと言えそうであるが、今日まで日本語ではほとんど紹介がなされていない。それゆえ手短ではあるが、ここでその簡単な紹介を行うことにしたい(27)。

まず前提条件として、二〇世紀フランスの思想史においてこの概念が用いられる重要な契機のひとつはいわゆる「サルトル＝カミュ論争」である(28)。カミュの『反抗的人間』に対し、当時サルトルの右腕であったフランシス・ジャンソンが反論を行い、カミュの反論に対し今度はサルトルが再反論を試みることになる『現代』誌上の名高い論争である。ここで強調すべきはまず、「革命か反抗か」の二者択一において「反抗」の側にいたのはサルトルではなくカミュであったことである。『外国人』のタイトルにしてもそうだが世代からしても、サルトルとカミュというふたりの作家がクリステヴァの思想の生成のある時期に少なからず影響をもたらした可能性は否定できまい（やや脱線するが、『反抗の意味と無意味』というタイトルがもうひとりの実存主義者メルロ＝ポンティの論集『意味と無意味』のパスティーシュである可能性も十分にありえよう）。しかしながら不思議なことに、短く言及することこそあれ(29)、セミネールの中でクリステヴァがカミュを中心的な対象に据えることはない。「反抗」を問う彼女が問題にするのはあくまでもサルトルの方なのである。

ここで思い起こすべきはサルトルが関わるもうひとつの討論である。すなわち、『反抗は正しい』と題され書物にもなったマオ派の思想家フィリップ・ガヴィおよびピエール・ヴィクトールとの連続討論会である。[30] 同書のタイトルは毛沢東の「造反有理」のフランス語訳に由来するが、七〇年代、いわば「晩年」のサルトルが大部のフローベール論を書くのと並行してマオ派の若い論客の近くにいたことは広く知られている。[31] さらに言えば、本稿の主役であるクリステヴァもまた、マオ派に近い『テル・ケル』誌の主要メンバーであったことは忘れてはならないだろう。[32] それゆえクリステヴァが「反抗」を語るとき、カミュのそれというよりは毛沢東の

---

(27) 近年のクリステヴァ研究でこのキーワードに触れるものは少なくない。Sarah K. Hansen, Rebecca Tuvel (ed.), *New Forms of Revolt: Essays on Kristeva's Intimate Politics*, State University of New York Press, 2017.

(28) アルベール・カミュ、ジャン＝ポール・サルトルほか『革命か反抗か——カミュ＝サルトル論争』佐藤朔訳、新潮文庫、一九六九年。

(29) Kristeva, *Sens et non-sens de la révolte*. Livre de poche, *op. cit.*, p. 29.

(30) ジャン＝ポール・サルトル、フィリップ・ガヴィ、ピエール・ヴィクトール『反逆は正しい——自由についての討論』（I・II）、鈴木道彦・海老坂武・山本顕一訳、人文書院、一九七五年。

(31) この時期のサルトルに関しては以下の小著が参考になる。西永良成『サルトルの晩年』中公新書、一九八八年。

(32) フランスにおける毛沢東主義の台頭については以下の研究書が参考になる。リチャード・ウォーリン『1968パリに吹いた「東風」——フランス知識人と文化大革命』福岡愛子訳、岩波書店、二〇一四年。とりわけサルトルに割かれた第五章、（クリステヴァを中心とする）『テル・ケル』グループに割かれた第六

「造反」が響いている可能性が高いのである。事実、サルトルに割かれたセミネールのある回はそのまま「反抗は正しい」と題されている。[33]

とはいえクリステヴァがセミネールで扱うのはサルトルとマオ派論客との対話だけではない。むしろ「反抗」という語をひとつの手掛かりとして、サルトルの全著作を読み解こうというのが彼女の試みであるように思われる。セミネールでは、よく知られた六四年のノーベル賞拒否のエピソードから『蝿』などの戯曲、[34]初期の現象学的著作で問題となる「意識」の否定作用や「自己欺瞞」など、理論的かつ実践的次元においてサルトルの再読が試みられる。

サルトルは徳、キリスト教的倫理、美などといった古典的な価値に対する反撃〔revanche〕を語っている。[35]

『自由への道』を講ずるクリステヴァの言葉である。またここでは詳しく論じる余裕はないが、彼女の専門分野のひとつでもある精神分析との対話も興味深い。[36]ボーヴォワールに関する本書に先立つクリステヴァのサルトル講義もまた検討が俟たれているのではなかろうか。[37]アラゴン、サルトル、バルトと年代順に進められる講義は二十世紀フランス文学に関する一種のパノラマを与えるものでもある。[38]

章は本稿とも関係が深い。

（33）しばしばこの語が「反逆」という日本語によって訳されてきたことは、クリステヴァも注意を促すように、ラテン語の volvere に由来する révolte というフランス語が語源的に「回転」のニュアンスを持つことに由来すると考えられる。だとすれば、（『聖ジュネ』で導入される）「回転装置（tourniquet）」の思想家と「反抗＝反逆」の主題はより深層において通底するものなのかもしれない。Kristeva, *Sens et non-sens de la révolte*, *Livre de poche*, *op. cit.*, p. 6-10. 本書でもまた、ベッリーニの絵画に触れながら tour という名詞に注意をうながしていたことを思い出されたい。

（34）とりわけ、サルトルに割かれた最初の回がまず、このアイスキュロスの悲劇をもとにしたサルトルの戯曲への言及によって開始されていることに注意を促したい。これは先立つ講義において、ソフォクレスの『オイディプス王』を踏まえたフロイトの「エディプス・コンプレックス」が主題とされていたことと緩やかにつながりを持っている。クリステヴァの頭の中で、どこかで「反抗」の主題がギリシア悲劇の問題と結びついていることは書き留めておいて損はないように思われる。Kristeva, *Sens et non-sens de la révolte*, Livre de poche, *op. cit.*, p. 228.

（35）Kristeva, *Sens et non-sens de la révolte*, Livre de poche, *op. cit.*, p. 256. なお、ここで使用される revanche もまた、サルトルの思想を語る際にしばしば用いられるフランス語である。J.-F. Louette, « Revanches de la bêtise dans *L'Idiot de la famille* », dans *Traces de Sartre*, ellug, 2009, p. 301-324.

（36）例えばクリステヴァは、「肛門（anus）」や（より一般的な）「穴（trou）」についてのフロイトの学説を批判する『奇妙な戦争手帖』の一節などを紹介している。彼女自身の「アブジェクシオン」理論などともつながる話であろう（Julia Kristeva, *La Révolte intime. Pouvoirs et limites de la psychanalyse II*, [1997], Livre de poche, 2000, p. 244-246）。なお、サルトルにおいてこの主題は『存在と無』第四部で再び考察させられることになるものである。ジャン＝ポール・サルトル『奇妙な戦争――戦中日記』（海老坂武ほか訳、人文書院、なお、「反抗」を問題にする際にクリステヴァが仮想敵と捉えているのはギー・ドゥボールが描き出すような「スペクタクルの社会」のようである。[39] サルトル的な「否定性」に対置して言えば、「肯定性」や「受動性」がキーワードになるドゥボールの理論が現実味を帯びるなかで「反抗」という問題をいかに考えることができるのか。クリステヴァの問いのひとつはこのようなものであったようにみえる。例えば初回の講義では次のように語られている。

反抗－文化〔culture-révolte〕とヨーロッパの芸術の本質的な側面が脅威にさらされていると考えています。反抗としての文化、反抗としての芸術という観念それ自体が脅威にさらされているように思われるのです。わたしたちは娯楽－文化〔culture-divertissement〕、パフォーマンス－文化、見世物－文化〔culture-show〕に飲み込まれようとしているのです。[40]

クリステヴァは西洋文化に内在するある種の「精神」として「反抗」の主題を強調する。ではこの発話の後、ヨーロッパの歴史はどのような道をたどったか。より複雑な回路ではあるもののやや象徴的に述べるとすれば、「消費社会」が行き着く先での「服従」（ミシェル・ウエルベック）がスキャンダルを引き起こしながらも同時に奇妙な仕方で現実味をも帯びる今日、クリステヴァの懸念は大きく外れることはなかったように思われないでもない。[41] いま一度「反抗」

一九八五年、一七九頁以下）と『存在と無――現象学的存在論の試み（第三巻）』（松浪信三郎訳、ちくま学芸文庫、二〇〇八年、四五五頁以下）を参照されたい。

（37）サルトル研究の側からは例えば、ジュリエット・シモンが『親密な反抗』に対する応答を試みている。クリステヴァの講義では触れられていないフローベール論との接続がなされている点など興味深い。しかしながら総じてその哲学と親和性が高い一精神分析家によるサルトル読解という程度にしか議論が深められていないという意味では十分な仕方で比較が行われているとは言い難い。例えば、クリステヴァが掲げる「反抗」のキーワードにはさほど注意が払われていないし、初期クリステヴァによるサルトル批判なども言及されることはない。関心に応じて以下の概説書の第七章を参照されたい。Juliette Simont, *Jean-Paul Sartre. Un demi-siècle de liberté*, [1998], de boeck, 2015.

（38）ところで、夫ソレルスとの対談集『芸術のひとつと見なされる結婚について』（二〇一五年）ではときおり、自身らをアラゴン‐トリオレ、サルトル‐ボーヴォワールのカップルと比較している。二十世紀フランス文学に通じたクリステヴァであるが、この三世代の系譜を軸とする史観はある程度一貫したものであると言えるかもしれない。教科書的には、共産主義に近い作家たちの系譜ということにもなろう。

（39）ギー・ドゥボール『スペクタクルの社会』木下誠訳、ちくま学芸文庫、二〇〇三年。ただし、クリステヴァはドゥボール自身の活動は評価しており、セミネールでは、彼女の時代の「反抗的人間」（homme révolté）であったと述懐されている。Kristeva, *Sens et non-sens de la révolte*, Livre de poche, *op. cit.*, p. 82. なお、ドゥボールについていえば夫ソレルスとの関係も興味深い。以下の特集（とりわけインタビュー「フィリップ・ソレルスの秘密」や木下による論考「ドゥボールを媒介するソレルス」など）を参照されたい。『ユリイカ』一九九五年八月号（特集「ソレルス――現代文学のストラテジー」）、青土社。

（40）Kristeva, *Sens et non-sens de la révolte*, Livre de poche, *op. cit.*, p. 13.

（41）「反抗」のクリステヴァと「服従」のウエルベックという図式化はやや恣意的とも言えようが、ウエルベ概念をめぐるクリステヴァの講義を読み返すことには一定の意義があるのではなかろうか。[42]

なお、多少ともクリステヴァとサルトル－ボーヴォワールとの間にある差異を指摘しておくとすれば、教授資格を持ちながらも早い段階でアカデミズムを離れた後者の知識人カップルとは異なり、クリステヴァはパリ第七大学の教員やアメリカ合衆国の大学での客員教授を務めながら、あくまでも大学人として執筆活動を続けたという違いがあろう。サルトルに関するセミネールが行われたのも彼女のホーム校でのことである。そのほか博士論文の指導など、学生との交流が彼女の思考に影響を与えた可能性も十分にあろう。[43] これは在野の知識人として活躍したサルトル－ボーヴォワールが持ちえなかった問題であるように思われる。

また、ついに結婚することはなく自身の子供を持つこともなかったサルトル－ボーヴォワールと、ソレルスと結婚し、（それ自体が彼女の主題のひとつでもあったところの）「母」になったクリステヴァが、その思考においてサルトル－ボーヴォワールとは異なる方向に進んだとしてもさほど不自然なことではないように思われる。[44]

ックが「六八年以後」を強く意識しているだろうことは想像に難くない。例えば初期の代表作『素粒子』（一九九八年）ではしばしば六八年世代への批判的まなざしが向けられているほか、クリステヴァの夫ソレルスが登場人物の一人として描かれてもいる。ミシェル・ウエルベック『素粒子』野崎歓訳、ちくま文庫、二〇〇六年、一四五頁、二五一頁以下など。ソレルス－ウエルベックのラインについては以下の小著も参考になる。野崎歓『フランス小説の扉』白水社、二〇一〇年、二一四―二五六頁。また、前掲のリチャード・ウォーリンも「六八年以後」の作家としてのウエルベックに着目している。ウォーリン『1968パリに吹いた「東風」』前掲書、九―一〇頁。なお、六八年五月から五〇周年に際し今年、クリステヴァと同世代の哲学者アラン・バディウが以下のような小著を刊行したことなども書き留めておいて損はあるまい。Alain Badiou, *On a raison de se révolter*, Fayard, 2018.

（42）なお、「反抗」の主題が「時間／時間性」（temps/temporalité）の問題と結びついていることには注意を促す必要があるかもしれない。二年目の講義『親密な反抗』の第三回などが顕著であるが（Kristeva, *La Révolte intime*, Livre de poche, *op. cit.*, p. 40-67）、これは西洋の思想において、「反抗」ないしは語源を共有する「革命」（révolution）が本質的に時間――線的な時間に対する循環的な時間――に関わる概念であることと密接にかかわっているように思われる（Cf. « Révolution », dans *Vocabulaire européen des philosophies. Dictionnaire des intraduisibles*, Le Robert/Seuil, 2004, p. 1087-1088）。『感じられる時』（一九九四年）や『時間の欲動』（二〇一三年）など、とりわけ九〇年代以後のクリステヴァの著作がひろく「時間」という問題に向かうものであることにも注意を促しておきたい。

（43）例えば以下のサイトなどでJulia Kristevaと名前を入力すれば、指導した学生の博士論文の題目などを見ることができる。http://www.theses.fr/

（44）クリステヴァ自身、しばしば自らが母になった経験について言及している。クリステヴァ「セクシュアリティの変容？」、別冊水声通信『セクシュアリティ』前掲書、三八―三九頁。

可傷的な存在（へ）のまなざし

ここまで見てきた通り、クリステヴァの著作のいくつかにはサルトルをはじめとする実存主義からの影響がみとめられる。それゆえある観点からすれば、彼女の内に実存主義化の傾向なり、「ポスト実存主義者」としての顔を見出すことも不可能ではないだろう。異論もあろうが本稿では、あくまでもこうした枠組みで理解を進めることにしてみたい。すると次に考えなければならない問題は何か。彼女自身の「政治参加」の問題であろう。クリステヴァにとっての「アンガージュマン（engagement）」とは何であったのか。

これまでほとんど日本で紹介が行われていないクリステヴァの仕事のひとつに「障害（handicap）」をめぐる一連のテクストがある。年代順に挙げると今日まで、『障害の状況に置かれた国民についての大統領への書簡』（二〇〇三年）、障害学の専門家である人類学者シャルル・ガルドゥー（リヨン第二大学）とともに発起人を務めたシンポジウムの報告集『障害――アンガージュマンのとき』（二〇〇六年）、エマニュエル・ベリュトー『聖書が障害を語るとき』への「あとがき」（二〇〇七年）、知的障害者のためのラルシュ（L'Arche）共同体の創設者ジャン・ヴァニエとの往復書簡集『彼らのまなざしがわたしたちの影を貫く』（二〇一一年）などが刊行されている。理論家や精神分析家、小説家、フェミニストなど、すでに多くの顔が知られるクリステヴァのもうひとつの顔として、「障害」に関する活動家の顔がとりわけ二〇〇〇年代に入ってから無視できないことがわかるだろう。本稿では活動の参加についての詳しい背景や個人史的事情というよりは、これまで見てきた思想史的文脈との関係の中でこれらの仕事を位置づけることを試みることにしたい。(45)

まず、『障害の状況に置かれた国民についての大統領への書簡』がふたたびサルトルのテクストのパスティーシュである可能性が高いことは興味深い。(46)また書簡中でも、自伝『言葉』からの引用が引かれている。(47)

(45) なお、この問題への関与のより詳しい事情に関してはインタビュー集『私を旅する』の第五章に詳しい。関心に応じて参照されたい。個人的な体験に加え、zoeとbiosを区別するアーレントの思想、「伝記＝生の記述」(bio-graphie) への関心などが語られている。「女性の天才」シリーズのアーレント論にもつながる問題であろう。*Je me voyage*, *op. cit.*, p. 171-228. ちなみに、(日本国内では) そのユダヤ性に着目してふたりの女性思想家を比較する研究もあるが (早尾貴紀『ユダヤとイスラエルのあいだ——民族／国民のアポリア』青土社、二〇〇八年、三七―三九頁など)、必ずしもクリステヴァは自身のユダヤ性を強調している思想家ではないことには注意が必要である。

(46) ヴェトナム戦争に反対するラッセル法廷の議長として、サルトルは当時の共和国大統領シャルル・ド・ゴールに手紙を書いている。ジャン＝ポール・サルトル「共和国大統領への手紙」、『シチュアシオンⅧ』所収、人文書院、一九七四年、三四頁。

(47) Kristeva, *Lettres au président de la République sur les citoyens en situation de handicap*, *op. cit.*, p. 36.

ひとりの人間は、あらゆる人間からできており、みんなと同じ価値があり、どんな人間にも同じ価値があるのだ。(48)

あるいは「障害」をめぐる上記の著作でクリステヴァがしばしば言及するのは一八世紀の啓蒙主義者ディドロによる『盲人書簡』である。クリステヴァの著作の後半部（「障害の状況に置かれた者とそうでない者が使用するための〔à l'usage de ceux qui le sont et ceux qui ne le sont pas〕」）はディドロの著作の後半部（「目の見える者が使用するための〔à l'usage de ceux qui voient〕」）を——部分的には批判的に——踏まえたものとも言えよう。例えば以下のような箇所を見てみたい。

管見では、障害についての近代史の最初の段階はフランスの啓蒙主義哲学者たちによって開かれました。当時「身体障害」という表現が様々な文化で迷信や魔術を伴った聖なるおぞましさを引き起こすものであり、人権の平等を背景に、そして反して、（「子供たち、老人たち、貧者たち、病人たちは大気の支配者と見なされなければならない」としたインドのマヌ法典のように）いくつかの文明がそれを保護し、（スパルタのような）また別のいくつかの文明がそれを消し去っていたのに対し、ドニ・ディドロは、その『盲人書簡』（一七四九年）において、「障害者たち」の能力を示し、実際に、欠陥のある者を政治的主体

として捉え直したのです。(49)

サルトル的なアンガージュマンを自ら実践する一方、十分な仕方では深められてはいないもののここでは「障害」を出発点とする「文学的人類学＝人間学(anthropologie littéraire)」が展開されているように見えなくもない。少なくとも『セメイオチケ』や『詩的言語の革命』など、初期のクリステヴァのそれとは全く別のディスクールであることは明らかであろう。日本国内ではすでに、クリステヴァの「アブジェクシオン」理論を用いた「障害」に関する(当事者)研究も発表されているが、(50)当のクリステヴァ自身が具体的にこのような実践に身を投じていることにはあまり光が当てられてこなかったように思う。関心に応じて上記のテクストを参照されたい。

最後に、これらの著作でクリステヴァが多用するキーワードのひとつに触れることにしたい。すなわち、vulnérabilitéというフランス語である。「傷つきやすさ」や「可傷性」、「被傷

(48) ジャン＝ポール・サルトル『言葉』澤田直訳、人文書院、二〇〇六年、二〇四頁。
(49) Kristeva, *Lettre au président de la République sur les citoyens en situation de handicap*, *op. cit.*, p. 15.
(50) 稲原美苗「障害とアブジェクシオン――「受容」と「拒絶」の狭間」、『共生のための障害の哲学』所収、UTCP、二〇一三年、一一一―一二五頁。

性」、「攻撃誘発性」など、すでに数多くの訳語が提案されてきた「現代思想」のキーワードの一つであるが、障害をめぐる一連の著作の中でクリステヴァは今一度、この概念に立ち返っているように見えなくもない。[51] 彼女自身も言及するように、[52] エマニュエル・レヴィナスの「顔」の倫理学もひとつの発想源であろうが同時に、このキーワードが近年フランスの哲学者たちに再注目されているという思想史的状況も知っておいて損はないだろう。例えば二〇一一年にはこの主題を包括的に扱う博士論文が出版されており、[53] 二〇一五年五月号の『人文科学（*Sciences Humaines*）』誌では、デリダ・フーコー・ドゥルーズ以後の今日のフランス哲学を模索する特集が組まれているが、ここでも、民主主義やジェンダー、（思弁的実在論など）新しい形而上学、技術や脳科学・動物の哲学などと並んで vulnérabilité にひとつの項目が割り振られている。代表的論客として挙げられるのはアクセル・ホネット、ジュディス・バトラー、[54] マーサ・ヌスバウム、ジョアン・トロント、ギヨーム・ル・ブランなど国内外の哲学者であるが、[55] 障害を問題にしながらこのキーワードに再三触れるクリステヴァもまた、二〇〇〇年代から二〇一〇年代にかけてのフランスにおけるこうした知的状況と全く無縁というわけではないように思われる。こうした観点からも、クリステヴァの思想が——ともすれば奇妙なまでに——時代とともに変遷していることがわかるだろう。[56]

（51）このほかにも例えば、『憎悪と赦し』（二〇〇五年）の一節は「可傷性を分有すること（Partager la vulnérabilité）」と題されており、短文ながら精神分析と障害、ヴァルネラビリティの関係が考察されている。Kristeva, *La haine et le pardon*, *op. cit.*, p. 114-116.

（52）Kristeva, *Lettre au président de la République sur les citoyens en situation de handicap*, *op. cit.*, p. 35.

（53）Nathalie Maillard, *La vulnérabilité. Une nouvelle catégorie morale ?*, Labor et fides, 2011.

（54）ところで、『ジェンダー・トラブル』の著者がサルトルやボーヴォワール、クリステヴァの批判的継承者でもあるとすれば、ジュディス・バトラーの名もまた本稿と無縁ではないだろう。クリステヴァについては特に、「ジュリア・クリステヴァの身体の政治」と題された節での批判的読解を参照されたい。ジュディス・バトラー『ジェンダー・トラブル――フェミニズムとアイデンティティの攪乱』竹村和子訳、青土社、一九九九年、一五〇―一七一頁。

（55）*Sciences Humaines*, numéro spécial : « La philosophie aujourd'hui », Mai 2015, p. 38-39.

（56）同時にこの観点からクリステヴァの著作を読み返してみるのも一興かもしれない。例えば『外国人』では、以下のような仕方で外国人のヴァルネラビリティが語られている。「無関心は外人の甲羅だ。いかにも無感動、冷淡で、攻撃や排斥も奥にいる彼の所までは届かないように見える。本当は感じているのだが。くらげ並みの傷つきやすさ〔vulnérabilité〕で」（クリステヴァ『外国人』前掲書、一一頁）。また、バルトの『恋愛のディスクール・断章』を講ずる文脈では、「恋する者の感性（sensibilité de l'amoureux）」のひとつとして「傷つきやすい（vulnérable）」という形容詞が挙げられており（Kristeva, *La Révolte intime*, Livre de poche, *op. cit.*, p. 179.）、比較的近年のインタビュー集では「女性知識人」の可傷性が語られている（Kristeva, *Au risque de la pensée*, Paris, L'aube, 2006, p. 113.）。

美しきものから遠く離れて

本稿ではここまで、「ポスト実存主義者としてのクリステヴァ」という観点からクリステヴァとサルトルの比較を進めてきた。ここまで見てきたのはいわば、政治的、場合によっては倫理的観点からの両思想家の比較である。本稿では最後に、もうひとつ別の観点からサルトルとクリステヴァの思想に光をあてることを試みたい。ここで導入したいのはいわば、美学的な視点である。

感性の学としての美学という観点からみるとき、クリステヴァにおいて最も興味深い問題はやはり、『恐怖の権力』で考察された「アブジェクシオン」の概念であろう。「主体（sujet）」でもなく「客体（objet）」でもない「おぞましきもの（abjet）」への視点が、その後、文芸批評や美術批評、場合によってはサブカルチャーにまでいたる文化批評全般において有用な分析ツールのひとつとして援用されてきたことは改めて述べるまでもない。本稿の筆者が着目したいのはむしろこの概念がほかの美学概念との関係でどのように位置づけられうるのかという問題である。ここではそのためのひとつの補助線を提示したい。

ごくシンプルに言えば、「アブジェクシオン／アブジェ」という概念は「美（beau）」に反するものである。ところで西洋には、美に反するものを示す概念が多数存在することは改めて言うまでもない。代表例はやはり「崇高（sublime）」ということになろうが本稿で注目したいのはまた別の概念、すなわち「グロテスク（grotesque）」というそれである。

十五世紀末には装飾の様式を示すために使用されていたこのイタリア語由来の概念はしかし、その後は絵画や文学などひろく文化一般に対して使用されてきた美学概念のひとつである。フランスの文脈では十九世紀ロマン主義の詩人ヴィクトル・ユゴーがその名高き『クロムウェル』への序文」（一八二七年）で上述の「崇高」との比較などを通じて理論化したことなどがしばしば言及されるし、[57]その後ギュスターヴ・フローベールの散文などでもしばしば問題となる文学史上のキーワードのひとつである。[58]「足の親指（gros orteil）」をめぐるジョルジュ・バタイユのテクストなども二十世紀におけるその用例のひとつとして挙げることができよう。[59]あるい

（57）『ヴィクトル・ユゴー文学館第十巻』西節夫・杉山正樹訳、潮出出版社、五一—六八頁。近年では、例えば小説家でもある哲学者トリスタン・ガルシアが西洋近代における「美的強度（intensité esthétique）」の問題を語る文脈で（ユゴーのテクストを踏まえ）「崇高」と「グロテスク」の対に言及している。Tristan Garcia, *La Vie intense. Une obsession moderne*, Autrement, 2016, p. 18.

（58）初期作品のひとつ「この香を嗅げ」などが顕著である。『フローベール全集 6』山田𣝣ほか訳、筑摩書房、一九六六年、二一—五七頁。あるいは、そのオリエント滞在記などでも問題になる主題であろう。エドワード・W・サイード『オリエンタリズム（上）』今沢紀子訳、平凡社、一九九三年、四二一頁。

（59）ジョルジュ・バタイユ『ドキュマン』江澤健一郎訳、河出文庫、二〇一四年、一〇八頁。

は近現代の日本（語）文化でも、「エログロナンセンス」や「グロい」などの表現でなじみ深いものである。

このすぐれて西洋的な概念についてはすでに、一九五七年にドイツ語圏のヴォルフガング・カイザーが包括的な研究を発表しているが[60]、近年のフランスでは、比較文学者のレミ・アストリュクがカイザーや（クリステヴァがそのフランスへの紹介者のひとりでもある）バフチン[61]、スタロバンスキー[62]の研究などを推し進める仕方で、二十世紀文学における「グロテスク」の問題に関心を寄せている。本稿で補助線として参照したいのはこのアストリュクの著作『二十世紀小説におけるグロテスクなものの再興——文学的人間学の試み』（二〇一〇年）である[63]。

ドストエフスキー、カフカ、ミラー、セリーヌ、ベケット、グラス、ラブー、ガルシア・マルケス、ロスなどの著作[64]を手掛かりに二〇世紀小説における「グロテスクなもの」を考察する同書のもうひとつの試みは、この捉えがたい概念を類似の美学概念との関係で再度位置づけなおすことである。具体的には、サルトルやカミュら実存主義者[65]の「不条理（absurde）」やフロイト精神分析における「不気味なもの（unheimlich）」、かつてトドロフが関心を寄せた「幻想（fantastique）」などが取り上げられる。詳しくは実際に同書にあたってもらいたいが本稿で注意を促したいのは、クリステヴァの「アブジェクシオン」もまた同書で「グロテスク」の近接概念のひとつとして比較検討されていることである[66]。例えばある箇所でアストリュクは次のよう

(60) ヴォルフガング・カイザー『グロテスクなもの――その絵画と文学における表現』竹内豊治訳、法政大学出版局、一九六八年。

(61) ミハイール・バフチーン『フランソワ・ラブレーの作品と中世・ルネッサンスの民衆文化』川端香男里訳、せりか書房、一九七三年。本書の序論では、ラブレーの文学が「グロテスク・リアリズム」（二四頁）と名付けられている。

(62) ジャン・スタロバンスキー『道化のような芸術家の肖像』大岡信訳、新潮社、一九七五年。

(63) Rémi Astruc, *Le Renouveau du grotesque dans le roman du XXe siècle. Essai d'anthropologie littéraire*, Classiques Garnier, 2010.

(64) アストリュクによる各作家についてのより詳細な読解は以下の書物を参照されたい。Rémi Astruc, *Vertiges grotesques. Esthétique du « choc » comique (roman-théâtre-cinéma)*, Honoré Champion, 2012.

(65) 無論、サルトルにおける「グロテスク」を考察することもできよう。例えばジャン＝フランソワ・ルエットによる批評的概説書は一部、この主題に割かれている。Jean-François Louette, *Jean-Paul Sartre*, Hachette, 1993, p. 66-68.

(66) Astruc, *Le Renouveau du grotesque dans le roman du XXe siècle*, *op. cit.*, p. 95-100. なお、「反美学」という観点からクリステヴァ（アブジェクシオン）やサルトル（吐き気）を思想史的に位置づける研究としてはほかに、やはりドイツ語圏のメニングハウスによるそれなどもあろう（バフチンの著作などを参照しつつ「グロテスク」の問題についても語られている）。ヴィンフリート・メニングハウス『吐き気――ある強烈な感覚の理論と歴史』竹峰義和ほか訳、法政大学出版局、二〇一〇年。また、バタイユに由来する「アンフォルムなもの（l'informe）」の概念に関心を寄せる以下の書物＝事典も一部、クリステヴァとサルトル（ねばねばしたもの）に目配せを送っている。イヴ＝アラン・ボワ、ロザリンド・E・クラウス『アンフォルム――無形なものの事典』加治屋健司ほか訳、月曜社、二〇一一年、二六七―二七〇頁。

に書いている。

ところで、彼女〔＝クリステヴァ〕が「おぞましきもの〔l'abject〕」と呼ぶものは〔…〕「グロテスクなもの」が持つ側面のひとつ以外のものではない。このことは、彼女の「アブジェクシオン文学」への参照が証言している。彼女が参照する著者たちの内に、グロテスクなものとの最も明瞭な結託を見出すことができるだろう。ドストエフスキー、ロートレアモン、特にアルトー、そして何よりも、重要な分析（書物の後半部のすべて）が割かれるセリーヌ。[67]

アストリュクはここで「おぞましきもの」と「グロテスクなもの」の比較検討を行わないクリステヴァに対しては批判もしつつ、しかしふたつの（反）美学概念の近接性を指摘している。『グロテスクなもの』は単に文学における『おぞましきもの』の名前でしかないのかもしれない……」[68]とさえ述べてもいる。クリステヴァの理論をより広範な文脈で位置づけるという意味においてまず、同書は興味深い。

しかしながらここで本稿の筆者が注意を促したいのはアストリュクが書くようにクリステヴァの「おぞましきもの」の特徴のいくつか（秩序の攪乱、人間性と動物性の共存、概念の曖昧さ等）が「グロテスクなもの」の特徴といかに類似しているかということだけでは必ずしもない。本稿の筆者が注意を促したいのは同時に、ここで「グロテスク」なり「アブジェクシオン」なりの概念を論ずる同書がひとつの「文学的人類学＝人間学」を自認していることをその副題が示していることである。強いて言えばこれは、哲学でも文学でもない、さらには必ずしも「文化人類学（anthropologie culturelle）」でもないようなある新しい固有な領域である。(69)

そして管見では、こうした枠組みが、良くも悪くも学際的な、しかし文学を軸として思考を展開するクリステヴァを、さらにはサルトルやボーヴォワールの営みを、これまでとは異なる仕方でとらえることを可能にするものであるように思われないでもないのである。彼らの思想はしばしば哲学としてはあまりにも文学的であり、文学としてはあまりにも哲学的と言われる。さらに哲学という観点からみると、あまりにも人間中心主義的だと批判されることもしば

(67) Astruc, *Le Renouveau du grotesque dans le roman du XXe siècle*, *op. cit.*, p. 95-96.

(68) Astruc, *Le Renouveau du grotesque dans le roman du XXe siècle*, *op. cit.*, p. 97. あるいは前掲のメニングハウスもまた、クリステヴァのセリーヌ読解の内にバフチンのラブレー論の回帰を指摘している。『吐き気』七二三頁。

(69) 「文学的人類学＝人間学」の現状については例えば、文学と社会科学の交流に関心を寄せるフランス語圏スイスの研究者ジェローム・メイゾが以下の対談で簡単に言及している。Jérôme Meizoz, « Sociocritique, ethnologie de la littérature. Entretien avec Jérôme Meizoz（Université de Lausanne）», *Romantisme* 2009/3（n° 145), p. 97-110.

しばである。そうであればここでむしろそれを逆手に取り、彼らの思考を「文学的人類学＝人間学」としてとらえ返そうとする者が現れたとしてもおかしくはないように思われるのである。[70]この分野の動向を注視する必要があるのではなかろうか。

ところで、だとすればやはりクリステヴァは本質的に人類学者とともに読まれるべき思想家なのかもしれない。[71]ここである意味では必然的に思い出されるのは「攻撃誘発性」という vulnérabilité の訳語の発明者、山口昌男のことではなかろうか。[72]手持ちの文庫本のページを繰るとやはり、時折はクリステヴァの名前が言及されているし、[73]本稿で触れた「グロテスク」の語もちらちらと目に入る。地理的にみたときに日本とブルガリアのあいだに位置する大国のひとつがロシア連邦（旧ロシア・ソビエト連邦社会主義共和国）であるとすれば、「詩的言語」という観点からロマン・ヤコブソンらロシア・フォルマリストたちの著作を参照する両者の思考の比較を行うことも不可能ではないはずである。[74]

管見では両者の思想を徹底的に比較した研究はまだ存在しない。それゆえここでは——ある世代の読者にとってはさほど驚きはないにちがいないものの——、クリステヴァは「山口昌男とともに」読まれるべき思想家であると強調したうえで、「結び」に向かうことにしたい。[75]

(70) 例えばボーヴォワールの『第二の性』や『老い』などは位置づけが困難な書物である。ボーヴォワール、シクスー、デュラス、エルノーら女性作家の文学における「老い」の問題に関心を寄せるマルティーヌ・ボワイエ＝ヴァインマンの著作もやはり、「文学的人類学＝人間学」を自認していることは注目に値する。Martine Boyer-Weinmann, *Vieillir, dit-elle. Une anthropologie littéraire de l'âge*, Champ Vallon, 2013.

(71) ただし、クリステヴァは近年の人類学の発展とは多くの接点を持っていないことは強調しておかなければならない。この意味において、旧世代に属するとさえ言っていいだろう。逆に言えば、現在の展開がやや（クリステヴァが依拠したような）文学研究からは遠ざかりつつあるように見えることも事実である。上述の通り幾人かの文学者が「文学的人類学＝人間学」を提唱するのも、文学研究の側の一種の防衛策と言えるのかもしれない。今後の展開を注視する必要があろう。なお、フランス系も多数含む人類学の近年の展開については『現代思想』二〇一六年三月臨時特集号（総特集「人類学のゆくえ」）や『現代思想』二〇一七年三月臨時増刊号（総特集「人類学の時代」）、清水高志『実在への殺到』（水声社、二〇一七年）などを通して日本でも旺盛に紹介が進められている。例えば、やはり伝統的な「主体／客体」概念を回避するために「準主体／準客体」といった用語を使用するブリュノ・ラトゥールと、（主体でも客体でもない）「アブジェクシオン」の思想家との間にはどれほどの隔たりがあるか、といった比較検討も興味深いのかもしれない。近年の「オブジェクト指向」の哲学にも影響を与えるフランスの人類学者の著作としては以下の訳書などを参照されたい。ブリュノ・ラトゥール『近代の〈物神事実〉崇拝について――ならびに「聖像衝突」』荒金直人訳、以文社、二〇一七年。

(72) この語に関する山口の論考としては、トッド・ブラウニング監督による『フリークス』（一九三二年）を取り上げる「ヴァルネラビリティについて――潜在的凶器としての「日常生活」」（一九八〇）などがある。山口昌男『文化の詩学Ｉ』岩波現代文庫、二〇〇二年、二二八―二六四頁。

(73) 山口昌男『文化人類学への招待』（岩波新書、一九八二年、一四七、一五二頁）や『文化の詩学Ｉ』（前掲

本稿では、これまで日本で知られてきたそれとは異なるクリステヴァの顔、すなわち「ポスト実存主義者」とでも形容されうるような彼女の顔を提示すると同時に、近年しばしば使用される「文学的人類学＝人間学」といった領域との関係性に注意を促すことを試みつつ筆を進めてきた。「ポスト構造主義」あるいは「ポストモダン」の思想家として六〇年代末のフランスで活動を開始したクリステヴァは少しずつ活動の幅を広げ、管見では九〇年以降、「実存主義」への回帰ともとれる身振りを見せ始める。本稿では九〇年代半ばのサルトル講義と近年の「障害」に関する政治参加を取り上げたが、ボーヴォワールをめぐる本書もまた、こうした傾向の延長で生まれた著作と理解することができよう。

すでに述べた通り、とりわけ九〇年代以降の著作に関してはまだ検討の余地が残されているように思われる。例えば本稿で取り上げられなかった重要な主題のひとつとして彼女の小説作品がある。残念ながら『サムライたち』を除くと日本語には訳されておらず読者が容易にアクセスできる状況が整ってはいないものの、アヴィラの聖女テレサに関する記念碑的大著など、興味を惹くものも多い。そもそも第三課程博士論文で小説論（『テクストとしての小説』）を展開した彼女にとって自身の小説執筆はどのような意味を持つのか。問うべき問題は多いのではなかろうか。また、精神分析や（広義の）人類学との関係については訳者の手に余る部分が多かった。最新の知見を有する読者からの反応を待ちたい。

ボーヴォワールをめぐる本書に付された本稿はしかし——美しきもの、beau-voir からは遠く離れて——、実際にはサルトルとクリステヴァのテクスト上での関係を問うものであった。無論、相互に複雑な影響関係があったサルトルとボーヴォワールを同一視するわけではないが、思想史的観点から見取りをよくするためには一定の有用性を保持すると考えた次第である。本書を読むためのひとつの補助線となれば幸いである。そして稿を閉じるにあたりここではさら

書、二二四頁）などを参照されたい。そのほか、まとまった論考としては以下がある。山口昌男「女性の記号論的位相——クリステヴァ『中国婦女』をめぐって」、『文化の詩学II』所収、岩波現代文庫、二〇〇二年、七六—九八頁。

（74）その主著のひとつが『詩的言語の革命』と題されているクリステヴァに対し、山口は「道化」や「トリック・スター」といった彼自身の一貫した主題と重ね合わせながらこの問題を考察している山口昌男『道化的世界』ちくま学芸文庫、一九八六年、二四—五七頁（「道化と詩的言語」）。

（75）クリステヴァと山口の親近性に着目した研究としてはすでに枝川昌雄によるものがある。枝川によれば、山口の欧文論本を読んだクリステヴァが「自分の問題意識に余りに近いのに驚いたと述懐していた」という。近年の著作を踏まえた本稿もまた、結局は同時代を生きた枝川の直観を大きくは超えるものにはならなかったということであろうか。枝川『クリステヴァ』前掲書、一〇三、一六六、一七〇頁。

に、クリステヴァとサルトルの関係を考えるために補助線となるまた別のふたりの思想家との関係に注意を促すことにしたい。そしてこの目配せは、クリステヴァの近年の著作へと前進するものであった本稿の考察を、今度は彼女の初期の著作へと遡行的に送り返すものとなろう。

まず、クリステヴァとサルトルの間に位置する思想家として無視できないのはやはりロラン・バルトであろう。サルトルの影響下で文芸批評家として執筆を開始し、『明るい部屋』などいくつかのテクストでたびたびサルトルに立ち返るバルトのセミネールに、留学生としてパリにやってきたクリステヴァが足しげく通い交友を深めたことはよく知られている。[76] 彼女の国家博士論文（『詩的言語の革命』）の主査を務めたのもバルトであり、クリステヴァの回想によれば、バルトは「今日小説とは、この博士論文である」と発したという。[77] サルトルが自身のフローベール論を「真実の小説」と見なしたことと何か通じ合う部分があるかもしれない。[78] あるいは初期クリステヴァに関する重要な論考のひとつがバルトによる「異邦の女」であることも忘れてはならないだろう。[79] また先にあげた「反抗」をめぐるクリステヴァのセミネールでも、サルトル・アラゴンとならびバルトが中心的な対象のひとりであったことは興味深い。さらに日本語でのクリステヴァの最初の翻訳は『中国の女たち』であるが、この著作の直接のきっかけとなった一九七四年の中国旅行には『テル・ケル』誌のメンバーに加えバルトも同行しており、近年ようやくそのときのノートの翻訳が刊行されたという出版の事情もある。[80] 日本のバルト／

中国のクリステヴァという二元論からさらにもう少し先に進めそうである。[81] 意味合いは多少変わろうが「バルトとともに」クリステヴァ——のテクスト——を読まなければならないという言葉はいまなお有効であるように思われるし、[82] バルトとクリステヴァのあいだにある特別な感

(76) バルトにおけるサルトルの影響を探った研究として、日本語で読めるものとしては以下がある。クロード・コスト「サルトルを読むバルト——文学という魔術をめぐって」、鈴木正道訳、別冊環⑪『サルトル一九〇五—八〇——他者・言葉・全体性』所収、藤原書店、二〇〇五年、一五七—一七六頁。また、以下の書物の一部はいくつかの独特な視点から両者の比較が試みられており興味深い。桑田光平『ロラン・バルト——偶発事へのまなざし』水声社、二〇一一年、一八一—二二四頁。

(77) Kristeva, *Je me voyage*, *op. cit.*, p. 67.

(78) この時期のフランスにおける「小説」という問題について考察する必要もあろう。クリステヴァの『テクストとしての小説』(一九七〇年)のほか、例えばやはり精神分析に通じたマルト・ロベールの『起源の小説と小説の起源』(一九七二年)なども「小説」の起源を探る同時期の研究である。マルト・ロベール『起源の小説と小説の起源』岩崎力・西永良成訳、河出書房新社、一九七五年。

(79) ロラン・バルト「異邦の女」、三浦信孝訳、『現代思想』一九八三年五月号所収、前掲書、二二二—二二七頁。

(80) ロラン・バルト『中国旅行ノート』桑田光平訳、ちくま学芸文庫、二〇一一年。

(81) 篠田浩一郎の論考はバルトの遺稿の刊行前にすでに、この問題に部分的に関心を寄せている。篠田浩一郎「クリステヴァ/バルトあるいは中国/日本」、『現代思想』一九八三年五月号所収、前掲書、二三四—二四〇頁。

情は確かに——ふたりの思想家を理解するために——興味深いものであるように思われる。[83]

あるいは少し別の仕方でクリステヴァ－サルトルとネットワークを作りうるのは同じく哲学と文学の間で思考を展開したジャック・デリダではなかろうか。クリステヴァと同時期に活躍したやはり「異邦人」のデリダはとりわけその初期の一時期においてクリステヴァら『テル・ケル』誌のメンバーと関係を持つが、[84] そのデリダにとっても、サルトルはその若き日に影響を与えた思想家であったことが近年しばしば指摘されていることである。[85] その後の活動を見ればクリステヴァとデリダがたどった道は異なることが明らかであるが、ふたりの「ポスト実存主義者」が七〇年代のフランスで共に、それぞれの仕方で言語をめぐる激しい思索を展開していたという事実はやはり頭の片隅に置いておいていいのではなかろうか。「フランス現代思想」とはいえ、その一角を担っていたのは東欧と北アフリカの出身者だったことにも改めて注意を促したい。

クリステヴァが『詩的言語の革命』を出版したのと同じ一九七四年にはデリダがヘーゲルとジュネを同時に論ずる『弔鐘』を出版している。これはサルトルの『聖ジュネ』との複雑な「間テクスト性」が指摘される著作でもある。あるいはその数年前、七一年から七二年にかけてはサルトルが『聖ジュネ』の続編ともいえる記念碑的フローベール論『家の馬鹿息子』を刊行するが、数年後に刊行される『詩的言語の革命』において、クリステヴァはそこで展開されるサルトルの言語論を痛烈に批判している。『弔鐘』、『家の馬鹿息子』、『詩的言語の革命』はいずれもまだ、日本語での翻訳が完成していないという点でも類似している。研究が深められるのはまだこれからであろう。

(82) 蓮實重彥『物語批判序説』中央公論社、一九八五年、二九〇頁。具体的な実践としては例えば以下が挙げられる。松浦寿輝『口唇論——記号と官能のトポス』青土社、一九八五年、一八七—一九六頁。

(83) 小林康夫「そのとき、(彼自身による) バルトは?」、『中国旅行ノート』所収、前掲書、二八六—二九六頁、二九五—二九六頁。

(84) しばしばその同時代性が指摘されてきたものの (中沢新一『チベットのモーツァルト』講談社学術文庫、二〇〇三年、五九頁など)、デリダとクリステヴァの接点は思うほど多くはない。例えば対談「記号学とグラマトロジー」(一九六八年) などは数少ない一例であろう (ジャック・デリダ『ポジシオン』高橋允昭訳、青土社、一九八一年、二七—五四頁)。そのほかクリステヴァの方は、とりわけその初期の著作においてデリダの仕事を意識していた可能性もある (クリステヴァ『テクストとしての小説』前掲書、一六頁)。両者の思考の比較については例えば浅田彰によるものなどが簡潔であるが (浅田『構造と力』前掲書、九七—九八頁)、より詳細に検討することも不可能ではなかろう。こうした観点からみると、両者のマラルメ論を比較した西川直子の「両義性をめぐって——マラルメ/デリダ/クリステヴァ」(西川『〈白〉の回帰』前掲書、七一—一一九頁) は必読の論考である。

(85) 西山雄二「ポスト実存主義者としてのジャック・デリダ」、『終わりなきデリダ——ハイデガー、サルトル、レヴィナスとの対話』所収、法政大学出版局、二〇一六年、二〇一—二一九頁。

少なくともある観点からすれば、「一九七〇年代フランス」は哲学と文学の関係を考える際に無視することのできない重要な一時期である。ふたつのディシプリンのあいだで言葉を紡いだ四人の思想家――サルトル、バルト、デリダ、クリステヴァ――のネットワークを通じて見えてくる問題はまだ残されているのではなかろうか。訳者自身、今後の課題としたい。

最後に、本書の刊行に際し全般的な編集作業を引き受けてくださった法政大学出版局編集部の高橋浩貴氏に心より感謝を申し上げたい。不慣れな若い研究者による訳業がこうして日の目をみるにいたったのはひとえに氏の懇切丁寧なサポートによるものである。これまでもクリステヴァの訳書を世に投げかけてきた本叢書から最新の著作の翻訳をお届けすることができることは訳者一同、望外の喜びである。過去の著作の再読の契機にもなれば幸いである。

なお、翻訳の分担については、冒頭からインタビュー「ヒトは女に生まれる、しかし私は女になる」までを中村が、「自由は可能になった」から最後までを栗脇がそれぞれ担当し、中村が最終的な訳文の統一をおこなった。また、本書の翻訳および訳者解説の執筆の一部はＪＳＰＳ研究費１６Ｊ０８０１５（研究代表者、栗脇永翔）の助成を受けたものであることを記し、感謝申し上げる。

人名索引

ア行

アーレント（Hannah Arendt） 23, 25, 66, 70, 76, 77, 175
アウグスティヌス（Saint Augustin） 76, 182, 183
アドラー（Alfred Adler） 92, 95
アルレット・エルカイム＝サルトル（Arlette Elkaïm-Sartre） 35
ヴァール（François Wahl） 153
ヴァネッティ（Dolores Vanetti） 62
ヴィニー（Alfred de Vigny） 183
ウィニコット（Donald Winnicott） 76, 77, 94, 131
ウリツカヤ（Ludmila Oulitskaïa） 14, 142
ウルフ（Virginia Woolf） 52
オルヴィユール（Delphine Horvilleur） 14, 178, 179
オルグレン（Nelson Algren） 9, 46, 50, 62, 64, 100, 119, 125, 130, 134, 135, 181

カ行

艾曉明（Ai Xiaoming） 14, 142, 143
郭建梅（Guo Jianmei） 14, 142, 143, 145
カサノヴァ（Casanova） 130
カヤト（Elsa Cayat） 14, 177, 178
カント（Immanuel Kant） 10
ギュイヨン夫人（Madame Guyon） 84, 120, 121
キルケゴール（Søren Kierkegaard） 34
クライン（Melanie Klein） 23, 25, 66, 70, 77, 94
グラネ（Marcel Granet） 155
クリントン（Bill Clinton） 38, 39
グルネー（Marie de Gournay） 21, 68, 115
クローデル（Paul Claudel） 68, 69
コサキエヴィッツ（オルガ、Olga Kosakiewicz） 31, 32, 50, 137
コレット（Colette） 21, 23, 25, 44, 47, 49, 51, 52, 66, 68, 70, 77, 81, 115, 128, 181, 183

サ行

ザザ（Zaza, Elisabeth Lacoin） 30, 31
サド（Marquis de Sade） 10, 43, 127–130
サルトル（Jean-Paul Sartre） 8–11,

23, 26, 28–37, 40, 46–48, 50, 52, 53, 58, 59, 61–64, 75, 80, 87, 96, 104, 105, 107, 108, 119, 124–127, 129–131, 134, 135, 139, 145, 147
シャルビ（Denis Charbit） 137, 144, 145, 148
シュヴァルツァー（Alice Schwarzer） 38, 39
ジュネ（Jean Genet） 13, 86, 87
ジョゼフ（Gilbert Joseph） 32, 33
シルヴィー（Sylvie Le Bon de Beauvoir） 104, 105, 108, 132, 141
スターリン（Joseph Stalin） 113, 128
スタール夫人（Madame de Staël） 44, 45
スタンダール（Stendhal） 68, 69, 115
セヴィニエ夫人（Madame de Sévigné） 120, 121
ソクラテス（Socrate） 60
ソルジェニーツィン（Alexandre Soljenitsyne） 106
ソレルス（Philippe Sollers） 153
ソロキン（Nathalie Sorokine） 31–33

タ行

ディドロ（Denis Diderot） 43
デ・ラ・クルス（Saint Jean de la Croix） 82
テレサ（アヴィラの聖女、Sainte Thérèse d'Avila） 21, 64, 68, 82–87, 120
ドゥンス・スコトゥス（Duns Scotus） 22, 23, 70, 71
ドストエフスキー（Dostoïevski） 44

ナ行

ナスリン（Taslima Nasreen） 14, 66, 141
ニーダム（Joseph Needham） 149, 154
ニーチェ（Friedrich Nietzsche） 178

ハ行

ハイデガー（Martin Heidegger） 23, 34, 91, 157, 178, 180
パスカル（Blaise Pascal） 60
バタイユ（Georges Bataille） 48, 63, 129
バダンテール（Elisabeth Badinter） 141
パラン（Brice Parin） 52, 53
バルト（Roland Barthes） 153
ビーネンフェルド（Bianca Bienenfeld） 31, 33
ヒューストン（John Huston） 89
ヒルシ・アリ（Ayaan Hirsi Ali）

66, 141
フッサール（Edmund Husserl） 10, 23
プラトン（Platon） 26, 80, 122
プルースト（Marcel Proust） 38, 39, 168, 169, 180, 183
フルーリー（Danièle Fleury） 35, 44
ブルデュー（Pierre Bourdieu） 29
ブルトン（André Breton） 68, 69
プレネ（Marcelin Pleynet） 153
フロイト（Sigmund Freud） 10, 12, 13, 33, 34, 73, 90–96, 115, 117, 122, 178, 181
プロティヌス（Plotin） 26
ヘーゲル（Georg Wilhelm Friedrich Hegel） 10, 32, 38, 60, 113, 117, 127, 180
ペギー（Charles Péguy） 148
ベッリーニ（Giovanni Bellini） 180, 181
ベフバハニ（Simin Behbahani） 66, 141
ベルテスト（Guillemette Belleteste） 29
ベルニーニ（Gian Lorenzo Bernini ） 83
ペロー（Michelle Perrot） 142
ボスト（Jacques-Laurent Bost） 31, 34, 35, 47

マ行

マッチオッキ（Maria-Antonietta Macciocchi ） 146
マラルメ（Stéphane Mallarmé） 75
マルクス（Groucho Marx） 40, 41
マルロー（André Malraux） 146
マンスフィールド（Katherine Mansfield） 52, 53
メリクール（Théroigne de Méricourt） 21, 23, 68, 115
メルロ＝ポンティ（Maurice Merleau-Ponty） 30, 157
モイ（Toril Moi） 28, 29
モンテスキュー（Montesquieu） 41–43
モンテルラン（Henri de Montherlant） 68, 69

ヤ行・ラ行

ユスフザイ（マララ、Malala Yousafzai） 14, 142, 165–168, 171, 176
ライプニッツ（Gottfried Wilhelm Leibniz） 82, 156, 157
ラカン（Jacques Lacan） 28, 93, 94, 178
ラ・ボエシ（Étienne de La Boétie） 42, 43
ランズマン（Claude Lanzmann）

10, 11, 46, 141
ランブラン（Bianca Lamblin）　32, 33
ルソー（Jean-Jacques Rousseau）　41–43, 46, 49, 129
レリス（Michel Leiris）　62, 63, 134
レンブラント（Rembrandt Harmenszoon van Rijn）　86, 87
ロラン夫人（Madame Roland）　59
ロンゴバルディ神父（Nicolò Longobardo）　155

《叢書・ウニベルシタス　1079》
ボーヴォワール

2018年5月25日　初版第1刷発行

ジュリア・クリステヴァ
栗脇永翔／中村 彩 訳
発行所　一般財団法人　法政大学出版局
〒102-0071 東京都千代田区富士見2-17-1
電話 03(5214)5540　振替 00160-6-95814
組版：HUP　印刷：日経印刷　製本：積信堂

Printed in Japan
ISBN978-4-588-01079-8

著　者

ジュリア・クリステヴァ（Julia Kristeva）
1941年、ブルガリアに生まれる。66年、パリに留学。以後は文学研究者、精神分析家、作家としてフランスに暮らす。文学の記号論的・精神分析的研究に従事するかたわら、後に伴侶となるフィリップ・ソレルス主宰の前衛雑誌『テル・ケル』、後続の『ランフィニ』に参加。バフチン、ソシュール、フロイト、ラカンらの読解を軸に、デカルト的主体の解体、意味の産出性、詩的言語の侵犯性を中核とする独自のテクスト理論を展開し、ポスト構造主義の一翼を担う。90年以降は小説の執筆もおこなうほか、障害者に関する社会運動にも身を投じている。2008年には「女性の自由のためのシモーヌ・ド・ボーヴォワール賞」の設立に際し中心的な役割を果たした。現在はパリ第7大学ほか国内外の大学の名誉教授。ホルバイン賞（2004年）、ハンナ・アーレント賞（2006年）、サン゠シモン賞（2017年）を受賞。著作は世界各国で翻訳されている。日本語訳に『恐怖の権力』『初めに愛があった』『外国人』（以上、小局刊）、『セメイオチケ』『中国の女たち』『黒い太陽』（以上、せりか書房）、『詩的言語の革命』（勁草書房）、『サムライたち』『プルースト』（以上、筑摩書房）、『斬首の光景』（みすず書房）、『ハンナ・アーレント』『メラニー・クライン』（以上、作品社）などがある。

訳　者

栗脇永翔（くりわき・ひさと）
1988年生まれ。現在、東京大学大学院総合文化研究科超域文化科学専攻博士課程在籍。専門はフランス文学・思想。

中村 彩（なかむら・あや）
1987年生まれ。現在、東京大学大学院総合文化研究科地域文化研究専攻博士課程在籍。専門はフランス文学・思想・フェミニズム。